青春的路，那么窄又那么宽

林文力 主编

内蒙古出版集团　远方出版社

图书在版编目（CIP）数据

青春的路，那么窄又那么宽 / 林文力主编. -- 呼和浩特：远方出版社，2014.1

ISBN 978-7-5555-0055-1

Ⅰ. ①青… Ⅱ. ①林… Ⅲ. ①散文集—世界 Ⅳ. ①I16

中国版本图书馆CIP数据核字(2013)第293791号

青春的路，那么窄又那么宽

主　　编　林文力
责任编辑　刘洪洋
装帧设计　柏拉图创意机构
出版发行　内蒙古出版集团　远方出版社
社　　址　呼和浩特市乌兰察布东路666号
（电话：0471 — 2236466 邮编：010010）
经　　销　新华书店
印　　刷　北京毅峰迅捷印刷有限公司
开　　本　880mm × 1230mm　1/32
字　　数　236千
印　　张　8.5
版　　次　2014年3月 第1版
印　　次　2014年3月 第1次印刷
标准书号　ISBN 978-7-5555-0055-1
定　　价　28.00元

青春的路，那么窄又那么宽

青春是一朵蓓蕾初绽的花，是一首美妙的诗、动听的歌，是一串闪着奇光异彩的珍珠玛瑙。旭日东升，豪情万丈，青春是人生长河中最壮丽的乐章。但青春远不止这些，它还有宽广的胸怀，深邃的内蕴。曾几何时，我们热泪盈眶惊喜过，我们捶胸顿足悔恨过，我们追求无望失落过，但我们没有悲叹，没有抱怨，没有停下青春的脚步。我们辛勤耕耘着青春，浇铸着青春，绽放着青春。正如诗人郭小川所赞颂的那样："青春的风采，应当使沙漠变成绿洲，让枯枝长出鲜果，这才是青春的本分，青春的魅力。"

人生之路，有成功也有失败，有喜悦也有忧愁！青春的我们已在路上，相信一定能把窄路变成宽路，把宽路变成坦途，因为我们有充裕的时间，有足够的力量！

岁月如歌，以灵魂歌唱；生命如诗，尽一生品读。本书精心甄选《文苑》杂志出版20年来的内容，每篇文章都追随读者心灵的声音，帮助他们找回曾经的感动。书中内容涉及人生、社会、成长历程、情感等方方面面，既有平凡背后的温情，也有沙粒尘埃中的天堂。也许故事中一段小小的情节或是一句话语，便足以触动我们内心深处最柔软的地方，给琐碎的生活平添一份快乐，给艰难的青春带来一股动力。

青春的路，
那么窄又
那么宽

目录 CONTENTS

第一辑　拽着风去追梦

第二辑　有一种爱叫守护

第三辑 不畏平凡而畏平庸

第四辑　站直了别趴下

第一辑　拽着风去追梦

如果你只是把梦想放在脑袋里，就永远不会成为现实，但只要开始付诸行动，就永远都不迟。根本没有一件事是“太晚了”的。50岁也可以找到真爱，60岁也可以开始创业，70岁开始爬珠峰也不是不可能。所以，与其让一切慢慢落空，不如就在这一刻，拽着风，去追梦。

不是每一片乌云都下雨

昆塔尼拉从孩子就读的小学得知，她的两个儿子因反应迟钝，不得不被编入智力低的阅读小组里去。得到这个消息后，昆塔尼拉的心顿时揪紧了，因为她在求学的年代里也有过同样的际遇。13岁那年，昆塔尼拉从墨西哥的一个小村庄来到父亲所在的布朗司维尔市上小学，由于英语测验成绩很差，被编入一年级。此后，她处处觉得低人一等，4个月后便眼泪汪汪地休学了。当这样的不幸又降临到自己孩子身上时，她怎能不忧心如焚呢？

她清楚，自己的两个儿子很聪明，只是因为自小说惯了西班牙语，英语跟不上趟而已。她也知道，如果缺乏有效的鼓励和引导，他们在将来的生活中就会错失应得的机遇。可当她试图说服他们不要气馁时，没想到孩子们却说："妈妈，人家都说这是遗传，努力也白搭。"这样的回答虽然像电击一样刺痛了昆塔尼拉的心，但却激起了她与命运抗争的勇气。为了不让自己的悲剧在后代身上重演，她决心以自己的努力和示范，激励孩子们上进。

打定主意后，这个27岁的少妇开始从头学习英语。可自学的进度毕竟太慢，于是她又萌生了入校学习的念头。由于她的履历不能令人满意，求学的过程并不顺利。但是，即使被拒之门外，她也没有灰心丧气。经过几番周折，她终于感动了德克萨斯南方学院的登记员，答应让她去上4门基础课。她每天清晨起来做完家务后就赶往学校，上午课程结束后再赶回家做午饭，下午放学后还要接孩子。如此忙忙碌碌，却没有影响她的学业。事实表明，昆塔尼拉的接受能力很强，而且学得入了迷。第一学期末，她的成绩大幅度上升。后来，她每周3天在德克萨斯南方学院就读，每周两天乘车到70英里外另一所大学上课。3年后，在取得初级学院学位的同时，她还以优异的成绩取得了潘·美洲大学的理科学士学位。

母亲的坚强毅力和成功，令孩子们非常钦佩，并增强了他们的自信和勇气，两个儿子的学习成绩越来越好，最终转到了正常班级。一个人来到世上，总会遭遇这样那样的不公和不幸。面对造化弄人，你可以自认倒霉、逆来顺受、自卑无为地度过一生。昆塔尼拉一家两代人都曾被列入低智能的“另册”，可他们却不为命运所屈服，以坚定的信心和勇敢的行动自己拯救自己。

昆塔尼拉后来的成就更为出色：1971年被授予西班牙文学硕士学位；1973年之后除了在大学任教和攻读博士学业外，还给基督教女青年会夜校每周上两次课；1977年取得博士学位和美国教育委员会会员资格，并成为获得该委员会奖励的第一个拉丁美洲女人；1981年被提升为豪斯登大学的校长助理，并被任命为墨西哥美国文化研究会的终身理事。这一切，都极大地鼓舞了年轻的一代。她的长子成了内科医生，她的次子成了一名律师。

昆塔尼拉的经历告诉我们：在你生命的天空中，难免会有云遮雾障的日子，但不是每一片乌云都下雨。只要你不再盯着那片云朵，埋怨那片云朵，而是通过自我努力超越那片云朵，你就会沐浴在灿烂的阳光下。正如斯宾塞·约翰逊说的那样：“永远要记住，在某个高度上，就没有风雨云层，如果你生命中的云层遮住了阳光，那是因为你的心灵飞得还不够高。”大多数人所犯的错误是去抗拒问题，他们努力试图消灭云层。正确的做法是，找到使你上升到云层之上的途径，那里的天空永远是碧蓝的。

文/东莱布衣

对于受挫于起点，失意于前段的黯然情结，命运会赐予它一个最美妙的补偿。那就是从哪里跌倒，就从哪里爬起来，使人们带着现实的态度，以稳健的步伐走下去，去履行自己的人生，去实现自身的价值。人生的魅力，正在于时时可以从痛苦的阴冷角落里启程，走向鲜花盛开的远途，走向没有遗憾的的未来。

上学的路有多远

梅子的弟弟都上学了，可梅子仍在家放牛。梅子吵着要上学。母亲说："女娃要上啥学？再说我们家也没钱。"村里女娃上学的少，穷是一个方面，主要还是重男轻女。梅子说："家里没钱，哥哥和弟弟怎么有钱上学？今年你再不让我上学，我不放牛，也不洗饭碗，啥事都不做。"母亲被吵烦了，说："你想上学行，那你自己去挣学费。"

那时一年级的报名费要30块钱，还有40天就开学了。母亲知道9岁的梅子在40天内绝对挣不到30块钱。母亲要梅子知难而退。哪知倔犟的梅子一口答应了母亲要她上学的条件。

梅子想到了卖冰棒、卖冰糕挣钱，但梅子没有本钱。梅子的哥哥掏出一支钢笔说："这钢笔是我写作文在全校获得第一名的奖品。这支钢笔值3块钱，你把这支钢笔卖了吧。"其实，这支钢笔是梅子的哥哥捡的，他担心梅子不要他捡的东西就撒了个谎。梅子拿着钢笔去了村长家。梅子掏出钢笔说："村长，你能买我这支钢笔吗？"村长接过钢笔。这不正是自己丢失的钢笔吗？"梅子，这钢笔哪来的？"梅子说了，还说了卖钢笔的缘由。"你想卖多少钱？"村长笑着问。"我哥说值3块钱。"村长掏出5块钱递给梅子："这钢笔值5块钱。"

梅子花2块钱买了一个塑料冰棒箱，然后批了10根冰糕、20根冰棒。梅子第一天挣了9角钱。

许多次，梅子想吃根冰棒，但每次拿了冰棒又放下了，有几次冰棒纸都揭开了，却又被梅子重新包好了。口渴的梅子只有趴在水塘边或者水沟边喝水。

梅子卖冰棒的第五天，她刚批了冰棒冰糕，突然下起雨来。梅子原以为雨下一会儿就停，但雨没有停下来的意思。梅子急得快哭了，下雨天，天气凉爽，很少有人买冰棒冰糕。过一个晚上，冰棒冰糕就会融化。梅子打了把伞在村里叫卖："冰棒、冰糕哟。"先是小石头买了一个冰糕，然后是小南瓜买了一个冰棒。连王婆婆都买了根冰糕。王婆婆一辈子没生育，吃五保。王婆婆平时从不舍得乱用一分钱，如今却花一角五分钱买梅子的冰糕。梅子心里知道王婆婆是在帮她，小石头、小南瓜也是在帮她。

后来梅子再也不在村里卖冰棒冰糕，而是去别的村卖。

一回，梅子背了一箱冰棒冰糕，没看清脚下的路，被一块石头绊倒了，冰棒箱也滚进了山沟，里面的冰棒冰糕散了一地。梅子爬下山沟，冰棒冰糕全摔碎了。梅子蹲在地上伤心地哭起来。陈福根老人见了哭泣的梅子，问梅子哭啥。梅子说："冰棒冰糕全碎了。"陈福根说："这有啥哭的？你想挣回损失的钱？"梅子点点头。陈福根掏出张纸，把纸铺在梅子的冰棒箱上，然后掏出笔写："儿子，我们村里的梅子靠卖冰棒为自己挣学费，她摔了一跤，冰棒冰糕全碎了，你见了这封信，给她3块钱，这是她送这封信的报酬。"陈福根说："你把这封信交给我儿子，他就会给你3块钱。你真帮了我大忙，这么热的天，我去镇里同儿子说上几句话，那不热死我、不累死我？"梅子很高兴地接过信。梅子知道陈福根的儿子在镇里的百货公司上班。

梅子从陈福根的儿子那接过3块钱，去了批发冰棒冰糕的地方。批发冰棒冰糕的小伙子见了梅子，说："今天怎么卖得这么快？上学的钱还差多少？”梅子说：“我摔了一跤，冰棒冰糕全摔碎了。”小伙子笑着说：“摔碎得好。”梅子一脸愕然。小伙子说：“批给你的冰棒冰糕坏了，变质了，一股苦味，不能卖。有人来退货，我才知道的，所以这回给你的冰棒冰糕不收钱。”

梅子见了卖冰棒的木生，问：“你的冰棒冰糕坏了没？”木生说：“没呀！”梅子对木生说了小伙子不收她钱的事。木生说：“他是在帮你呀！他想叫你能早些挣够学费。其实许多人在帮你！”梅子又想到她只要一到某个地方卖冰棒，那个地方卖冰棒的人就走了，他们都让着她，都不同她抢生意。

报名的第一天，梅子带着30块钱和弟弟来到了学校。但梅子一打听，学费竟涨了，一年级的学费要35块钱。梅子很失望，陈寿桃老师摸着梅子的头说：“怎么不报名？”梅子说：“还少5块钱。”陈寿桃老师笑了：“你脚下不是有5块钱吗？”陈寿桃老师捡起钱递给梅子，梅子不接钱：“这钱不是我的，不是我的不能要。”弟弟便拿了5块钱递给梅子：“姐，我回家跟娘说不小心掉了5块钱，大不了挨一顿打。”梅子说：“不行，我要自己挣钱。后天不是还可以报名吗？我再卖两天冰棒就是。”

梅子垂头丧气地回了家。母亲说：“没报上名？”梅子说：“学费涨了，要35块钱。”母亲说：“你不是有35块钱吗？拿钱来我数数。”母亲接过梅子递过来的钱，数了一遍：“这不是35块钱吗？这么大的人数钱都不会数。”梅子数了一遍，真的是35块钱。梅子知道母亲添了一张5块钱。这30块钱，梅子不知数了多少遍。再说梅子的钱梅子认得。

梅子如愿以偿地背上了书包。梅子读书很勤奋，每回考试都是全年级第一。

后来梅子考上了清华大学，她是全县第一个考上清华大学的人。

再后来梅子出钱在村里盖起了一所学校，村里人都感激梅子。梅子说："该我感激你们，如果没有你们的帮助，那我的上学路将遥远得看不到头，是你们，让我的上学之路变得这么近，近得只要走几十步路……"两行泪水从梅子的眼眶里涌出来，梅子也不拭，任泪水尽情地淌。

文/陈永林

一个人的爱心是有限的，但是很多人的爱交织在一起，就会拧成一股强大的力量，帮助有困难的人战胜困难。梅子在卖冰棒赚学费时，有许多人无私地对她伸出了援助之手，让她在赚到学费的同时也体验到了劳动带来的快乐和成就感，更让她体会到人和人之间那份真挚的友爱。后来，通过自己的勤奋努力，她顺利完成了学业。俗话说："滴水之恩，当涌泉相报。"为了回报大家对她的帮助，她出钱在村里盖了一所学校。梅子这种美德是中华民族的传统，也是我们应该继承和积极发扬的。

人生是一场静悄悄的储蓄

他从小就是一个内向的乖孩子，安静、听话、不爱玩，喜欢一个人坐着，翻看连环画，一坐就是老半天。5岁时，父亲问他想要什么生日礼物，他把爸爸拉进了新华书店。只有80厘米高的他，在高高的书架前欢快跳跃，像一只轻盈的蜻蜓。《上下五千年》，突然这么一套历史书的名字跃入他的眼帘。一共是3本，他慢慢地取下来，递给爸爸。爸爸见他感兴趣，就买了下来作为生日礼物送给了他。从此，这3本书，就成了他走进历史大门的启蒙教材。这套书他读了足足9遍。

他把平时的零花钱放在一个储钱罐里，积少成多，然后换成自己喜欢的历史书。《二十四史》、《资治通鉴》、《明实录》、《清实录》、《明史纪事本末》、《明通鉴》、《明汇典》、《纲目三编》，他一一收入囊中。竖式的排版，繁体字，这些在别人看来枯燥无趣、乏善可陈的历史书，却被他视做至宝，作为不可或缺的精神食粮。

上高中后，当身边的人都忙着报考各类补习班、疲劳地应付各类竞赛考试的时候，他却躲在一个小小的空间里，在5000年的历史长河中，驾一叶扁舟，领略波涛，见识壮阔。他优哉游哉，乐在其中！高考前两个多月的一天，课堂上，他捧着一本《中国古代思想史》，沉浸其中，老师当场没收了书并大声斥责他：“高考快来了，想不到你还有时间看这种闲书！”父母也把他的那些宝贝史书锁了起来。高考硝烟散尽，他走进一所大学，学习法律专业，这是当年的热门专业，却不是他内心的声音。

在莫可名状的苦闷和单调中，他发现了一个更大的储蓄历史的地方——图书馆。当其他同学在球场上激情奔跑，于花前月下爱恋缠绵的时候，他都能安静地捧起一本本历史书，素淡若纯水，恬静若处子。冬日夜晚，一个人从图书馆往宿舍走，迎着寒风，四周俱静，他听见了自己呼气的声音、吱吱的踩雪声和怦怦的心跳。黑暗中，他觉得一个个鲜活的历史人物与自己同行，给他鼓舞，消融了冬日的寒冷和独行的寂寞。那一刻，静谧的深夜，他会心地笑了，喜悦如莲，一颗黑夜绽放、幽香四溢的莲子。

大学毕业，他进入海关工作，成为了一名朝九晚五的国家公务员。但下班以后，他依然会一个人徜徉在历史的长卷中，整整6年，2000多个夜晚，孤灯寒月，他在进行人生的一场静悄悄的储蓄。2006年3月10日，对于27岁的他来说，应该是具有里程碑意义的一天。这一天，他在下班回家的路上，手里正翻着一本《明实录》，看着看着，他突然心里异常烦躁起来，看了几十年的历史书，怎么还是如此枯燥乏味？他听到发自内心惊雷般的声音：“其实，你可以把历史写得很精彩、很好看！”

回到家，打开电脑，他喝醉酒一般，兴奋地在天涯论坛“煮酒论史”版块敲出了生平第一个长篇故事的开头：“我写文章有个习惯，由于早年读了太多学究书，所以很痛恨那些故作高深的文章，其实历史本身很精彩，所有的历史都可以写得很好看，我希望自己也能做到。”他知道，到了从攒了22年的“储钱罐”里取出“钱”来的时候了。这些“钱”，关乎历史、关乎人性、关乎灵魂。“当年明月”，这是他ID的名字，源自他最喜欢的古诗句“当年明月在，照得彩云归”。

自此，这部名叫《明朝那些事儿》的历史小说开始在网络上连载，并迅速受到众多“明矾”的追捧。每天晚上4到6个小时的写作中，他选择了一种极为痛苦枯燥的方式，甚至要用洗澡来缓解压力，却呈现给读者最轻松诙谐、发人深思的精神“粮食”。他的文字冷静、幽默，写法悬疑多变、通俗易懂、独具一格，几个月过去，他的帖子点击率竟然高达300万次。《明朝那些事儿——朱元璋卷》首次出版，马上销售一空，加印20万册后，又被读者一抢而光。此后，其发行量一直不断上涨，几乎每星期都要加印一次。《明朝那些事儿——贰》、《明朝那些事儿——叁》……一直到第七本，卖了600多万册。

他的名字叫石悦。旷野上，当年明月踽踽独行；现实间，石悦平静淡如。“我是这本书的影子。要受到尊重，必须有灵魂。我现在每天仍读历史、写历史，提醒自己人生是一场静悄悄的储蓄。”接受采访，石悦一脸正色。

是啊！人生是一场静悄悄的储蓄，厚积薄发，天道酬勤。只要用心，只要愿意给心灵储蓄，沉默的石头也会唱响悦耳的歌。

文/梁阁亭

冰心说：“成功之花，人们只惊羡于它现时的明艳，然而当初它的芽儿，浇灌了奋斗的泪泉，撒遍了牺牲的血雨。”话中实在是凝聚了很深刻的哲学道理。成功绝不是一蹴而就的，只有静下心来日积月累地积蓄力量，才能够“绳锯木断，滴水穿石”。所谓“台上一秒钟，台下十年功”，任何成功者，都是付出了常人无法想象的艰辛，才实现自己的人生和社会价值的。

唱到日落　不见企鹅

与其一切慢慢落空，不如就在这一刻，拽着风，去追梦。

“冷笑太多，毫无结果，眼中期盼从未有过；大雨磅礴，与泪交错，沉落的晚霞盛放沉默……”

在午夜听歌，因为太喜欢而选择了单曲循环，可是却失去了呓语的能力。那些莫名流窜的小情绪，那些依然能在心室里深涌的暗流，再也不能轻易唤醒我的孤独，不能让我保持一棵矫情而又有个性的树的姿态。

岁月渐长，总会赋予人另一种能力，就是慢慢将那激荡的暗流平复、捋顺，用平静的力量化解内心的种种郁结。纵使是天塌地陷的结果，也终能云淡风轻地略去。

波澜不惊，眼中的光失去跳跃的节奏，深不见底。

时光终将给人这种变化。

十六岁，我喜欢前桌的男生，那种情绪像春野里的溪流，一点点风的轻拂，都能激起美妙的小涟漪。

而现在，情感变得温吞无形，需要被人大力叩击催问，才忽地惊起——当然有爱啊，每时每分都在爱着，却有什么，仿佛又不一样了。

不能说不喜欢这种改变，心境会随着日子泛出人间烟火的味道，纵是谁都难免。

只是忽地回想起逝去的那些年，竟茫然，不知是怎样走了这规规整整的一路，像没有衔接过渡的电影画面，爱做梦的女孩忽地转身成了另一个人。当中仿佛漏了一帧，是什么呢？想又想不出头绪，只是觉得有些怅然。

后来，在微博上看见四十五岁才开始画画的日本插画师Kanazawa Mariko，看见七十多岁才拿起画笔的摩西奶奶。

我才忽地想起我漏过的那一帧究竟是什么，是还没有给年少时的梦想一个交代。嗯，没错，我说的不是给梦想以归宿——遗忘或者达成。

交代，是你面对它的第一份态度。

十几岁的时候，我想跳到美术班去做艺术生；二十几岁的时候，我想给自己的文字配自己画的画；再然后，我想成为会画画的蓝三奶奶，在未来的未来头发变灰白的时候仍能给世界涂满色彩。

这是我的梦，一直只在梦里梦着的梦。

那则微博的主题是——七十岁画画也不迟。

而我想，我已经迟了。梦想，应该从你拥有它的那一刻起，就得到土壤，得到培植，得到呵护。

从十几岁到现在，我所做的只是空等了许多年，只是把它当成一个梦，什么都不曾交付。

与时光的无情流逝相比，这种空落的结局更令人遗憾。

如果生命继续这样浑然不觉地度过，也许仍会幸运地遇见更多的福泽，遇见不灼热也不至于冷酷的温暖。

但我会难过，为了被遗失的初心。

我不确定，四十五岁的时候，我是否能比现在清闲一些，我更不确定七十岁的时候，我的手是否不会抖。

而唯一能确定的是，如果继续等，一切仍旧是空等。

像男生对女生说，我等你。

而琉璃易碎，恩宠难回。谁又能知道空空地等在原地，还不会有风从岁月里回过头来给你安慰。

与其一切慢慢落空，不如就在这一刻，拽着风，去追梦。

现在，我要买来纯白的纸和颜料，画出梦想的第一道颜色。

嗯，不知所云的这个夜里，把我的主题歌分享给你们，大乔小乔的《空等》——抖一抖天上啰嗦的银河，有无意的星辰滑过，厌倦到你生命最后的歌，唱到日落不见企鹅。生命，叹息，时间偷走的羞涩；归去，放牧，在那遥远的地方。

我险些失掉的，也许正在你们心里渐成雏形。

莫失莫忘。

文/淡蓝蓝蓝

人生很短，不要空等直到有人告诉你："你已经太老了。"选择你现在还可以做的决定，不要等到一切都来不及。世间永远没有绝对完美的事，等待"万事俱备"是很多人不去立即采取行动的一个借口，但你应该知道"万事俱备"只是一种理想状态，在现实中几乎是不可能的。既然如此，就努力从当下开始，不要想着以后再弥补。

读书时间

天若有情天亦老。转眼间，已是数九寒天了。

数九那个寒天下大雪。雪夜里，最是读书的好时间。

读书，难道还要挑时间吗？

也要也不要。真正的读书人，固然无论何时何地都要读书，都能读书，但什么时候最宜读书，或最适合读什么书，也还是有个说道。

古人就有“雪夜闭门读禁书”一说。禁书为什么最宜在雪夜里读呢？首先，雪夜里造访的人极少。这个时候读禁书，不但相对安全，也能保证读书的连贯性。禁书毕竟是难得一读的，如果竟被前来下棋聊天的人打断，岂不扫兴？其次，天寒地冻的，即便读了禁书想干什么“坏事”，怕也不能。因此无妨拿那“诲淫诲盗”的书来读它一读。再说了，门外大雪纷飞，室内炉火明灭，拥暖衾，伴孤灯，读那让人面红耳赤心惊肉跳的文字，是一种什么样的感觉和刺激？

其实，只要是夜里，就宜于读书，倒不一定非得是雪夜，也不一定要读禁书。读书本为“谋心”，而白天却要忙于“谋生”。谋生总是必要的，也是第一位的。但谋生之时纷纷扰扰，静不下心来，却也是事实。因此最好在那万籁俱寂的夜间，抛却功名利禄，淡忘进退荣辱，平心静气，信马由缰，率性而读。显然，只有在这个时候，我们才容易进入阅读的状态；也只有在这种状态下，才能有真正的读书。我的一位朋友李树林说，他最喜欢做的事，就是“靠着床头，沏一杯茶，灯下抱一本喜欢的书，静静地看，慢慢地思索”。我相信这是许多读书人都会赞同的。不必把盏执酒，也不必红袖添香，只要夜深人静，有一个纯属个人的独立空间，便可心同书共神与物游。这正是许多人喜欢夜读甚至只肯夜读的原因；而中央电视台把《读书时间》节目安排在深夜，看来也不无道理。

不过，虽同为夜读，春夏秋冬，也还是有所不同。

我的看法是：春宜读子，夏宜读史，秋宜读经，冬宜读集。春回大地，万象更新，百花齐放，百鸟齐鸣，自然最适合读那“百家争鸣”的子书。夏日炎炎，酷暑难熬，那些“讲故事”的史书，颇能帮我们度此长夏。也不妨在午间小憩后，于北窗下置一竹床，就一杯冰啤酒读《史记》、《汉书》，便“不作羲皇上人想”。秋日里，雁去叶落，橘红穗黄，天高云淡，风静潮平，大约只有在此时读经，才沉得下气来。至于寒风凛冽滴水成冰的冬天，当然最好是赖在床上躲进被窝，去读诗词小说之类的文学作品，或者如前所说，“雪夜闭门读禁书”了。

如果以人生为序，我的主张是：三十读子，四十读史，五十读经，少年时和老年人读集。

三十岁以前不懂事，读经，读史，读子，只怕是“不读白不读，读了也白读”，还不如多读点文艺书。一来便于入门，二来也能提高修养，至少将来读经读史读子时，不会有文字障碍。实际上好的文艺作品，都渗透着作家艺术家的人生体验和感悟。虽说“少年不识愁滋味”，但毕竟少年是一个易感的年华。在这个年龄段多读些文艺书，培养出对生活的体验感悟能力，是有好处的。至少是，有这份体验和感悟能力，在今后的人生道路上，总不至于“一路上的好风景没仔细琢磨”吧！

老年人则是另一种境况。老年是人生的最后阶段。在此之前，该奋斗的奋斗了，该抗争的抗争了，该拼搏的拼搏了，该承受的也承受了。此时此刻，或已功成名就，或已力尽筋疲。这时的读书，已全然没有了功利目的，不过回味人生和颐养天年，因此最宜读“集”。不是说经、史、子就读不得，只是没那个必要，也太劳累，那就还是免了吧！见多识广阅历丰富的老年人，自己就是一部历史、一本经书，还读它做甚？但有此阅历有此识见，读起文学作品来，自然“别是一番滋味在心头”。那些“满纸荒唐言，一把辛酸泪”的文学作品，其中滋味，怕是只有在这时才能参透悟得。当然，“七十从心所欲不逾矩”。人到老年，实际上是什么都能读，读什么都不会白读，也就读什么都无所谓了。

其他年龄段则又不同。

三十而立。而立之年，最宜读子。所谓“子书”，不仅指诸子文章，更不限于先秦，而是通指那些有个性有争议的思想类著作。一般地说，三十岁是思想观念的“半生不熟”时期（聪慧早熟的天才例外）。大学早已毕业，实际工作也有几年，知识和阅历都有了些，缺的是独立的思想。此时读子，不但读得进，读得懂，读得如饥似渴，而且卓有成效。因为正可用那些“异端邪说”来磨砺自己的头脑，如切如磋，如琢如磨。并不是说读这些书就是要全盘接受他们的观点。没这个必要，也没这个可能，诸子观点并不统一。但毕竟，他山之石，可以攻玉；而将“璞”琢磨成“玉”，岂非正是“而立”的真义？

四十而不惑。不惑之年宜读史。历史是人类独有的东西。神没有历史，他们生活在永恒即不变之中。动物也没有历史，它们只生活于当下。无法生活在永恒的人如果忘记了历史，就会变成眼睛只知道盯着食槽的家畜了。因此史书实在是人人该读的，只是时下可供大多数人阅读的史书太少。不过少年读史，多半是看热闹；老年读史，难免是看笑话。唯中年读史，最能看出门道，当真可以“以史为鉴”。但三十读史略嫌早阅历不够，五十再读又晚了点其羊已亡，故以四十为宜。四十岁的中年人，钉子已碰了不少，苦头已吃了不少，经验教训也总结了不少。此时读史，还真能有“恍然大悟”之感。

五十而知天命。既已“知天命”，和“先知”们对话，大约也就不再困难。因此五十宜读经。当然，我这里说的“经”，已非传统意义上的儒家经典，而是指那些代表着人类最高智慧、表现出人类终极关怀的伟大著作。儒家的许多经典，反倒是不在此列的。掌握这些智慧并不容易，理解这些关怀也不容易。少不更事的掌握理解不了，七老八十才掌握理解也未免遗憾。“知天命”的五十岁，岂非正当其时？

这也不过一孔之见，随便说说，当不得真。读书其实是没有、也不该有什么“时间表”的。比方说我自己就是“知天命”的人。读经了没有呢？没有。因此以上所说，诸位最好“只当放屁”。读书，毕竟是每个人自己的事。那就还是爱什么时候读就什么时候读，喜欢谁便是谁吧！

文/易中天

生活就像一锅滚开的水，一直都在煎熬你，关键是你以什么样的质地去接受煎熬，最终会看到不同的结果。读书的目的，就是滋养自己。让我们都来培养读书的好习惯，在物质生活越来越丰富的今天，千万别荒芜了我们的精神家园。

偷一部时光狭缝里的穿梭机

小学的时候，刚刚认全一些字，在我的房间里有一个大大的书柜，里面摆满了母亲的台湾言情小说和父亲的古今历史传奇，还有很多本子和小册子，以及父母年轻时候的照相本。我一直觉得那个大书柜里一定藏着很多很多的故事，于是常常东翻翻西看看。有一天我发现了一个笔记本，是父亲的。那个本子现在已经找不到了，我只依稀记得其中几篇的内容大概是这样的：

“他今天终于会走路了，走得还不快，从门口走到了客厅，虽然只走了六七步就摔倒在地上，但是大家都很高兴。我赶紧把他抱了起来，看着他的样子，想着他的未来。”这里写的小朋友便是我。在那个照相不算发达，也没有视频的年代，文字成了记载我成长的唯一途径，我从来没有问起父亲当时的心情和想法，也没有问打算写给谁看？

年少轻狂，不太懂为人父母的辛苦，总羡慕别的小朋友为什么有这个有那个。有时候母亲不给买零食，就好像世界末日一样嚎啕大哭。现在还会偶尔想起关于“零食”的片段，只是随着怀念的时间越来越长，有一天才猛然发现，原来在这个世界上并不是所有的东西都会永远拥有，比如身边的人。

我有一个舅舅，算是母亲家族的骄傲，年轻的时候英俊帅气，早早去当兵，在武汉有一份不错的工作。我和舅舅见面的次数不多，每次他来小镇探望我们，我都觉得他很神秘。舅舅总是笑呵呵，在我看来他好像从来都不会发脾气。舅妈是很典型的小市民，每到过年，舅妈会当着全家人的面给我一份“意思意思”的压岁钱，但舅舅不一会儿就在阳台、厨房等一切能见到我的地方偷偷再塞给我一个红包。小时候我以为压岁钱只是买零食，长大后才了解那是舅舅对母亲以及我们这个家庭的期望和承诺，钱不多，情意在。

毕业后来上海工作，有天母亲说舅舅病了，有空回来看看，我随口答应下来又继续忙工作。秋天的夜里，母亲打电话给我说舅舅走了，都已经入土了，因为怕我耽误工作便没有告诉我。电话里母亲没有哭，寥寥几句，我的心却像是刀割，挂上电话就泣不成声。

我第一次发现，原来我以为会一直存在的神秘坚强的生命，竟在你不经意间便都悄无声息地走了。

写完第一本书后，我做了几件事情，和旧的感情告别，在上海最炎热的夏天。那种撕心裂肺的难过让我不知道要如何再去恋爱，或者说是忘了再如何去爱一个人。接着面临的是搬家，在 8月的烈日下找房子，然后重新买家具、布置新家、开通宽带和水电煤。从这一次搬家开始，我有了努力赚钱买房子的念头，从前我可是觉得租房子过也很不错的。但这次，我害怕了，怕的不是生活拮据，也不是没有人爱，而是害怕这种居无定所的漂泊。我想对于大多数和我一样在异乡工作的人来说，这似乎是早晚都必须要面对的现实。

10月，我去土耳其旅行了半个月，长途飞行、异乡、失眠、单身似乎一直是这10年的话题，在土耳其的旅途里也不例外。有一天在爱琴海边的小城市，我爬到山顶看夕阳落下，不远处有少年吹着口琴，忧伤而缓慢的琴声伴着海风轻轻一吹便消失殆尽了，太阳在海岸线上缓缓落下，10分钟后这些美景便被大海吞没。我努力地朝着山下奔跑，以为可以抓住最后的余晖，但跑到了一半便跑不动了，坐在岸边我突然发现原来就像是追不上的夕阳，在我们生活的时光里你什么都抓不住。

20多岁的时候曾不经意之间许过3个愿望：去一次布拉格，写一本书和好好地谈一场恋爱。我从来没为这3个愿望而努力过，一直到我去年出版了那本《去，你的旅行》后，我才发现，愿望，也许并不太遥远，爱上一个人，然后准备 10月实现布拉格之旅，此时的旅行已经没有了任何目的，我们只是要享受其中。离 30岁已经没有几天的时间了，如果可以，我想偷一部时光机，去看看那些我不曾有机会再见面的亲人和朋友，去对那些我爱过又没有在一起的人说一声“对不起”，去做很多事情，可是，我们谁都不曾得到这样的一件东西。趁你还未老，趁时光还在，就让我们继续做梦吧，继续地相爱吧！

阿 SAM 2012年 8月 11日纽约——上海 KE082航班 23：47

文/阿 SAM

那些偷偷溜走的时光，催老了我们的容颜，却丰盈了我们的人生。请相信，青春的可贵并不是因为那些年轻的时光，而是因为那颗盈满了勇敢和热情的心，不怕受伤、不怕付出、不怕去爱、不怕去梦想。请相信，青春的逝去并不可怕，可怕的是失去了勇敢地热爱生活的心。急景凋年，回忆所剩无几，趁你还未老，趁时光还在，继续做梦，继续相爱。

真正的幸福是什么?

小时候，我在一瞬间突然在心里悄悄地感到“真开心啊”。那是在一个黄昏，雨哗哗地下着，但是爸爸已经结束工作回家，家里人都在，连牧羊犬也进了屋，灯很明亮，我和弟弟坐在饭桌旁，等着妈妈把饭做好。我心里非常安宁，因为“大家都在一起，大家都在家里”。爸爸对妈妈说了一句什么话，妈妈看着爸爸笑了，我们也笑了。我从心里感到快乐。

半个多世纪过去了。这近20年来，我作为联合国儿童基金会的亲善大使去了许多国家，那里的孩子们都需要帮助。

在西非的利比里亚，我和曾经在内战中充当童子军的孩子们见了面。那些孩子们10岁的时候就被迫拿起枪去参加枪战，朝大人和孩子们开枪。还有很多孩子和家人失散，成为了孤儿。我还见到了许多营养不良的孩子。

海湾战争结束5个月之后，我去了伊拉克。由于遭到多国部队的高精确轰炸，伊拉克全境的发电站都被破坏了。没有了电就无法净化河水，自来水管里流不出水来。巴格达的居民们甚至要到底格里斯河里去汲水，然后就直接饮用河水。但是由于城市无法进行下水道处理，厕所里的污水甚至会流到河里去，为数众多的孩子感染了伤寒等传染病，或者不停地腹泻。综合医院什么病都治疗不了，牛奶、药品、手术用的麻醉药、预防的疫苗等都已用完。因为停电，无法进行肾脏透析，总之什么都无法进行下去。

每天早晨，医院门前母亲们抱着生病的孩子排成长队，气温高达50℃。我曾经见过一个婴儿，因为营养不良，他的脸简直像是老人的脸。本来婴儿的脸蛋和嘴唇周围都应该是胖乎乎、圆鼓鼓的，可这个孩子的脸上却满是皱纹。他突然定定地看着我，眼睛里也完全没有小孩子的水灵劲儿，干巴巴的，眼光中流露出绝望的神情，简直不像是孩子的眼神，好像在诉说："为什么我会这样呢？"

在非洲的卢旺达，由于胡图族和图西族的冲突，上百万的图西族人被杀害，实在是非常恐怖。我在部族冲突结束4个月后去了卢旺达，那时候，被屠杀的人的尸体还随处可见。在屠杀进行的时候，小孩子们在一片惨叫声和临死的呻吟声中四处奔逃，亲眼看到自己的父母和哥哥姐姐被杀害，幼小的心灵中留下了深深的痛楚，因为他们认为自己家人被杀是因为他们自己的过错。"因为我对妈妈做了不该做的事，所以妈妈被杀了"，"因为我没有照爸爸说的去做，所以爸爸被杀了"，小孩子们不知道胡图族和图西族之间的事情，只知道责备自己。

在逃难的人们居住的难民营中，疟疾流行，每天都有数以千计的大人和孩子死去。在一个死于疟疾的母亲的尸体旁边，一个小女孩默默地坐着。那个孩子是这么想的："妈妈想要帮助我，结果她自己死了。"这时候我才第一次知道，纯真的人会把不是自己做错的事，也当成自己的过错。

为了防止传染，死于疟疾的人的尸体就用铲土机推到深坑里掩埋。我看新闻节目的时候，看到了在大铲土机的车斗里，小孩子的尸体混在大人的尸体中……

在面朝着美丽的加勒比海的海地，由于长时期的独裁统治，80%的海地人处于失业之中。父母养活不了孩子，孩子们走出家门成为街头的流浪儿童。走投无路的女孩们只好卖身。有报告说，海地卖身的人中有72%已经感染了艾滋病。这一切都是因为贫穷。一个在墓地卖身的12岁的矮小女孩子对和我同行的电视台的摄影师说："买了我吧！"

当问她"多少钱"的时候，她说："6个古德就行了。"折合成日元的话，只有42日元。"你不怕艾滋病吗？"女孩回答说："就算得了艾滋病，不是也还能活几年吗？可是我家里人连明天的饭都还没有着落呢。"

这个孩子用42日元来养活家人。我实在说不出话来。

还有因为家里穷，连小学也上不起的孩子；在地雷的阴影中战战兢兢地生活着的孩子；由于营养不良缺乏蛋白质而导致大脑残疾，无法站立和行走，也不会说话，在地上爬着的孩子；还有遭受干旱之苦的孩子；还有走5公里的路去汲水喝的孩子……

地球上有很多孩子就这样一边为家人和自己的命运担忧，一边拼命地生存下去。仅仅一小部分孩子能够喝上干净的水，能够吃饱饭，能够打预防接种的疫苗，能够接受教育。

真正的幸福是什么？当地球上所有的孩子都能够安心地满怀着希望生活的时候，那就可以说是真正的幸福了。如此想来，我小时候在那个下着大雨的夜晚，待在家里感觉到"真开心啊"的那一刻，就可以说是真正的幸福了吧！

文/（日）黑柳彻子

文章标题为《真正的幸福是什么》，实际上写的不是幸福生活，恰恰相反，它记录了作者担任联合国儿童亲善大使所见到的种种不幸——卢旺达大屠杀幸存下来的孤儿为父母的死感到自责，还有海地那个12岁的小姑娘在廉价出卖自己，以换得家人明天的食物……真正的幸福是什么？见过了那么多悲剧，作者觉得幸福就是“能够和家人在一起相视而笑的家庭”。我们感到幸福，常常是因为我们自己或者我们所爱的人都可以好好的，即使不在一起，但只要得知他们都很快乐，自己也会满足。身为凡人，我们都需要幸福，所以无法去顾及太多的人，因为一旦顾及就会发现幸福太遥不可及、太奢侈，所以只好把幸福的标准放在自己的周围。同一片蓝天，同一片沃土，我们同是大地上盛开的鲜花，同是蓝天里搏击长空的飞鹰。如果你做不到像作者那么博爱，不妨从身边做起，用真诚去浇灌友谊之花，用爱去援助身边的每一位暂处于苦难的朋友——这才是我们真正的幸福。

“年龄”人生观

对于我的“年纪”与“成熟度”，每一个人都有自己的见解。

我太太说我是50岁的奸商，我妈说我是思想清楚的30岁青年，我小孩的干爹认为我是一个同时集40岁的心智与20岁的叛逆于一身的恶魔；而认识很久的客户到上星期还不相信我31岁；最妙的是我有员工认为我31岁就已经几乎到达“神”的领域。

但以家族历史为基准点来看：我曾祖父活了88岁，我祖父过世时是78岁，我父亲则只活了48岁。如果再辅以“万事发生都有其原因”的理论，那寿命长短在我的家族里存在某种逻辑关联而延续到我这一代时，可能不妙了，到我儿子那一代，我就更不敢想下去了，而幸运的是我儿子从小就是一个肌肉棒子。

也因为“年龄”这个问题在我的生命周围一直有种奇特的波动轨迹，我便常常刻意地去忽略这个问题。当我老婆提醒我吃维他命时，我自信地声明我还年轻。直到发现以前轻易可以搬动的玩具柜竟然让我的腰痛了3天时，才体会到时间已经用年纪的借口悄悄地把我“年轻的肉体”收回。

这几年，我有时早晨起床刷牙洗脸完毕，“过度理性的自己”会望着镜子中“感性的自己”然后问我自己“你还有几年可以活？接下来的生命，你要做什么？要完成什么？”我父亲曾对我说过：“人生的长度是天定的，但宽度是人定的。”当死亡的概念已不是遥不可及时，我发现好多事是现在不做以后就不会再有机会做了。

我曾祖父、我祖父、我父亲在我这个年龄的时候在做什么？

假如寿命长短果真在我的家族里存在某种逻辑关联的话，那我现在可以做哪些事情来阻断这个数字的逻辑关联性呢？或至少把这个关联性在我这一代就把它截断下来。

理性的自己也会告诉自己，那3个数字也只不过是一个凑巧。但在思考“年龄”与“成熟度”的时候，我不禁想问，为什么我曾祖父、我祖父、我父亲是蒋家1、2、3代？表面上来看，这数字1、2、3是界定在“蒋”与台湾的互动起始。如果是这样，他们在我这个年纪时是否也在考虑要不要成为上一代的下一代？还是要做自己的第一代？不可否认，这个思考逻辑是回答“年龄”与“成熟度”一个很重要的因素与面向；我不喜欢人家称我是“蒋家第四代”，我喜欢当我自己的“蒋家第一代”。为了我自己和我的下一代，我宁愿抛弃那“第四代”残留的政治贵族利益，从零开始去开创属于我自己的新天地。

将来不管我的事业有成，还是终我一生一事无成，以后我儿子问我希不希望他是“蒋家第二代”，我会毫不迟疑地回他说：“我希望你自己做你自己的蒋家第一代。”

不过也因为这个缘故，我个人对“年龄”的看法，通常不是从“几岁”这个角度来看，而是从“还有几年可活”这个角度来看。你可以说我病态、悲观、庸人自扰，但这就是我。

记得小时候有一次全家去海边（好像是野柳）游玩，父亲指着海边岩岸的海浪告诉我：“浪花想要美丽，就必须用力地冲击岩石，虽然痛，但是值得。”那一天的情景，我是全忘了，但是父亲留给我的这一句话我却牢牢记住。

这些忘不掉的沿途风景将我的瞳孔染色，让我不断地以新的色彩看同一样的事与物。如果你问我，我的人生观是什么？友柏是什么？我答不上来也讲不清楚。就像我用4种食用粉，面粉、稻米粉、芋头粉和番薯粉搅在一起，再掺入我独家的“蒋氏酵母”，放在不见天日4摄氏度的冷藏室里31个小时后，拿出来的那一块类似生面团的东西，你说它是什么东西，我也不知道，无从命名，好像也不需要命名。

我记忆深刻的这几个故事，加上我对“年龄”的看法，就构成我目前的“人生观”。

这一块“生面团”接下来要用什么样的烹煮法来呈现，我自己现在也还不知道，就请各位朋友耐心等着看吧。

文/蒋友柏

人生百年，这是个笼统的说法。对大部分人来说，其实只是短短数十年。人的生命是有限的，但对生活的追求应该是无限的，“不知足”的。一个人如果没有追求，安于现状，生活将是一潭死水，像白开水一样寡淡无味。这样的人生是不完整的。我们应该树立这样一种意识：我们无法决定生命的长度，但可以控制它的宽度；我们无法左右天气，但可以改变心情；我们无法改变容貌，但可以展现笑容；我们无法控制他人，但可以掌握自己；我们无法预知明天，但可以利用今天；我们无法样样顺利，但可以事事尽力。

从五十岁开始起跑

深夜，我接到一个好朋友的电话，她迷茫地说："在这里，我一眼就能看到自己五年、甚至十年后的模样，我实在不知道这样生活有何意义。""那你可以重新选择自己的生活。"我说，"比如考研，不就是一次很好的机会吗？"她叹了一口气："难了，我上大学本来就晚，何况又是女的，你体会不到二十六岁对一个女孩子来说意味着什么，特别在这闭塞的小城市里。前不久，我男朋友向我求婚了，这不仅是他个人的意思，双方的父母都希望我们早点结婚。可一旦结婚，那真是坠入万劫不复的深渊了，可不结婚我又能怎么办呢？如果我还年轻几岁，如果一切能从头再来，我会重新选择自己的人生。"

她沉默了，我也一时语塞。我能对她说些什么呢？良久，我说："我给你讲讲曾读过的一篇文章吧。文章的题目是《你长大后想干什么？》：一个年仅四岁的小女孩，一天突然很认真地问她正在换尿布的母亲：'妈妈，你长大后想干什么？'母亲以为孩子在玩什么游戏，便假装很合作地说：'我想我长大后会成为一个好妈妈。''不行，你已经是一个妈妈了。'母亲又说：'那也许我会当老师。''不行，你已经是老师了。'母亲困惑了，她坦白地告诉孩子：'那妈妈就不知道还能干些什么了。'孩子天真的回答让人听来却有石破天惊之感，她说：'妈妈，你只要回答长大后想干什么就可以了，你可以干任何你愿意干

的事。'

"母亲被深深感动了，她这样写道：'我的年龄，我的职业，我的五个孩子，我的丈夫，我的本科、硕士学位，这一切都不是问题。在她那稚嫩的眼里，我可以有梦想，还可以有未来，还能成为宇航员、钢琴家或歌唱家。在她那稚嫩的眼里，我还在成长，还有许多梦想等待我去实现。'

看完文章后的我，与其说是被感动着，不如说是被震撼着。孩子是不会说谎的，她用纯真质朴的语言，向成人展示了一个全新的世界，一个为我们陈旧心灵所遮蔽的真理。那就是，即便我们垂垂老矣，只要有梦想、有热情，心灵永不枯竭，我们就仍拥有无限的可能，未来依旧对我们敞开，希望之光也将永远照耀我们。而年轻的我们，有什么理由不奋勇向前呢？"

说罢，我和朋友都陷入更深的沉默，也许在那一刻，我们都听见了自己灵魂的呼吸，听到了生命前进的号角，感受到了心灵的激荡。许久，她用一种哽咽的音调说："谢谢，你让我重新认识了自己。""不，我们应谢谢那个天真的孩子。"我释然地笑笑。

放下电话，我的心情仍久久难以平静，不由得想起曾看过的一个电视节目，其中有对联想集团创始人柳传志的采访。他忆及自己的父亲在年正六旬时，带八十万去香港发展，并取得了很不错的成绩。创业，尤其是大学生创业，是如今很时髦的话题，但这次却由一个六十岁的老人来书写，这实在出乎大多数人的意料之外。因为花甲之年，以常人的眼光来看，早应是儿孙满堂、颐养天年的时候，种种花、养养鱼，好不惬意。可柳先生的父亲却在这样的年纪开始新的征程，独自去一个陌生的地方，筚路蓝缕地开创一番事业，这不能不让我等人不老心老之辈汗颜。

有一篇文章说得好，青春不是指生命的一段时间，而是指一种精神状态。如果心灵枯萎，那么即使你年方十八，身体健壮，也定然暮气沉沉；反之，倘使你有一颗跳跃、好奇的心，那么即使到了八十岁，你也将依然年轻！我想，柳先生也正是在父亲这种精神的鼓励下，才能够带领联想走到今天，并且始终不断地开拓创新。

前段时间我和弟弟回家看望父母，一进门，见父亲正挥毫泼墨，兴致很高，我很是惊讶。父亲不拿毛笔已很多年了，问起缘由，他得意地告诉我，现在内退了，准备把舍弃多年的书法家之梦又拾起来。弟弟有点不以为然，“爸，您都多大了，还想当书法家，那得从小练才行，你业余消遣消遣就得了，别找那罪受！”父亲却急了，“怎么，就容许你们年轻人有梦想，老年人就不能再追求追求，我三十岁时和你想法一致，认为年龄大了、不行了，于是放弃了，而今想起来，如果那时坚持下来，我早已经是书法家了。我现在算是明白了，倘若你想努力，任何时候都不晚。所以，我要从现在起跑，从五十岁开始起跑！”

从五十岁开始起跑，讲得多好呀。诚然，如张爱玲所说，出名要趁早，我想，起跑也应趁早。但倘你已是垂暮之年，也不必灰心，起跑吧，一旦你跑起来，梦想便伴随着你，希望之光便照耀着你，直到你生命终结的那一天！

文/江雪

生命永远不会太晚，太晚的总是我们的思想。只要生命没有停止，我们就还拥有一个“以后”，拥有很多可能和希望。所以，放手开始吧，去做那些你一直想做的事情！人生并不是一场会议或者一场比赛，如果你迟到了、错过了，就再也赶不上进程；人生只是一次旅行，错过了前面的小河，还将遇到下一条，每一次都是新的开始，因此，不要害怕自己启程是否太晚，你需要的只是一个开始……

生命何必以心跳来衡量

我是一名普通的外科医生，几乎同每一种癌症都打过交道。我亲眼见过一些病人死于小小的肿瘤，一些活着的病人长着大大的肿瘤。我也见过病人和他们的亲友脸上那种震惊的表情，因为我不得不告诉他们：“对。是恶性的。”

虽然外科医生在治疗癌症患者时，必须保持职业的镇静，但当别的医生告知你，你或你至爱的人得了癌症时，癌症就离你不再遥远，成了你自己必须面对的强大的敌人。

这种可怕的通知我已领受过两次。第一次差不多是在十年前，我的第一位妻子玛莉怀孕八个月时患了白血病；第二次是在三年多前，那是我刚刚做了心脏手术四个月后；一次偶尔的X光检查时，发现我左肺部有一块淡淡的阴影。

十年前的一个早上，玛莉首先发现她的一只手臂上长了些看似紫癜的斑（针尖大小的出血点），我便带她去做血液检查。后来我们办公室的电话铃响了，是肯·巴特勒医生打来的，他是我在多伦多圣迈克尔医院的同事，该院的血液病专家。

他说：“约翰，我得告诉你一个让人震惊的消息，玛莉的血小板的数量只有两万个，而且在她的血涂片上，我根本看不到血小板。我得马上给她做骨髓检查。”

我顿时惊呆了，他的话重重地给了我当头一棒。

第二天早上，我在家里接到肯的电话，我听得出，他控制着说话的语气，尽量显得平静："约翰，今天早上你能来吗？我想在7C区跟你谈谈，大概十点钟左右。"

十点整，我见到肯·巴特勒医生。"怎么样，肯？"

他答道："玛莉患的是急性骨髓白血病。"

我不禁潸然泪下，等我平静下来，我问道："有没有好的可能？"

"除非她的病情能减轻，不然她大概只有六周到八周的时间了。"

他的预计竟毫无差错。我们的孩子，是个男孩，倒是活了下来——白血病并没有通过胎盘侵入他的体内。

先是得知玛莉患了绝症，然后又知道自己得了癌症。这经历使我清楚，得知癌症的消息对家人的打击比对患者本人更大。但作为患者，我又深知诊断为癌症比诊断为任何疾病都更可怕。即使是当我得知自己需要做一次心脏手术时，我也没感到可怕，反而还颇感轻松，心想手术后就可以痊愈，可以恢复健康了。

但我完全没料到会发现我患有癌症。

那是手术后不久，我准备休假一周去打鸭子，可觉得右胸口伤口附近疼痛，就在启程前几天做了一次X光检查，然后就把这事给忘了。我回来后的第二天早上，1975年11月8日，我的心外科医生克莱尔·贝克打来电话。

"约翰，是关于你的胸部X光片的，布鲁斯·博德想再多拍些片子。"布鲁斯是我们放射科的主任医师。"左肺肺叶有些疤痕，可能是手术后遗症。你若能来，他今天早上就能给你拍片。"

在布鲁斯的办公室，他把我的胸片放在观片箱上，我便经历了一生中最为惨痛的一幕——亲眼看到自己左肺的癌瘤。

我不相信自己的眼睛，觉得心口发闷，得出去透透气。我踉踉跄跄奔下楼，穿过大街，来到圣迈克尔大教堂。我跪在长凳上，却连祈祷的力气都没有了。只觉得自怜、绝望。圣迈克尔大教堂的钟声响起来了。我想起了约翰·多恩的诗句："……不要打听丧钟为谁而鸣，丧钟为你而鸣。"

人们从初次听到自己身患癌症时的战栗中恢复过来以后，紧接着会想："我得的癌症究竟有多糟？""我还能活多久？"大多数人都能咬牙接受这残酷的现实。的确，我就经常惊叹于我的病人在得知实情后表现出来的勇气，常问自己："如果我得了癌症，我能这么勇敢吗？"一旦重振精神，你就不再为自己难过，而真正开始了同癌症的斗争。

这时，我们医生就会听到病人说："医生，你怎么治我的病都行，我不会泄气的。"

海明威曾写道："勇气就是面对痛苦时泰然自若。"我更欣赏18世纪意大利作家维多利奥·阿尔费里的话："对勇气的考验往往不是去死，而是求生。"面对疾病，与它同在——这就是勇气。"希望"是我们治疗癌症最有效的"药物"。没有一种癌症（无论在任何阶段）是不可治疗的。把希望注入病人内心，我们就能帮助他以积极的态度同疾病作斗争。这也许有些不合逻辑，无根无据。但许多医生都相信，要使癌症治疗有效，这必须是治疗的一部分。

自从我知道我的生命已不长久，我的生活态度改变了。"这是你所剩生命的第一天。"这话对我有实实在在的意义。我倍加珍惜每个阳光灿烂的日子、每朵鲜花和每声鸟鸣。我们何曾体味过此种乐趣：呼吸畅快、吞咽自如、行走轻便、睡眠香甜？

患病之后，我着手处理一些从前搁置下来的事。我读了原本打算退休后再读的书，还自己写了本书，名为《外科术》。我与妻子马德琳共度了更多的假日。我们常去打网球，尽情地玩冰上溜石游戏，还带儿子们去钓鱼。每每回首患癌症后的这几年时光，我觉得仿佛在许多方面我又过了一生。上次在巴哈马度假时，我沿海滩散步，海浪轻抚着我的双脚，蓦然间，我觉得自己融入了整个宇宙，尽管只是微不足道的一分子，渺小得如海滩上的一粒细沙。

尽管我不得已减少了工作量，但觉得自己与病人更容易沟通了。每次走进“重症监护室”，想到自己也曾是这里的病人，敬畏之情油然而生。经历过身患癌症的极度痛苦后，我依然能享受生活的欢乐。因此，安慰我的癌症病人便成了我的特别乐事。

一次，一位病人刚做过喉切除手术，我问他是否想喝冰镇啤酒，并给他端来一杯，我看见他眼中闪烁着光辉，此时此刻，我感到一股暖流涌遍全身。

假如我们意识到人的生命只是宇宙中一个微小的瞬间，那么，用年月来计算的生命就不会像我们想象的那般重要。何必以心跳来衡量生命呢？如果生命如此依赖心脏跳动这一极不可靠的人体机能，那么生命就实在太脆弱了。我们唯一可以绝对依赖的只有死亡。

我相信，死亡是人生中最重要的部分。

我相信，人的生命与漫长的永恒相比只是短暂的一瞬。我相信，凭我的宗教信仰相信，在死后无法描述的日子里，我将“回归圣父”。我相信，我的生命虽短，但经历丰富，我拥有欢乐、爱与成就。我相信，我死后将永远活在我至爱的人们——我的母亲、兄弟、妻子、儿女和朋友心中。我相信，我会在他们的陪伴下离去，并希望，获得上帝那崇高的恩赐——带着尊严，安详地告别人世。

文/约翰·A·麦克唐纳

对所有人来说，生与死都是最为重要的事情。这不仅因为生是现世的开端、死是现世的终结，而且因为，只有正确认知生死，我们才能找到自己真正需要的生活方式，找到自己的梦想与奋斗的方向。简而言之，只有了悟生死，我们才知道自己应该如何活着。

寻找羊群

父亲去世的时候，他才五岁，那会儿还不晓得世事，他只记得很多乡人在他家平素寂寥的院落里忙来忙去，几位妇女在院子内支起大锅，蒸出一锅锅热气腾腾的米饭，那香喷喷的不掺糠面的米饭是乡人从来不易吃到的。他因为这些热闹非凡的景象感到无比兴奋。他看见父亲清瘦枯干地躺在木床上，脸上覆盖着腊黄的纸，但这对他的情绪都无关紧要。几位伙伴来找他，他光着屁股把晾在锅盖上的米饭锅巴一捧捧地偷运而走，然后分给伙伴们吃。那时，他感到自己是那么的富有和慷慨，甚至高大。伙伴们乐津津地嚼着他施舍给的锅巴，表情里充满了对他的讨好与恭敬，这是他在伙伴中从未受到过的礼遇。

事隔五年，积劳成疾的母亲重现了父亲当年躺在木床上的情景。这时的他已经不再流鼻涕，并开始捧读二年级《春天来了》的课本。那天傍晚同样来了很多人，几位伙伴仍然掺杂其间翘首巴望他的锅巴，然而他却在这一片喧杂声中感到了莫名的无助。两个姐姐正用无尽的泪水表现着失去亲人的感情，他被命令着去找回家中那三只夜不知归的羊。

后来很久以后，他都不能忘记那天黄昏给他的感觉。那已是深秋时节，枯黄的叶子偶尔在阳光中划落使他感到了白发脱散的景象，树林和田野和夕阳都是那么的通红，他在落叶铺就的隧道里沙沙地行走，仿佛行走在火炉与风声之中。那是一种无法描绘的纷繁的景象。他听见自己粗旧的布衫在风中猎猎作响，他甚至还听到了一种奇异的声音，冥冥地呼唤着他的脚步。

三只羊不知去向了，他漫无目的地穿越田野、林地，直到黄昏消逝，星斗升起。满天星斗升起。满天星斗向他展示了另一种甜蜜的幻觉。他踩踏着星光，听着狼的嚎叫和山鸟的哭咽，但他都不觉得害怕。他的心目中似乎从始至终没有寻羊的概念，却似乎在寻找那一呼唤的声源。他终夜慌不择路地走着。

黎明时分，他绕回了村落，像一只走失多日又回来的疲惫不堪的小狗。姐说，羊呢？他没回答，眼神呆痴地望了望脚上的泥土和划破的伤口，他说："姐，羊呢？"

这是他记忆中关于童年的两次深刻记忆，却是两种不可相提的印迹。

转眼十四年过去了，这时他已有了父亲一样的体魄，唇上也生出幼稚的胡须。他从几千里之外的异乡回到他的故乡。记忆中两次热闹过的院落已化成了一片废墟。后来他去了父母的坟茔。火焰熊熊的时候，十四年间的经历以片断衔接的方式继续跳跃在纸钱的火焰里。他忆起那年秋天，他彻底成为孤儿后四处沦落的生活。在他为了吃饭这一充满现实意义的问题而放弃8年的学业去异地谋生之时，他做过如下的工作：装卸火车、采运石头、打更、做三轮车夫、替人卖过鞋子、做过烟贩，并且连续失业几个冬天。其间，他总为自己一天能混上两顿饱饭、每晚能找个地方睡宿好觉而沾沾自喜。记忆之中，再没有谁给他家庭的温暖和母爱，但他也从未产生过这样的奢求。他就像一只无家可归的野狗，在城市或者乡村终日奔命于一块面包抑或骨头。他必须为生存而生存，而父母这个称谓和"家"这个名词从此在他的印象里消失了。

现在他以一头长发和身着俭朴的姿态立在故土与父母坟前，他看见那年黄昏与夜晚的景象又向他冥冥而来，而深秋的落叶在他头顶划过的却不是白发飘落的情形，那是另一种硕鸟纷飞的风景。众多的鸟在通红的天空中盘旋飞舞，使他感到天堂般的充实与辉煌。因为他的回忆已不在于十四年中他所历经的生活的苦难，而是在于他由此深刻地懂得了生活，懂得了怎样对待生命的厄运。

冥想之中，他恍然悟得，十四年前他穷命寻羊的真正意义，是要寻找那份即将逝去的母爱，对于一个孩子来说，那爱深入骨髓却再失不复得，再无从寻找和替代。

如今，那种孩子的无助和恐慌因生活的锻造而成为一种无可打败的力量。他站在苦难和沉重的生命历程里，站成了一位永倒不下的巨人，并将多年前寻找母爱的冥想转换成为寻找人类之爱。

由此他无比热爱着生命，热爱着自己的生命。他认为人生的意义不是自己获得了多少，也不是生活的苦乐，而是该知道自己应怎样活着，怎样让人生充满意义。

他将永远地寻找那不知去向“羊群”，并因此而充满快乐。

文/海勒根那

苦难就像一块沉重的石头，把这块石头压在自己的心上，就看不到头上的蓝天；把这块石头踩在脚下，苦难就是人生向上的一个个台阶。人的一生中，只有经历苦难，才会使生命越来越丰富。知识可以从书本中学到，但成长必须经过历练，所以，我们应以积极乐观的心态面对生活，打造强大的内心。

第二辑　有一种爱叫守护

父爱如山，母爱似水。母爱和父爱这个亘古不变的话题，永远也诠释不完。它就像音乐的旋律，时而振奋人心，催人进取，时面恬静安逸，创造新的自我。佛说父母之恩，无边无量，虽千百劫，犹不能报恩。

不要闯进爱的天堂

在黎明即将到来的时刻，整个城市却沦陷了，城里的炮火声依旧轰鸣，城市外是逃荒的汹涌难民。很多溃逃的士兵也陆续加入了这个队伍。从他们的口中，人们得知，城市沦陷到敌人手中了。逃难的人们更加恐慌了，开始惊慌地跑。但其中，有一个妇女却突然逆着人流往城里赶。

人们都以为她疯了，连忙去制止她，但这些都不管用。她旋即挣脱，不顾一切地冲击人流，她一次次被冲倒，甚至被踩踏……终于没有拥挤奔逃的人流了，她加快了往城里赶路的步伐，可就在快到城里的时候，一排荷枪实弹、占领城市的士兵，远远地鸣枪警告她，示意她不要再靠近！

她没有停下脚步的意思，而是大声喊着什么，士兵没有听清楚，接着把一排子弹打到了她脚前。

她在原地停了一会儿，然后边喊着边用手比画，为了不让对方怀疑自己是人弹，她索性把自己全身的衣服脱光了，然后把双手高高举过头顶，继续往前赶。

这回，士兵没有开枪，而是用惊讶的目光看着她走过来。她被带到了指挥官那里，但她一路上却不停地呼喊：“求求你们快放了我，我还有重要的事，等我办完了，你们再抓我也不迟！”

她能有什么重要的事情？所有的居民都恨不得马上逃离这里，但她却一个人回来，难道是有什么企图？她不怕被蹂躏，被侮辱，甚至被残忍地杀害？在指挥官的质疑下，她泪流满面地开始了叙述。

原来，她叫撒坦尼，是这个城里的居民。半个月前，轰隆隆的空袭声，就让整个城市的居民陷入了恐慌之中。飞机空投下来的传单，让人们更加相信战争已经降临到了这个城市。因此，大家都躲在屋子里不敢出门，平时喧闹的大街上一片萧条。

在空袭持续半个月后，战争真的来临了。此时，因为战争造成的封锁，居民储存的食物已经空空如也。虽然国际救援组织在市中心有免费发放的食物，但很多居民还是宁可饿肚子，也不愿冒着生命危险去领取。

快两天没吃东西了，撒坦尼和五岁的儿子很疲惫地躺在床上。明天如果再没有吃的，儿子会不会病倒呢？作为母亲，撒坦尼越想越担心，半夜两点左右的时候，撒坦尼突然惊醒。看见熟睡的儿子的小脚正露在外面，撒坦尼轻手轻脚地把被子往下掖了掖，低头温柔地亲吻了一下儿子的额头，没想到儿子却睁开了惺忪的睡眼，很不安地望着妈妈：“妈妈，为什么外面总是轰轰地响？”

撒坦尼哽咽了一下，对儿子解释说：“没事的，别怕，那只是上帝放的几个响屁而已！”

儿子接着说：“妈妈，我饿！”撒坦尼赶紧用两只手抚摸着孩子的脸颊，说：“宝贝儿，快睡吧，别怕，妈妈早起去给你排队领面包。你放心，等到天亮，你睁开眼睛的时候，我就会回来！”儿子听了妈妈这么说，才放心地再闭上了眼睛。

撒坦尼喝了口凉水，走出家门，往市中心的国际救助站赶去。虽然外面很黑，但可以看见很多荷枪实弹的武装人员在聚集、奔跑，但撒坦尼没有半点胆怯，依旧快步赶路。

从家到国际救助站要走两个多小时，就在她走到中途的时候，撒坦尼被一股汹涌而来的人潮推搡着一下子不知道了方向，当她弄明白怎么回事的时候，发现自己竟然和一大堆逃难的人群来到了城外。因此，她开始快步赶回城里，因为她答应过儿子："等到天亮，你睁开眼睛的时候，我就会回来……"

在场的人听完她的叙述后，空气一下子凝住了。这时，指挥官向撒坦尼敬了个礼，旋即下令，空军和炮兵暂时停止炮击，在撒坦尼家所在的区域先暂时停止军事进攻行动。

然后，他命令手下开着车以最快速度把撒坦尼送回家后，再把他们送到安全地带。此事传播开后，被战争麻木了心灵的将士，开始小心翼翼地放着每一枪和每一炮，以免无辜的平民受伤。而且，他们很迫切地希望战争马上结束，并在心里默默祈祷：希望罪恶的子弹和尖刀，没有闯进爱的天堂，误把孩子的梦惊醒……

文/阳洁

战争不仅造成家园的破碎，更造成了人间一切美好东西的毁灭。但是这些都阻止不了一个母亲的拳拳爱子之心，为了儿子而不顾生死的撒坦尼，终于感动了那些被战争麻木了心灵的将士，与儿子一起脱离险境，演绎出了一曲令人感动的亲情咏叹调。残酷的战争，伟大的母爱，这两者出色的结合，凸显了战争环境下的人性写真，以及战火中母爱的伟大力量。

我是笨鸟，你是矮树枝

不被世界理解的天才

对别的孩子来说，生在一个爸爸是政府官员、妈妈是大学教授的家庭，相当于含着金钥匙。但对我却是一种压力，因为我并没有继承父母的优良基因。

两岁半时，别的孩子唐诗宋词、1到100已经张口就来，我却连10以内的数都数不清楚。上幼儿园的第一天，我就打伤了小朋友，还损坏了园里最贵的那架钢琴。之后，我换了好多家幼儿园，可待得最长的也没有超过10天。每次被幼儿园严词“遣返”后，爸爸都会对我一顿拳脚。但雨点般的拳头没有落在我身上，因为妈妈总是冲过来把我紧紧护住。

爸爸不许妈妈再为我找幼儿园，妈妈不同意，她说孩子总要跟外界接触，不可能让他在家待一辈子。于是，我又来到了一家幼儿园。那天，我将一泡尿撒在了小朋友的饭碗里。妈妈出差在外，闻讯赶来的爸爸恼怒极了，将我拴在客厅里。我把嗓子叫哑了，手腕被铁链子硌出一道道血痕。我逮住机会，砸了家里的电视，把他书房里的书以及一些重要资料全部烧了，结果连消防队都被惊动了。

爸爸丢尽了脸面，使出最后一招，将我送进了精神病院。一个月后，妈妈回来了，她做的第一件事是跟爸爸离婚，第二件便是接我回家。妈妈握着我伤痕累累的手臂，哭得惊天动地。在她怀里我一反常态，出奇地安静。过了好久，她惊喜地喊道："江江，原来你安静得下来。我早说过，我的儿子是不被这个世界理解的天才！"

不是一个人在战斗

上了小学，许多老师仍然不肯接收我。最后，是妈妈的同学魏老师收下了我。我的确做到了在妈妈面前的许诺——不再对同学施以暴力。但学校里各种设施却不在许诺的范围内，它们接二连三地遭了殃。一天，魏老师把我领到一间教室，对我说："这些都是你弄伤的伤员，你来帮它们治病吧。"

我很乐意做这种救死扶伤的事情。我用压岁钱买来了螺丝刀、钳子、电焊、电瓶等，然后将眼前的零件自由组合。这些破铜烂铁在我手底下生动起来。不久，一辆小汽车、一架左右翅膀长短不一的小飞机就诞生了。

我的身边渐渐有了同学，我教他们如何使用平时家长根本不让动的工具。我不再用拳头来赢得关注，目光也变得友善、温和起来。

很多次看到妈妈晚上躺在床上看书，看困了想睡觉，可又不得不起来关灯，于是我用一个星期帮她改装了一个灯具遥控器。她半信半疑地按了一下开关，房间的灯瞬间亮了起来，她眼里一片晶莹："我就说过，我的儿子是个天才。"

直到小学即将毕业，魏老师才告诉了我真相。原来，学校里的那间专门收治受伤设施的"病房"，是我妈妈租下来的。妈妈通过这种方法为我多余的精力找到了一个发泄口，并"无心插柳柳成阴"地培养了我动手的能力。

我的小学在快乐中很快结束了。上了初中，一个完全陌生的新环境让我再次成为批评的对象——不按时完成作业、经常损坏实验室的用品，更重要的是，那个班主任是我极不喜欢的。比如逢年过节，她会暗示大家送礼，好多善解人意的家长就会送。

我对妈妈说："德性这么差的老师还给她送礼，简直是助纣为虐！你要是敢送，我就敢不念。"这样做的结果，是我遭受了许多冷遇。班主任在课上从不提问我，我的作文写得再棒也得不到高分，她还以我不遵守纪律为由，罚我每天放学打扫班级的卫生。

妈妈到学校，见我一个人在教室扫地、拖地，哭了。我举着已经小有肌肉的胳膊对她说："妈妈，我不在乎，不在乎，她就伤不到我。"妈妈吃惊地看着我。我问她："你儿子是不是特酷？"她点点头："不仅酷，而且有思想。"

从此，她每天下班后便来学校帮我一起打扫卫生。我问她："你这算不算是对正义的增援？"她说："妈妈必须站在你这一边，你不是一个人在战斗。"

再辜负你一次

初中临近毕业，以我的成绩根本考不上任何高中。我着急起来，跟自己较上了劲，甚至拿头往墙上撞。我绝食、静坐，把自己关在屋子里，以此向自己的天资抗议。

整整4天，我在屋内，妈妈在屋外。我不吃，她也不吃。

第一天，她跟我说起爸爸。那个男人曾经来找过她，想复合，但她拒绝了。她对他说："我允许这个世界上任何一个人不喜欢江江，但我不能原谅任何人对他无端侮辱和伤害。"

第二天，她请来了我的童年好友傅树。“江江，小学时你送我的遥控车一直在我的书房里，那是我最珍贵、最精致的玩具，真的。现在你学习上遇到了问题，那又怎样？你将来一定会有出息，将来哥们可全靠你了！”

第三天，小学班主任魏老师也来了。她哭了：“江江，在我教过的学生里，你不是最优秀的，但你却是最与众不同的。你学习不好，可你活得那么出色。你发明的那个电动吸尘黑板擦我至今还在用，老师为你感到骄傲。”

第四天，屋外没有了任何声音。我担心妈妈这些天不吃不喝会顶不住，便蹑手蹑脚地走出了门。她正在厨房里做饭，我还没靠前，她就说：“小子，就知道你出来的第一件事就是想吃东西。”

“妈，对不起……我觉得自己特别丢人。”

妈妈扬了扬锅铲子：“谁说的！我儿子为了上进不吃不喝，谁这么说，你妈找他拼命。”

半个月后，妈妈给我出了一道选择题：“A.去一中，本市最好的高中。B.去职业高中学汽车修理。C.如果都不满意，妈妈尊重你的选择。”我选了B。我说：“妈，我知道，你会托很多关系让我上一中，但我要再辜负你一次。”妈妈摸摸我的头：“傻孩子，你太小瞧你妈了。去职高是放大你的长处，而去一中是在经营你的短处。”

我是笨鸟，你是矮树枝

就这样，我上了职高，学汽车修理，用院里一些叔叔阿姨的话说，将来会给汽车当一辈子孙子。

我们住在理工大学的家属大院，同院的孩子出国的出国，读博的读博。只有我，从小到大就是这个院里的反面典型。

妈妈并不回避，从不因为有一个“现眼”的儿子绕道而行。相反，如果知道谁家的车出现了毛病，她总是让我帮忙。我修车时她就站在旁边，一脸的满足，仿佛她儿子修的不是汽车，而是航空母舰。

我的人生渐入佳境，还未毕业就已经被称为“汽车神童”，专“治”汽车的各种疑难杂症。毕业后，我开了一家汽修店，虽然只给身价百万以上的座驾服务，但门庭若市——我虽每天一身油污，但不必为了生计点头哈腰、委曲求全。

有一天，我在一本书中无意间看到这样一句土耳其谚语：“上帝为每一只笨鸟都准备了一个矮树枝。”是啊，我就是那只笨鸟，但给我送来矮树枝的人，不是上帝，而是我的妈妈。

摘自《初中生学习》2012 年第 9 期

文/冬儿

人生总有偶尔陷入“死角”的时候，能否走出来，就看你如何对待这不断下落的重负。如果你将之当做负担，它早晚会置于你死地；如果你勇敢地抖落，它就能够成为你崛起的垫脚石。即便你是一只笨鸟，也会有上帝为你提供一根适合你的树枝栖息，所以，每个人都有自己的生活方式和成功方式，不要羡慕、模仿别人，就在自己的枝头欢歌，绽放光彩吧。

有一种爱，叫遥遥守候

中午十二点半，她打来电话，说她已到了学校。她的声音一如往常，只是顺着电话线从百十里外传来，就像是有所不同了。你的心一下子伤感起来。女儿长大了，必须进入另一个空间，那个空间不论称它为学校、社会、集体，还是别的，总之都是一样的：在那里，不会有任何人对她像你对她的感觉一样，因为那里没有父亲——唯一的父亲只能坐在家中。对于父亲，女儿的外出，哪怕是极为短暂和极小距离的外出，她都是令人担忧的，她的弱小无助、她的诚实和善良、她的孤独和无知、她的所有的一切都成为你为她担忧的理由和原因。

想一想昨天晚上，她还和你坐在沙发上一直谈到很晚。她笑得多么开心呵！那是因为你故意对她发表一些貌似深刻的所谓的人生哲理，你以一本正经的样子，用荒诞不经的语言，讲着她这个年龄尚不能完全理解的一些话。你并不为了教她什么，你只是拿别人的思想跟她开玩笑而已。她果然笑得上气不接下气。你的女儿，她只有在你面前，才是安全的、健康的、可爱的，不可能遭受任何一丁点侵犯的，何况，她的更为强大的守护神——她的母亲，正在里屋床上坐着织毛线，她在跟着她的女儿一起笑，她为她的笑而笑。此时此刻的三口之家就像一个三角形一样坚固。这样的夜晚多么令人留恋呵！

然而，现在的她已到了另一个地方。只有四十分钟的车程，却已经是遥不可及。在那里，没有你，没有她的母亲，没有坚固的三角形。她不可能受到单独的注视，不可能有人仅为逗她发笑而滔滔不绝，她孤单地走在成百上千的人群之中，她生活在老师们视若无睹的目光之下，她处在了一个庞大无比的集体之中，她成了真正的个体，一个承担着恐惧、危险和责任的人。

她十六岁了。这应该是一个不小的年龄了。这是她所称的雨季。你不知道这个词究竟是什么意思，这是她这一代人的流行词语。但这又有什么关系呢？你是一个父亲，你是你唯一的女儿的父亲，你们之间的关系并不因为词语的变化而变化。对于如何做父亲，你的确没有多少经验可以借鉴。你自己的童年时代是荒芜可怕的，这使你觉得你有责任给你的女儿一个多少好一点的童年，于是，你从来没有仿效过你自己的父亲，你绝对不是一个严父，也许你真的对她是溺爱的，而这种溺爱当然不会对她的成长有利，但是，给予孩子过多的爱，仿佛是对自己童年的一种补偿，你像一道决了堤的河坝滔滔汩汩，欲罢不能，你甚至不能理解你为什么有着如此充沛的情感的水量。

昨天晚上，你对她说，已经十六年了，你却还一巴掌都没有打过她，你作为一个严父的形象完全没有树立起来，而且这辈子恐怕都不可能了。这又使她笑得岔了气。她一边笑着一边手指你的卧床说，你打过我，打过我，就在那张床上。那是她七岁刚上小学一年级的时候，有一次给她输液，她竟突然举起液体瓶子，站立于床头，其姿态之决绝和罕见叫你又气又笑，你一把抓过她，按倒在床上，打了她屁股几巴掌，她哭声震天响。那是她唯一的一次大胆叛逆，也是你唯一的一次对她抡动巴掌。这个故事小到不堪提及，它只是家庭史上一粒芝麻大的笑料而已。她自己也明白这一点。

昨天晚上，你笑她怎么能上了上高中还在读什么《皮皮鲁和鲁西西》。《皮皮鲁和鲁西西》是她上小学时买的一本童话书。她大笑着辩解说，上厕所只能读轻松的。于是，话题从这里开始，就一发而不可收了。她挥舞着她的小手，使劲表示她对苏童小说的不可理解，她说她永远不可能对人生抱有悲观主义的态度，她永远不会发神经病，她高兴做一个正常的人。她说苏童、王安忆为什么总是那样不住嘴地呼噜噜地叙述。她说，她只有在读《红楼梦》、《安娜·卡列尼娜》和《约翰·克利斯朵夫》的时候，才会激动和惊叹，她说为什么苏童、王安忆不像托尔斯泰那样去写，她又说卡列宁和列文几十页几十页谈政治的时候令人讨厌。总之，昨天晚上，她说了很多，你也说了很多，那真是一场热烈的交流。你欣喜于你的女儿已经能够对文学有一些理解，而她现在只有十六岁，她今后还必将会有更多的理解，这有多么好啊！

但是，现在，话筒里只传出干巴巴的一声“我到了学校，我准备去吃饭”。这对你无异于一个强烈的信号，它表示她的孤独的新生活又在继续了，她又要坐在课堂上打瞌睡，在黎明的操场上被罚跑步，在乱哄哄的校园里淹没到人群中。

你，一个徒劳无益的父亲，只能站在远处张望，你一点都帮不了她。她的乐观主义的人生将在窗外的风沙中经受漫长的打磨。她最终将走往何方，这是一个无解的难题，是对一个父亲的终生的拷问。她曾问道：“老爸，什么是宿命？”回答是，无论你有怎样的愿望，无论你怎么奋斗，无论你的道路多么曲折，你最后的终点却是早已确定了的。她说：“哈，那我相信宿命！这就是她的乐观主义。”

一个快活的女儿和一个惊惶失措的父亲，你们共同站立于混乱时代的诺亚方舟上，你们是一个整体，可你们又分属于不同的两代人（这有多么荒谬！），啊！但愿你们能够相互拯救，既为了你们自己，也为了这个时代，因为，在这个精神匮乏的年代里，没有你们之间的连接，一切便不可能显得如此丰富……

文/聂尔

世间的爱有很多种，但有一种爱会比生命更长久，虽然生命已经终结，但宠爱会伴随儿女一生，那就是世界上最深沉、最博大的爱——父爱。都说女儿是父亲前世的情人，因为割不断的情，所以跟到今世。父亲在这世会加倍呵护自己的女儿，为了前世的未了情缘，为了前世的不能尽意的缠绵，为了前世不能白头的相守，为了前世有约的协定。是啊，这一生，还有谁会像父亲一样，默默地守候我们的一生？

只想和你接近

那是我人生中第一次一个人到台北、第一次单独和父亲睡在一起、第一次帮父亲剪趾甲，却也是最后一次和父亲一起看电影……

直到我十六岁离家之前，我们一家七口全睡在同一张床上，睡在那种用木板架高、铺着草席，冬天加上一层垫被的通铺。

这样的一家人应该很亲近吧？没错，不过，不包括父亲在内。

父亲可能一直在摸索、尝试与孩子们亲近的方式，但老是不得其门而入。

同样的，孩子们也是。

小时候特别喜欢父亲上小夜班的那几天，因为下课回来时他不在家。因为他不在，所以整个家就少了莫名的肃杀和压力，妈妈准确的形容是“猫不在，老鼠呛须”。

午夜父亲回来，他必须把睡得横七竖八的孩子一个一个搬动、摆正之后，才有自己可以躺下来的空间。

那时候我通常是醒着的。早就被他开门闩门的声音吵醒的我继续装睡，等着洗完澡的父亲上床。

他会稍微站定观察一阵，有时候甚至会喃喃自语地说：“实在啊……睡成这样。”然后床板轻轻抖动，接着闻到他身上柠檬香皂的气味慢慢靠近，感觉他的大手穿过我的肩胛和大腿，最后整个人被他抱了起来放到应有的位子上，然后拉过被子帮我盖好。

喜欢父亲上小夜班，其实喜欢的仿佛是这个特别的时刻——短短半分钟不到的来自父亲的拥抱。

长大后的某一天，我跟弟妹坦承这种装睡的经验，没想到他们都说："我也是，我也是。"

或许亲近的机会不多，所以某些记忆特别深刻。

有一年父亲的腿被矿坑的落盘压伤，伤势严重到必须从矿工医院转到台北一家私人的外科医院治疗。

由于住院的时间很长，妈妈得打工养家，所以他在医院的情形几乎没人知道。某个星期六中午放学之后，不知道是什么样的冲动，我竟然跳上开往台北的火车，下车后从火车站不断地问路走到那家外科医院，然后在挤满六张病床和陪伴家属的病房里，看到一个毫无威严、落魄不堪的父亲。

他是睡着的。四点多的阳光斜斜地落在他消瘦不少的脸上。

他的头发没有梳理，既长且乱，胡子也好像几天没刮的样子；打着石膏的右腿露在棉被外，脚趾甲又长又脏。

不知道为什么，我想到的第一件事，竟然就是帮他剪趾甲。护士说没有指甲剪，不过，可以借我一把小剪刀，然后我就在众人的注视下，低着头忍住一直冒出来的眼泪，小心翼翼地帮父亲剪趾甲。

当我剪完所有的趾甲，抬起头才发现父亲不知道什么时候已经睁着眼睛看着我。

"妈妈叫你来的？"不是。"你自己跑来？""没跟妈妈说？没有！"

直到天慢慢转暗，外头霓虹灯逐渐亮起来之后，父亲才再开口说："暗了，我带你去看电影，晚上就睡这边吧。"

那天夜晚，父亲一手撑着我的肩膀，一手拄着拐杖，小心地穿越周末熙攘的人群，走过长长的街道，去看了一场电影。

一路上，当我不禁想起小时候和父亲以及一群叔叔伯伯，踏着月色去九份看电影的情形的同时，父亲正好问我说：“记不记得小时候我带你去九份看电影？”

那是我人生中第一次一个人到台北、第一次单独和父亲睡在一起、第一次帮父亲剪趾甲，却也是最后一次和父亲一起看电影。

那是一家比九份升平戏院大很多的电影院，叫远东戏院。那天上演的是一部日本纪录片，导演是市川昆，片名叫《东京世运会》。

片子很长，长到父亲过世二十年后的现在，还不时在我脑袋里播放着。

文/吴念真

在作者的笔下，父子之间的“接近”从身体的接近逐渐走向心灵的亲近，这种变化源于儿子开始懂得主动关心和照顾父亲。儿子独自坐火车去台北看望父亲，源于对父亲的牵挂；看见憔悴的父亲后，儿子忍着眼泪给父亲剪指甲。这些发自内心的关爱和付出，带来了父子间心灵的亲近。在作者的心中，和父亲亲近的美好记忆值得珍惜和回味，这种亲近感温暖了他的一生。

爱到卑微成“冷漠”

我终究还得面对父亲。天地那么大，可只有在他那里，才是我可以落脚的家。

在上火车之前，我给父亲发了信息，告诉他我要复员回家了，还附上了我坐的车次和到达的时间，尽管我知道他一定不会来接。三年了，我从来都没有回过家，不知道他的手机号换了没有。此前，他从未给我打过电话，我也没有尝试和他联系过。我知道，即便给他打电话，他也不会接。也许，他永远不能原谅我。

如我所料，出站口人潮拥挤，却没有接我的亲人。我打了个车，昏昏沉沉地闭上眼睛后，才蓦然发觉，其实他不来也好，省去了两人话不投机或默然无语的怨怼与尴尬。

他不在家。院子里昔日蓬勃的名贵花草，有的成了干枯的死株，那些稀稀拉拉活着的，也是孤单落魄；鱼池里的水，因没人管护成了干涸的垃圾；但我的闺房却收拾得干净整齐，还有一股淡雅的香水味，连床上都挂了粉红色的纱帐，好像这里一直有人住着一样。我有些疑惑，也有些沮丧，没敢把行李放在房里，转身开始收拾阁楼一侧那间尘封已久的客房。

父亲曾是个部门领导。那年，他费尽心力把我送到了我梦寐以求的部队，让我成了令人羡慕的女兵。我进部队不久，他便出了事，因经济问题而被刑拘。调查人员向我了解情况时，我则竹筒倒豆子，把自己知道和隐约知道的他的收入及消费之类的情况，全部如实汇报。很快，他被免职开除党籍，没收部分财产，且获刑一年半。

之后的日子，直到他重获自由，我们一直没有联系过，我也一直没有回家。我不想见他，一方面是不敢面对他；另一方面是心里隐隐的愧疚——是我把亲生父亲送到了监狱。

多年来，我和父亲相依为命，虽然他是国家干部，许多条件甚好的女子愿意与他重组家庭，可他，自母亲离开后一直没有续娶。我知道，他是为了我。直到我长大成人，逐渐体恤到他的孤苦，极力劝他再婚，他才勉强同意与一个知书达理的女子交往。不想，就在他把我送到部队，欲梅开二度时，却锒铛入狱，交往两年的女友也离他而去。

我不想也不敢再回去见他，总觉得这一切都是我的错。不管他在别人的眼里是什么样的人，不管他落到怎样的地步，他再不济，也是我的父亲，是生我养我、为了我可以牺牲幸福的父亲。我对他来说却是无义之人。

于是，我要考上军校，要接受更高更好的教育，要有更好的前途，要一辈子留在部队。至少，我可以有个理由，不用回家。用自己的光明灿烂，告慰他多年来的养育之恩。可事与愿违，或许是我不够努力，或许是我表现不够好，最终，我没有考上军校，在部队做了三年通信兵后，不得不复员回家。

我想过逃避，只身去南方打工，可心里还是止不住地牵挂着他。他毕竟是我的亲生父亲，我不可能一辈子都逃避他。尽管他不曾原谅我，可他年龄大了，独身一人，以前的风光不再，他更需要亲人默默关注的视线。

我不知道他什么时候回家的。我满头大汗地清理客房的杂物灰尘，抬头举臂拂汗时，看到了立在门口的他。他老了，昔日黑得漆黑发亮的浓发已经不再，取而代之的是头顶秃得发亮的头皮和几根稀稀落落的白发。他完全没了以往的意气风发。三年时间，他变成了有些颓然佝偻和伤感的老人。我的眼泪忽然就落在了地上。我别过头，没敢看他；而他，立在门口，一声不吭。稍后，他扛着我的行李，扔到了我往日的闺房里，然后咣当一声关了门，步履急促而沉重地下楼了，甚至没有和我说一句话。

是的，他终究不能原谅我。但他以这样的方式接受我，我已经很满足了，至少，他为我打扫好房间，说明他还是希望我留下来陪在他身边过日子。如此，尽管他不搭理我，不愿和我说话，我已经很满足了。

我赶紧下楼为他准备晚餐，没想到他正在厨房忙活。我讨好地帮他拿起炒菜的铲子，在锅里搅动了几下，不想，他好像不领情地从我手里夺过铲子。我张了张口，想叫一声爸爸，可眼角的余光看到他毫无表情的冷漠面孔，生生地把到了嘴边的话憋了回去。我习惯性地耸了耸肩，退出了厨房。

饭桌上两人依然相对无语，各自吃饭。

日复一日，我和父亲住在同一个屋檐下，却彼此没有开口说过一句话。总觉得，是他的冰冷和不肯原谅阻碍了我的炽热。

每日他出去工作，我也忙着自寻生路，考试、应聘、找事做。尽管复员军人有安置政策，可我心里明白，像我这般条件，必定是安排到工厂车间流水线的。如此，不如碰碰运气，好歹自己也是大专毕业，应聘个私企文员或管理人员应该很有可能，可是总是碰壁。郁闷之余，我开始羞于出门，硬等着上边安置。没想到一周后，我便接到了通知，竟然是去电视台新闻部报到！

真是喜从天降，这样的好事居然砸在我的头上，而且从事的是我向往却不敢妄想的记者工作！我立刻就想到了他，想把这个好消息与他分享。欣喜之余，我不由分说地拨打了他的电话。打通后，我心里颤抖着想要叫一声爸爸，那边却是生冷的声音；“哦，有事？”我的喜悦立即一扫而光，一声不吭，默默地挂掉了电话。

次日上班，接受领导问话时，领导一边漫不经心地翻阅着一本厚厚的贴满报纸的剪报本，一边说，写得还不错，不过要记住，新闻工作者不光要有过硬的文字功底、敏锐的新闻感觉，还要具备丰富的知识体系、过硬的职业操守和自觉的社会责任……

我连连点头，推了推眼镜，凑近一看，天哪，领导手里的，竟然是我当兵三年来在报刊上发表作品的剪贴本。剪贴本上写着：宝贝女儿文摘。

走出领导办公室，我突然就有了感冒的感觉，眼泪和鼻涕堵塞住了鼻子，让我不能呼吸。我开始写文章的时候，已不跟父亲联系，可是父亲居然细致地把我发表过的文字剪贴成满满的一本，并以此为我谋得了向往已久的工作。原来无论父亲身在哪里，他爱的视线从来都不曾离开过我。

下班时，我买了父亲爱吃的鲫鱼和肚丝，我要下厨，好好地为父亲做顿好饭。推开门的时候，父亲戴着老花镜正在院子里清洗金针菇。我脱口而出：“爸爸！”

父亲愣了一下，盆子里的水溅了他一身，他赶紧站了起来：“囡囡，你叫爸爸了吗？”我使劲地点头。父亲竟欢喜得不知所以，两手在围裙上搓着，嘴唇动了动，居然词不达意地说：“囡囡，你不记恨爸爸了，不埋怨爸爸让你受了委屈，不嫌弃爸爸蹲过监狱了？……”

我有些惊愕，眼泪不争气地流了出来。一直以来，我都以为他的冷漠是不能原谅我，却从不曾想到，他自始至终都不曾怨过女儿什么。他所谓的“冷漠”，只是对女儿有意的疏远和卑微的逃避啊。

文/崔新娟

有人说，爱到深处是卑微。这不仅指爱情，亲情亦是如此。正因为对孩子毫无保留、倾尽所有的爱，才让为人父母者有了最卑微的心，担心对孩子照顾得不够好，担心孩子吃得不够多，担心对孩子奉献得不够多，而我们所能做的，也只有好好疼爱我们的父母，让他们知道，在我们心里，他们是世界上最伟大的父母，给了我们最完美的爱。

爱的守候

我与他其实并不很熟，只是为了一点事要去找他，就托了朋友带我去他家。

他事业有成，想象中他应该住花园别墅的，却不料，去时才知道，他住在老街区的老式筒子楼里，很简陋的房子。

谈妥事情之后，他留我和朋友吃饭，说好了去外面酒店吃，可临到吃饭时，他的妻儿和母亲却在那里推让，原因是要留一个人看家。推让着的3个人都让别人去酒店吃饭，表示自己愿意留下来，一番争执之后，大家还是拗不过他那年迈的母亲，将老人家留在了家中。

这让我很歉疚，也很不解。我们去吃饭，怎能将老太太一个人撇在家里？一定得留个人看家吗？

席间，为这事我再三向他致歉，他笑笑说，没什么，这是20多年的习惯了，不管什么时候，家里总要有一个人留守。

为什么？怕有小偷？我这一问，他那8岁的儿子大声抢着回答："才不是呢，是在等人！我奶奶在等我姑姑！"

我还是有点不大明白，现在电话方便，打个电话告诉对方一声就行了，干吗非得在家里等？他便给我讲了事情的原由。

他有个妹妹，妹妹9岁那一年，有一天去上学后就再也没回来，家里人到学校去找人，老师和同学都说她今天没来上学。他们只得报了案，然后四处寻找，却一直没有妹妹的消息。大家怀疑妹妹是被人贩子拐走了。

从妹妹失踪的那一天开始，家人就开始了漫长的寻找过程。他的父亲几乎跑遍临近两个省的所有地方，就连父亲去世前夕，嘴里念叨着的还是妹妹的名字。无论家人怎么出门去找，但在家里，一定得留个人守着。因为妹妹知道家里的电话号码，也知道家所在的地方。他们想，妹妹要真是被人贩子拐走了，说不定能瞅个空往家里打个电话，或者乘人贩子不备逃回来。家里得留个人守电话，留个人等待妹妹回家。

这一等就是20多年，20多年来，他家的电话号码从没换过，无论怎么忙，家里也总会有一个人留守。后来，当地的电话号码升级了，由6位数升级到7位数，为这事，他母亲急哭了，生怕妹妹再打原来那个号码，打不通家里的电话。她到电信部门吵过、闹过、哀求过、要保留自己的6位数号码，但电话号码升级，是全市统一的，电信部门也无能为力。他只得安慰母亲，妹妹如果拨打原来的6位数号码，电话里有语音提示，会指导妹妹拨打升级后的号码。母亲试着拨打6位数号码，电话里确实有提示，她这才安静下来。但他知道，这种语音提示保留不了多长时间，一段时间后，就不再提示了。

渐渐地，他事业成功，有了自己的公司，有了车，在老街区的筒子楼找不到停车位，总要将车停在离家很远的地方。这样不方便，他就想到搬家。但母亲死活不肯离开筒子楼，担心女儿回来找不到她。她让他们搬，说她一个人仍住在老房子里。他哪里能让母亲一个人住在这里，而搬家的心情又迫切，他知道，这么长时间过去，妹妹是不可能回来了，只得请了公司的一个女职员来冒充妹妹，骗母亲。他以为，这么长时间了，母亲已经忘了妹妹的长相。女职员往家里打了电话，与母亲见了面，管母亲叫妈，母亲也将她当女儿看，但仍是不肯搬家。他这才知道，无论时间多么久远，都抹不去子女在母亲心中的记忆——母亲怎么会不认识自己的女儿呢？

不过最后，女职员成了他的妻子，然后结婚生子。搬家的事谁也没再提过，他们家就一直住在筒子楼里，谁也没嫌过房子简陋。妹妹失踪至今已20多年，如果妹妹健在，也该有30多岁了。这20多年来，家里一直有人，无论再忙，无论有多么重要的活动，总会有一个人留守，等待妹妹的电话，等待妹妹突然回家。

听着他的讲述，我既心酸又感动。一次不幸的事件，彻底改变了一个家庭的生活习惯。家里时时刻刻有人守着，等待一个可能永远不会回来的人。

那20多年的等待，是爱的守候，无望而望，无守而守。

文/方冠晴

只有母爱的阳光能融化冰雪，只有母爱的力量能击破黑暗，只有母爱的守候能感天动地。那20多年的等待，是爱的守候。谁能忍心伤害这种执著而伟大的爱呢？母亲的爱，执著而绵长。

打倒我爸

十年前，我妈因病离开了我们。

十年后我爸又悄然离世，当时我正拍摄《关东大先生》，为了不影响拍戏，我和家里人悄悄地把老人送走了，连最亲密的朋友也没有打招呼。此后，我经常梦见我爸，我想之所以这样，是因为我对他的匆忙送别而心存愧疚。

今年五一假期这几天，我和我哥、我姐商量好了要给父母合坟，结果我在电视剧《老大的幸福生活》的戏上根本下不来。左等右等，我哥我姐实在等不及了，只好自己去了。现在谁要是不相信演员这个职业身不由己，老两口九泉之下可以给我打证明！

老人活着的时候，对我格外关照，结果合坟的时候就我没在身边，一想这事就觉得对不住两位老人家。我哥我姐用实际行动孝敬老人，我拍戏的空隙回忆回忆他们，对我的心灵也算是个安慰。我小的时候，全国人民都不太富裕。我家费了两年的劲攒了两百多块钱，结果让我跟同学摔跤的时候，一个“大别子”给“别”没了。那是全家人省吃俭用准备买缝纫机的钱，因为我的一个“大别子”，全都给同学看病了，而且一分钱都没剩下。

同学跟我摔跤的时候，他不按套路整，我本来已经把他摔倒了，可是他抓“死把”，自己已经倒地上了还是不撒手。拽着我的胳膊，直到把我也拽倒为止。结果我倒在地上的时候，胳膊肘不小心压在了他的身上。大夫说我把他的锁骨压骨裂了，我不知道啥是骨裂。可就算骨裂也是他玩赖整的呀，这家伙的骨裂让我家损失了一台缝纫机。为了这台缝纫机，我爸不管青红皂白，把我撵得满街跑，那天，我断定，我爸肯定不是亲的！

那个时代流行写标语，经常听见有人说某某墙上有什么标语。我决定写一条什么标语批评一下我爸。我在学校捡了一根粉笔头，在胡同里找了个僻静的墙角，义愤填膺地准备写标语。我一开始想写“打倒范承业！”转念一想，这样写容易暴露目标，灵机一动，我在墙上奋笔疾书：“打倒我爸！”

我爸一如既往地上班下班，对反动标语无动于衷。没有成果我是绝不甘心的，一计不成我就琢磨第二个计策。距离我家不远的地方有一个皮鞋厂，在这个鞋厂的仓库里堆着很多木头轴子，木头轴子上面一般卷着很多皮料。我觉得这是一个开展游击战的好地方，于是我选了一个傍晚的时候，悄悄地溜进了这家皮鞋厂的仓库，躲在木头轴子里，幸灾乐祸地期待着“第二次革命”的成功。

正是深秋季节，东北的深秋已经很冷了，没多久我就被冻得浑身发抖。成功的前提在于坚持，我在仓库里找了一根草绳子，把草绳子系在腰上，回想那时候的造型，跟街上赶大车的车老板差不多。虽然已经是全副武装了，但是寒冷还是难以抵挡……

鞋厂旁边有一个小杂货店，门口吊着一个白炽灯泡，它二十四小时营业。

为了对战局的情况了如指掌，我悄悄地跑回家去，从后窗户向屋里看。

屋里空落落地只有我妈一个人，我看见她坐在炕上正在抹眼泪。

我爸、我哥还有我姐都没在屋，估计情况是找我去了。看来，情况比较理想，为了更加理想，我原路返回了。我家住在铁路边上，漆黑的夜里，我独自走在铁道下面的枕木上。忽然，我看见一个黑影向我走来，这个人可能是我爸，想到这儿我撒腿想跑，对方问了一句话，我一下子站住了。

“是小伟不？”

那是地地道道的爸爸的声音，我犹豫了一下，说：“是。”我爸没吭声，却“哇”地哭了出来。我长到十一岁，没听见爸爸这样哭过，接着我也哭了，很奇怪，我心里顿时浮出一阵温暖：“这人不是后爸，确实是我亲爸……”

长大以后，每逢大事总喜欢跟我爸唠扯唠扯。记得，我连续上了几年春节晚会之后，所创造的角色渐渐有了一些特色，人物不再简单化、符号化了，心里挺高兴的，就是这个时候，我接到了何老师写的小品《拜年》。拿到本子的时候，我发现乡长这个人物比较单薄，翻来覆去就是那么几句词，就想跟何老师商量一下，能不能再争取几句词。这时候，我爸爸看了剧本，“别在词上争了，词少肯定有词少的道理，还是排练的时候把人物演好吧。”他说，他们单位一共十几个人，年底分鱼不像分别的，分别的容易平均，分鱼有大有小，每到这时候，他都让别人先去挑，结果，剩下的往往不是最小的那一条。

我爸说：“你做事先让别人舒服，结果你也会挺舒服……”

老实说，当时我对我爸的话不太理解，后来，经历了一些事，看了一些书，我才忽然发现，我爸的话里竟有点老子的味道……

后爸！亲爸！我的老子爸！

文/范伟

生活会给人许多的积累，也会使人弄清许多本质的东西。作者的父亲虽然已经走了，却给他留下了珍贵的回忆和精神财富：当他做错事时，父亲像后爸；当他出事时，父亲又是真真切切的亲爸；而有时，父亲又是老子爸，教导他做事要让别人舒服，自己才能舒服。大爱无言，这是爱的一种高境界。父爱就像一盏明亮的路灯，伴随我们走过人生之路。

大山里的盲道

那也许是世界上最偏僻的盲道，它趴在大山里，灰头土脸，与世隔绝；那也许是世界上最奇异的盲道，它由水泥铺设而成，三排小石子砌成整齐微小的凸起。它的左边是一片绿汪汪的田野，右边是深不可测的山沟。盲道不长，这端连着一栋草房，那端连着一片鸟声婉转的小树林。盲道只为一个人铺设，每一天，走在上面的，是一个六七岁的小男孩。

第一次见到那条盲道，还以为只是一条普通的水泥路。奇怪的是，那条路仅有五十余米，并且，就在它的不远处，就在田野与田野的中间，另有一条狭窄的遍布车辙的土路。正纳闷间，一个小男孩走上这条水泥路。他睁着很大的眼睛，然而他的目光却是散漫的、空洞的、无神的、黯淡的。他的手里拄一根细细的竹竿，他用竹竿轻轻敲打摸索着面前的水泥路面。他走得小心翼翼。

很显然他是盲童，大山里的盲童。

尽管他走得很努力、很谨慎，可我还是为他担心。他的右侧就是陡峭的山谷，假如他不小心，假如他稍有大意，假如他的脚步往右偏离哪怕仅仅两米，他就将滚下山去，后果不堪设想。

我慌忙走过去，对他说，我可以带着你走。

“不用。”小男孩说“我一个人可以。”

“可是这么危险……”

“没关系，我走了很多次呢。”小男孩笑笑，说，“再说还有我爹在后面看着我呢。”

我这才注意到男孩身后不远处站着一位三十多岁的男人。男人站在那栋草房的前面，一身标准的农民打扮。他看着小男孩，目光里充满关切。仅仅是关切，他站在原地，没有动。

他冲我招招手，示意我过去。“他行的，”男人对我说，“每天他都要一个人从家门口走到那边的小树林，他拒绝别人的帮助，他说他可以，他说他喜欢听鸟儿们唱歌。”

“他从小目盲吗？”

“是的，一生下来就是这样。”男人说，“现在他还小，等他能够照顾自己的时候，我就把他送到城里的盲人学校去。我想让他学文化，再学一门手艺，调试钢琴或者推拿按摩。等他长大以后，就能够自食其力了。现在他可以依靠我，稍大些他还可以依靠我，可是他能够依靠我一辈子吗？我总会先他死去。”

“可是这条盲道，谁铺设的？”

“是我。”男人说，“前年我和他去了一趟城里的盲人学校，我发现，学校的盲道就是这样铺设的，并且城市里很多地方，都有专门为盲人们准备的盲道。于是我就想，为何不能在村子里为他也修一条这样的盲道呢？以前他要出门，哪怕只是在门口转一圈，也得我寸步不离地跟着，现在呢？我为他修了这条盲道，他就可以一个人走到那边的小树林里听鸟儿唱歌了。当然我得在这里看着他，我也怕他出意外……可是因为这条盲道，他享受到了健全的孩子所能够享受的快乐……他说他很喜欢听鸟儿唱歌，他其实，聪明着呢……"

"这条路，修了多久？"

"一年多吧。以前这里根本没有路，这里类似一个山峁，有的只是乱石。我先把路铺平，然后打上水泥，趁水泥没有硬结的时候将石子排整齐，压进去……我弄得不好，我知道真正的盲道需要专门的路砖，可是大山里哪有这些东西呢？……其实盲道也不仅仅是我一个人修的，很多乡亲们都出了力，他们忙完地里的活，就过来帮我修路……他们是真正的好人，只为了一个盲童……"

那天我被这位年轻的父亲深深感动了。为了儿子可以独自行走五十米，他竟然凭一已之力在大山里铺设了一条盲道！虽然盲道是那般简陋，可是它的的确确是一条真正的盲道。小男孩走在上面，既安全又快乐，不会出现任何偏差。此时他已经到达了那片小树林，他静静地站在一棵树的下面，仰着头，一动不动。我想此时的他已经陶醉在婉转悦耳的鸟啼声中了吧？因了这片树林，因了这条盲道，因了他的父亲以及他的父老乡亲，小男孩的童年里，注定会有很多健全孩子所体会不到的快乐。

我知道城市里很多地方有为盲人们准备的盲道，那些盲道有着明显的标志和微小整齐的凸起，可是我还知道，城市里的盲道，常常被诸如小摊点、广告牌等蛮不讲理地占据。我想对他们说，知道吗？在某一座大山的深处，有一位父亲，用碎石子和水泥，为自己年幼的儿子，铺设了一条只有五十米长的、一个人专用的、偏僻的、一丝不苟的、怪异的、令人震撼的盲道。

文/周海亮

父爱如山，父爱的山是在儿女的成长过程中一点一滴累积而成的；父爱是一种力量，支持着儿女的一生，永远矗立在儿女的心中。文中，一位普普通通的男性，在释放父爱时，显示出了震撼人心的力量，他凭一己之力，为自己的儿子——大山里的盲童，铺设了一条专用的盲道，正可谓：“父爱的力量胜过自然界的法则。”

当爱成为一种本能

几年前，父亲患了一场突发的脑溢血，治愈后，整个人变了很多，不仅行动迟缓手脚不再灵便，脾气也变得越来越像个孩子。吃饭再也不分时间，常常刚吃完又要吃，母亲耐心地告诉他等等再吃，他就会不高兴。而且中午12点一定要睡觉，不管家里有什么事，耽搁他睡觉是万万不可的，他会发脾气，还会摔东西。有一次，哥哥3岁的儿子因为调皮吵了他午休，硬让父亲扯着胳膊关到了阳台上……

父亲是军人出身，在部队度过了半辈子，脾气不太好，说一不二，生活中倔强固执。这样一个男人，对女人自然缺乏温情。在我们眼里，他和母亲组成的婚姻也只是时代的产物，没有爱情，更没有激情，只是组成这样一个社会单位，然后生育了我们。

母亲是个传统的女人，在这样的婚姻里扮演着贤妻良母的角色。这么多年，她对父亲的坏脾气没有任何怨言，始终如一地照顾他。年轻时敬他如父，在他年老体衰后，又怜他如子。多年后，当我有了自己的婚姻，难免为母亲感到委屈，她这样一个也算出色的女人，这一生，从没有享受过男人的疼爱和照顾。

每当母女俩单独在一起说起这件事的时候，母亲就笑，说："这不挺好。"

很简单的回答，更让我感觉她的心里必定有着太多的委屈和无奈。尤其那场大病后，父亲如孩子般的诸多无理行径更让我替母亲叫屈，父亲早已失去了当年的威风，但脾气却有增无减，真不知母亲是如何忍受的。

周末，姨妈带着孩子从外地来到郑州，母亲决定第二天陪着他们一起去少林寺玩。

第二天一大早，母亲起来和好了面，拌好了父亲爱吃的羊肉馅，对我说，11点的时候少包些饺子给父亲煮了，千万别耽搁他12点睡午觉。她大概中午就会回来了，剩下的等她回来再包。

因为知道父亲的脾气和这个雷打不动睡午觉的习惯，我很认真地答应了。然后母亲做好了父亲的早餐才离开。

伺候父亲吃过早饭，他开始坐到沙发上看报纸，这也是他每天生活内容的一部分，这个时候，他是不允许家里人开电视的。索性，我也坐在一旁看书。

过了片刻，父亲忽然抬头说，你去包饺子吧。我看了看表，才9点多，于是说："再等等吧，还早呢。"

"我饿了，现在就要吃。"父亲板着脸固执地说。我只好去厨房，开始在上午9点半做午饭。

很快，几十个饺子包好了，我出去问父亲，现在煮吗？他却摇摇头说："再等一会儿，你再包一点，我饿得厉害，想多吃点，吃很多。"

这个老头，现在说话的口气越发像个孩子，也真是，不知道心里想什么，包的饺子够他吃三顿了，还嫌少？我不想跟他发生争执，因为他的思维根本就不清楚，为了哄着他不乱发脾气，只好继续包下去。一边包一边琢磨，也不知母亲这些年是怎么度过的。一直包到11点半，终于把所有的面和馅都包完了，父亲才缓缓地走到厨房门口，说："煮吧，我饿死了。”

十几分钟后，饺子出锅了，可嚷着饿极了的父亲只吃了十几个就说吃饱了，还边吃边抬头朝门口看。我看看表，已经12点了，是这个老头睡午觉的时间了，所以我没敢多说话，想着父亲去休息了，我再收拾。不想他却没有进卧室，而是搬着凳子坐到了门口。

“爸，怎么不睡觉，坐那里干嘛？”我疑惑地问。

他看我一眼，不说话，又倔强地朝门外看去。

“爸，你该睡觉了。”我的声音又提高一些。

“不，不睡，我不要睡。”他任性地说。不睡回屋坐着吧，别坐在门口，我伸手拉他。他一把将我的手推开，大声说，“我要等你妈。”说完他把嘴抿起来，然后背靠着墙眯着眼睛坐在那里……

母亲回来的时候，已经是下午两点半了。曾经一直视睡午觉为一切的父亲，就在那里坐了近3个小时，我怎么劝他都不去睡，只当他又犯了小孩脾气，索性不再管他。直到看见母亲开门进来，他说了句，你回来了，我去睡啦。然后慢悠悠地进了卧室。

我目瞪口呆地站在那里，才明白原来父亲真的是在等母亲，而他那么早让我把饺子包出来，不过是想让出去了半天的母亲回来轻松些，少干点活。思维已经不再清晰的他，今天所做的一切，竟是如此地出乎我的意料！曾经以为父亲之于母亲，只有索取，没有给予。看来是我错了，多年的婚姻已经令他们之间的爱恋化作了一种本能！

看着母亲脸上带着心疼和欣慰的笑，我忽然发现，原来有一种爱，不是现在的我所能感悟的。也许10年或者20年后，我才能读懂他们之间没有任何真情表白和浪漫色彩，却在光阴中沉淀为一种生命本能的爱情吧！

文/小猪

文章开头写父亲的固执、古怪、脾气大，后文用长久的等待，写出了父亲对母亲深深的超越疾病折磨的爱。父亲与母亲之间超越一切的纯真爱情，令“我”感动，并给予了赞扬。

父爱，一首我没读懂的诗

我的“青春期”

我的青春期是从什么时候开始的?

大概从杨逸远正式离开我和妈妈那一天算起吧。杨逸远是我的父亲，只是自从记事起，我从来没有喊过他。我想，我对杨逸远全部的情感，只有一个字可以形容，一个源于血缘和基因，植在血与骨头里的字——恨。

杨逸远在我读小学时与他的初恋情人重逢，从此他就没有在夜里回过这个家。

那是个寒冷的夜晚，我已经睡下了，模糊中听见敲门声，然后是妈妈与谁在客厅说话的声音。我本能地警醒，蹑手蹑脚地从卧室门背后往外看，居然是杨逸远。杨逸远说：“求你了。”妈妈沉默了很久才开口：“已经有几年你都没提过离婚的事，怎么突然提起?你和我说实话，也许我会考虑。”

这次轮到杨逸远沉默了，空气沉重得像凝固了一般，终于他长长叹息：“她怀孕了，她已经快40岁了，这是她最后的机会。”

一周后，晚饭时妈妈突然装作若无其事的样子对我说：“我和你爸爸离婚了。这样也好，从今天开始，你就是大人了，是这个家的男人。”

我没有如妈妈所愿变成她期待的坚强成熟模样，恰恰相反，我由一个公认的乖孩子突然间变成了叛逆少年：厌倦学习，厌倦回家，甚至厌倦有思想。唯一还愿意做的事情就是玩网络游戏。那年我读高一，15岁。

在妈妈眼里，原先的我懂礼貌、懂事、帮她做家务、认真学习，这简直就是她赖以活下去的全部依靠与希望。可现在呢？妈妈哭着追问我：“你到底怎么了？”我想了想回答她：“没什么，青春期吧。”

死也改变不了的事情

杨逸远听说了我的事。离婚后，他由每月上门送生活费变成了直接往银行卡里存钱，我明确地告诉过妈妈，我不想再见到“那个人”。

所以，当我在学校大门口看见杨逸远凝重地注视我时，我满脸冷漠，视而不见地从他面前走过。杨逸远常常来，但没有主动开口说话，我用眼角的余光能看到他的表情在发生着变化。由开始做长者状想训斥教育我，变成了愤怒，后来是焦躁不安，再到后来就变成了压抑着的悲哀。

大爆发的时刻来了。那天高一期末考试成绩单出来了，妈妈被学校通知建议我留级。我知道会有这么一天，我做好了思想准备，坐在客厅里等妈妈从学校回来后大哭一场、大骂一次，甚至动手打我。

推门进来的却是杨逸远，第一句话居然是那么耳熟：“求你了。”

我把玩着他的表情：“大教授的儿子被要求留级，觉得面子丢光了吧？”

杨逸远拳头握紧了，额头上青筋凸起。我可不怕他，我已经和他差不多高，虽然单薄了点儿，但我自信力气不会输给他。

杨逸远握着的手居然慢慢松开了，他轻蔑地看了我一眼，转身往门口走，走到门口又回头说："在你眼里我怎么不堪都不要紧，这个世界上有两个女人自始至终都在爱我，她们爱我是因为我优秀。我的无能只在于我没能处理好和她们两人的关系。但是你看看你，你连我的一半都没有，你考得上我当年考上的大学吗？将来会有女孩子爱你吗？所以，现在不是你不想认我当父亲，而是我根本不想认你这个儿子。"

他摔门而去。我的狂乱青春期莫名其妙地提前结束。

两年后，我以高出分数线20多分的成绩考入杨逸远的母校。报到那天，杨逸远来了。

不等他张嘴，我冷冷地开口了，那是我考虑了几天专门说给他听的话："不要表功，不要说我因为受了你的激将法才好好学习，终于考上大学的。你错了，我考上大学是为了长大到跟你没关系。我18岁了，从今天开始，我和妈妈都不再需要你一分钱，我会自己挣学费和生活费。请你以后不要来打扰我们。"

杨逸远痛苦地闭了闭眼睛，留下一个存折走了，背影蹒跚，脚步散乱。

我撕掉了存折。

大学期间，我申请了助学贷款，努力学习争取奖学金，课余还打了两份工。我的状态只能用"拼命"一词来形容，虽然十分劳累但我没有后悔。

然而，我的身体却日渐不适。那都是些说不出口的症状：比如自我感觉尿频尿急，但到厕所又没有了便意；没有女朋友，却时时觉得身体发虚，全身尤其是两腿无力；我坐立不安，居然跟杨逸远当年一样膝盖和手脚震颤，无法自控。

妈妈带我到医院检查。看看四周，肾病专科少有我这样年轻的小伙子，我几乎羞愧得想要逃出医院了。我躲在医院外的花园草地上，妈妈拿着结果出来了，脸上是掩不住的担忧。我的心紧了又紧，她说："还好，不是身体器官的问题。医生说，大概是心理疾病导致的植物神经功能障碍。不过，你爸爸说，心理疾病导致的问题更难治愈。"

我一听就冒火："我生病你告诉那个人干什么？"

妈妈的嘴哆嗦了几下，却没说出来。

不过，我很快就明白妈妈的苦心了，因为找心理医生治疗实在是件太过昂贵的事情，一小时200元。

好在给我治疗的这位博士挺可亲的，他很快就确诊了我的病情——焦虑症，并因焦虑情绪导致尿频、尿急、虚脱等诸多躯体化症状。他说，病的起源与你和父亲的关系有关，焦虑很多时候源于内疚、自责等负面情绪。

我的脑海里突然出现了杨逸远留给我的那个背影。

把血和骨头还给你

如果那位心理医生说的是正确的话，他的意思是我的身体疾病源于心理焦虑，而我的焦虑情绪是因为潜意识里我因为自己对杨逸远的态度感到内疚。如果能够消除这种亏欠感，焦虑就会消失，身体也会健康起来。

没想到，我很快就面临一个可以彻底消除我愧疚感的机会。杨逸远病了，而且不是小病，是尿毒症，根治的方法只有一种——换肾。

谁捐肾给他？他，孤家寡人一个。据说他的初恋情人，不，应该称他现在的妻子倒是情愿，可惜配型不成功。

这个消息是妈妈告诉我的，我敏感地盯着她的眼睛看："妈，你也准备去给他捐肾？”

妈妈不说话，只是看着我，目光像海一样深不可测，我看不清。我的心一疼，脱口而出：“你别，你应该恨他才对呀。就算要捐，也应该是我去。”

妈妈的眼睛里闪过惊喜：“是吗？你愿意去吗？”

是的，是惊喜。我的心情极其复杂，妈妈到现在还爱着那个负心的男人，甚至超过心疼与她相依为命的儿子。

手术前，躺在另一张手术床上的杨逸远就在我身边，他轻声地唤我“儿子”，声音是老人般的哽咽。我的心一时酸痛得不行，眼睛胀得疼，但我忍住了，将头转向另一边，没有看他。

我告诉自己，我是在还债，哪吒一样地将骨与血还给这个给了我骨与血的男人。从此，我将轻松了、自由了、解脱了。

博士的心理分析的确非常精准，手术后，虽然我失去了一个肾，却明显感觉自己身体好起来了，那些困扰我的症状得到缓解甚至消失了。当然，这与我没有住校，每天住在家里由妈妈调养我的身体有关。另外，博士开的治疗焦虑的药我也在继续吃。

毕业这年，我顺利地应聘到一家合资企业工作。工作第一天，单位组织新人体检。

B超间，医生沉吟了一会儿问我：“你做过肾移植手术？”

我“嗯”了一声，医生笑了笑：“看来你的病情恢复得很好，抗排斥药物也不需要吃太多，移植到你身上的这个肾与你的身体机能非常协调，应该是血缘关系的供肾吧？”

我不知道我是怎么走出医院的。

回到家里，我打开妈妈藏在床头的皮箱，里面是一大匝药瓶标签，原来每次妈妈都将抗排斥药的商标撕下，换上抗焦虑的药物商标。我还发现了一张手术协议书，是我从来没有见过的，却关系到两年前我的那次手术。

协议书上说明，杨逸远自愿提供自己的一个健康肾供给他的儿子。下面是他的签名，我的名字是由妈妈代签的。突然间泪流满面。

那一天，我正好22岁。

文/千北

有一种情，从来不必说出口却深邃如绝谷；有一种爱，所有的文字在它面前都显得苍白；有一个人，无论为你付出多少都不求回报。父爱是如此的深沉而厚重，激励我们不懈地奋进，在爱的滋润中成为生活的强者、佼佼者。其实，天地间的父爱都是一首诗，一首你只要珍藏于心，便觉得天地格外澄明与邈阔的诗。

父爱是双千里眼

因为业绩下滑，我们公司应对的办法就是裁人，第一批辞退的就是几个已婚未孕的女子。

失业来得太突然了，根本就没有任何心理准备。我也不想与老公说，怕平添他心中的压力。他所在的软件公司工作压力很大，每月都要业绩考核，他整日惶惶不安。

我走出公司大楼，木然地随便坐上一辆公交车，过了好长一段路后，下车，找家麦当劳进去。

隔着窗玻璃看着外面的大街，想着按揭的房子，想着每月不菲的固定开销，想着生活压力大不敢要孩子，我的心情糟糕到了极点。

正在我烦闷地坐着的时候，手机响了，原来是千里之外的父母给我打的电话。我一般每天都会给父母打个电话，至少发条短信，今天到中午了还没有和父母联系，估计他们比较担心。

我接了电话，是父亲打来的，我强作欢笑："爸爸，我在这里一切都好，你和妈妈还好吧？天冷了，要注意身体啊！"爸爸在电话里迟疑了一下，然后说："闺女，你也要保重自己啊。"然后换成了母亲接听，母亲在电话里絮叨去喝邻居家喜酒，新娘子长得如何等等，我耐心和母亲应付完，然后挂了电话。我很佩服自己，居然没有把坏情绪传染给父母。

晚上回到家，我和老公说了被单位辞退的事情。老公嘴里劝说道："没关系，你正好可以休息下，家里还有我呢！"老公的安慰让我更加伤心，在这个生活成本很高的大城市，一个普通的小家庭是需要夫妻两人共同支撑的，如果只有丈夫一个人苦苦支撑，他身上担子之重我是能体会到的。

当晚，我们再也不敢去附近的饭馆吃饭了，我们从超市买了几袋方便面，又买了几个鸡蛋，一顿晚饭就这么凑合了。

吃完饭，我上网查询招聘信息，老公加班弄他的软件，非常时期，要主动加班干出业绩，我们家再也经不起折腾了。

第二天一大早，老公上班后，我就一个一个地打电话，但是，都是不需要人。一个刚贴上招聘信息的单位，我按照单位电话打过去，对方居然说人已经招够了，不需要再招了，我的火气当时就冒了出来，招聘信息刚贴出来，怎么就招够人了？除非刚去的新人是空中飞人，直接从公司大楼窗户上钻进去的！可见，现在就业形势不好，很多招聘信息是虚的，打出招聘信息的原因是给公司做宣传，扩大公司的知名度而已！

折腾了一上午，一无所获，我正心烦意乱地在客厅里走来走去的时候，门居然被推开了，吓得我心都差点从嗓子眼里冒出来，定睛一看，父亲居然非常神奇地出现在眼前。刚买房子的时候，我接父母来北京住了一阶段，父亲有我们的钥匙。

父亲见我惊魂未定的样子，非常懊悔："闺女，吓着你了吧，这也怪我，来北京时没给你打电话，我以为你出去找工作了呢！"刚说完，父亲就感觉自己失言了，当即涨红了脸，很尴尬地望着我，好像一个做错事情的小学生在可怜巴巴地望着他的老师。

我先把父亲接进屋，让他换好拖鞋，父亲风尘仆仆的，我又给他倒水洗脸，然后给父亲泡了杯茶放在桌子上，我在心里恨恨地想，我父母怎么知道我失业了？莫非是老公打电话告诉他们的，不过转念一想，昨天晚上老公才知道的，就算他那个时候打电话，我父亲也来不及到北京啊！再说下了火车，辗转到这里，也得一个多小时。

我正在瞎琢磨，父亲洗完脸过来了，他解释说："昨天听你打电话，我就觉得不对头，觉得我闺女是有困难了！"我回想一下，昨天自己没有失言啊。父亲看我愣愣的样子，笑了："看看，姜还是你爸我这样老的辣吧？昨天你打电话，那个时候，上午12点半，正是吃饭的时候，你却没吃东西，以前打电话的时候，都是边吃饭边汇报说此时正在吃什么什么饭，点的什么什么菜，你昨天却没有！"我有点不服气："那如果我吃完饭走出去了呢？""不会的，我能听到店里有音乐，分明你在店里坐着，不是肯德基就是麦当劳，我女儿喜欢的地方，我都熟悉，别看我没去过几次！另外，感觉你这边出现异常后，我给你办公室打电话，你同事说你上午刚离职……"听父亲这么一说，我的眼泪一下子流出来了，原来父爱是双千里眼，他能从千里之外看到女儿的真实生活……

父亲交给我一张银行卡："这里面有7万块钱，你先拿去交一部分房贷，然后留个几千块零花！"父母都是从企业里退休的工人，每个月加一起2000多点的工资，当初我买房子交首付的时候，父母已经把多年省吃俭用的钱都给我了，现在从哪冒出这7万块？父亲喝了一口茶，得意地说："这钱，闺女，你就不明白了吧？这是昨天下午一点半的时候，老爸开了场小型拍卖会拍得的！"我更迷惑了，这老爸神神道道越说越玄乎了，还冒出了个什么拍卖会！

父亲解释说："昨天中午，我打电话给那帮集邮的老朋友，让他们参加我的拍卖会，一些比较珍贵的邮票，谁出的价格高就给谁！就这么把我的邮票拍卖了！”这么一说，我的眼泪一下子流出来了……

父亲多年不抽烟，不喝酒，不打牌，他就有一个爱好：集邮。父亲从21岁到现在的61岁，集了整整40年的邮票。父亲年轻的时候，常常去单位的传达室守候，见了有好邮票的信件，就好言好语地和信件的主人商量讨要。父亲的条件也很实在，就是别人给邮票了，他可以帮人家拖蜂窝煤（上世纪80年代和90年代初，我们老家的那个小城还盛行烧蜂窝煤）。常常为了一张好邮票，父亲能在星期天从早晨忙乎到晚上，身上的衣服被汗湿透……父亲的集邮之路非常艰辛，可是，为了我电话中一个小小的异常，父亲居然在第一时间就把这些邮票全部拍卖给那些集邮的朋友，然后把钱存入银行卡后又马不停蹄地来到了北京。

我说：“爸，你集邮一辈子，攒那么多好邮票非常不容易，你怎么就卖了呢？这钱你拿回去，与大伙好好商量，还是把邮票再买回来吧！”

父亲笑了：“傻闺女，老爸集邮还不是图个乐子吗？现在闺女有困难了，集邮还能给老爸带来乐子吗？只有我闺女过得开心过得幸福，才是老爸最大的乐子！我现在是牺牲小乐子成全大乐子！老爸精明着呢！”父亲边说边得意地笑。我的鼻子发酸，眼泪止不住又流了下来。

父亲说道：“别哭了别哭了，你有困难了，老爸不是过来了吗？就是给你排除困难的！你妈妈要不是因为给你哥哥照看孩子，也会过来的！”

父亲指着桌子上我还没来得及收拾的碗筷，心疼地说：“这方便面没什么营养！老吃这个，非把身体吃垮不可，以后我给你们做饭，你们只管忙自己的事情，你也别发愁，能找到工作咱就干，找不到也没什么，老爸的退休工资养活我闺女还是不成问题的！”他边说边变戏法似的从怀里掏出他的工资卡放在桌子上，他是以这种很直观的方式来安慰我。不过，老爸他成功了，被这温暖的亲情所笼罩，我的心情确实很放松了，心中的千斤巨担也落了地。

我长长地出了口气，心中坚定地想："有父亲做后盾，还有什么困难不能够克服的呢？"

父亲到了我家后，每天从菜市场给我们买菜做饭，我出去找工作。经过半个多月的奔波，终于有家公司接纳了我。在试用期间，为了干出业绩，也为了给爱加班的老总留下好印象，我总是早去晚归，周末的时候，也是自愿去单位加班。

父亲很支持我，在我奔波求职以及在新单位试用期间，总是把饭做得及时而可口，并且很注意营养搭配，其他家务他也是争着干，把家里打理得井井有条。

一个月后，我顺利地度过了试用期，转为了正式员工。

老爸很欣慰，这才放心地回了老家。

回了老家后，母亲在电话里偷偷告诉我："你爸一回到家，就到处找工作，后来在一个私有企业找到了一份看守传达室的工作，月薪800。你爸说，他打工挣的钱，'积攒起来，等闺女困难的时候，拉她一把'……"

母亲的电话，让我感动又惭愧，感动的是父亲如此地疼爱我，惭愧的是，父亲年龄这么大了，还整天为我担忧……

经过一次失业后，我学会了节俭，不再像以前那样动不动就下馆子，我每天晚上下班后，就做饭，然后放在冰箱里两份，以供我和老公第二天中午在各自单位的微波炉上热热吃。

我努力地工作、节俭而踏实地生活，力争把日子过得安稳过得幸福，只有这样，父亲才会心安，才会幸福，虽然我与他隔着1000多里路，但是，我深深知道，父爱是双千里眼，一直在远方默默地关注着我……

文/红颜添乱

父爱如山，它会在你困难时给你力量，在你迷茫时给你方向，在你失落时给你信心，在你成功时给你祝贺和警醒。父亲又像那河边的岸，起程前你想远离他，他驻立在那里为你祈祷，在路途中你却千方百计想回到河岸，因为岸永远会给你一个温暖的怀抱，家的感觉。岁月在不经意间从身边划过，在每个匆忙的身影背后，父亲关爱的目光如影随行。父亲总放不下儿女的大大小小，在他眼中，孩子永远长不大！父爱厚重无声，却如无声的阳光洒照着我们成长中的每一个脚落，温暖着我们成长中的每一刻。

女儿很近？父亲很远

请你告诉我，一个父亲和女儿的距离，到底有多远？到底有多长？

是从什么时候，他突然深沉起来，全然没有了小时候对我亲昵的举止？从10岁开始？还是11岁？抑或是12岁呢？

小的时候，他用胡子扎我、告诉我，我是他眼里最美的白雪公主。

小的时候，他在打雷时将我从小床抱到他和妈妈的大床上，因为他知道，我是个胆小的女孩子，雷雨的夜里，只有抱着他的胳膊才能甜甜地做梦。

可是，后来，我数次想冲到他怀里扭来扭去，他都慌乱地奔向厨房或者卫生间，留下我不知所措地周身上下打量着自己，我除了个子比同龄人高以外，身上并没有长刺啊，他怎么突然变得像一个陌生人般拘谨而客气呢？

刚升到初一，我便有了月经的初潮，那之后我对男女两性有了一种自我的石破天惊般的醒悟，我似懂非懂地明白我不可能像儿时那样在他背上嬉戏，在他身边撒娇了。

初中要上晚自习，从城东到我们城西的家，有些路段坎坷不平，很不好走。可是每次我在前面蹬着车子，他也骑着单车跟在离我近10米的后面，如果发现两个人的距离近了些，我都要吃力地猛蹬几下。长大之后，我常常想起他陪我下晚自习的时光，昏暗的灯光下，一对隔着10米左右、沉默前行的父女，他们不说话不打招呼，父亲不远不近地跟在后面，那种亦步亦趋、不离不弃的感觉是不是就是父爱的距离？

刚上初中不久，我居然接二连三地收到一位初三男孩子的求爱信，他每次都固执地约我。

接连九封信之后，第十封信他下了最后通牒：如若我再不理他，他将在学校门口、食堂门口、我家门口等我！

完了完了，我如临大敌一般惶惶不安！让老师和同学们还有父母发现有这样一个人他非要“喜欢”我这可怎么办？我是不是要被学校处分啊？！

捧着那封信，晚上我咬着枕头哭得天昏地暗，告诉妈妈吧，她是个火暴脾气，特别喜欢找老师，可能还会找男孩家长，她不会替我保密。

我顾不上不好意思，把爸爸拖到我的房间，抽抽泣泣地向他讲述事件的原委，从床板下取出所有的信件全交给了他。

他的脸上露出了令人捉摸不透的笑容，他轻轻地拍了拍我的头：“吾家有女初长成啊！小贝，这是你成长中遇到的一件很正常的事情，周末我陪你去见这个男孩子。玫瑰很美丽的，该收就收啊！”

天！他是不是加夜班加昏了头了？我直愣愣地看着他，摸不清头脑，但是他的目光是坚定的、不容置疑的、慈祥可亲的。

男孩子看到我和他一起出现的时候，紧张地把拿着花束的双手背到了身后。

他却很绅士地向男孩子行了个礼，温和地说："小先生！谢谢你喜欢小女，我家这个女儿啊，比较笨，她要能下厨洗衣挣钱自立最快也需8年，小女满20岁后，欢迎你来寒舍提亲，你对这样的安排可满意？"

男孩子像是研究一般地审视着他的脸，过了一会儿，定定地点了点头，把花束递到了我手里，向他鞠躬90度，微笑着离去。

我却不乐意了，狠狠地把花儿塞到他手里："你怎么能跟人家说我是个笨女孩呢？多丢人啊！"我撒腿就跑，不想跟他一起回家。

他在我身后哈哈地大笑起来，回家居然大言不惭地把玫瑰花送给了妈妈，说特意给妈妈买的，妈妈高兴地找了个漂亮的花瓶插进去。

等我品尝到喜欢一个人是什么滋味时，正逢高三，繁重的课业和暗恋的压抑，让我心灰意冷到了极点。

请了病假从学校逃回到家里，想放松一下，换一种心情。正好妈妈去外地学习，家里只有我和一天到晚在外奔波的他。

深夜里无法入睡，拿着偷偷买来的烟到阳台，在漫飞的烟雾中挥洒眼泪。身后的灯亮了，他站在身后。

他沉默地和我对峙着，我想我可能用一种仇恨的目光看着他。年少的时候，因为生命中的很多不懂和成长的压力，对最亲爱的亲人，我们往往除了对立，还是对立。

他的眼睛渐渐地有两团火焰在燃烧，我冷冷的目光最终令他的手扬了起来，我倔强地扬起了脸，不闪也不躲。

灯光下，他的左眼角，突然有晶莹的东西滴落下来，他的手在半空中像只突然被放了气的气球，无力地垂了下来。

他看着我挑衅的目光，叹了口气，扭头走了，顺手关了客厅的灯，我继续在阳台点着一支烟。

第二天晚上，我夹着燃烧的烟，怔怔地发呆，他再次出现了，将我手里的红河拿走，换了一包绿摩尔："如果，你觉得这个对你有帮助，还是吸点劲儿小的，至少不会很伤身体！"

说完，他静静地回到他的房间，捏着那盒绿摩尔，我终于在阳台上失声痛哭。而他那边，再无任何声息。

第四天，将他送的绿摩尔放进抽屉里，赶早便回到了学校。

全身心地埋到课本中，偶尔会想念那个心仪的男孩子，心里不再觉得只有苦，也有了些许的甘。

最近一次和他长时间接触，是2004年夏季，大学毕业半年里，我一直找不到工作。

卷起行李跑回家乡，将自己关在卧室里，长时间地看碟、听歌，没白没黑地上网，凌乱而颠倒地过日子。妈妈劝啊哄的，也会哭，我索性戴上耳机，拒绝与她交流。

他刚刚退休，赋闲在家。常常听到他在我房间门口踱来踱去，也听到他的长吁短叹，他的着急与担忧不亚于妈妈。他开始源源不断地给我买一些小女孩子才会喜欢的东西，芭比娃娃啊、棒棒糖啊、润唇膏啊，在我偶尔出现在饭桌上的时候，郑重其事地递到我手边。

后来妈妈说他不要在家里走来走去的，腰疼的毛病早点去看看。南门外的医院针灸效果挺好的，妈妈让我陪他一起去，帮他挂号排队，可能需要好几个疗程。

常常地，他慢慢挨到我身边来，让我去排椅上休息一会儿，他来排队。我不允许，学着妈妈的口吻命令他坐回原位，他不肯，坚持让我去坐。他的身体随着人流的拥挤摇摆着，我们两个人又开始了对峙。

就是在那样一个人声嘈杂的夏日，我突然发现他老了。他的头发蜷曲着伏在头顶，灰白的发根雪一样扎眼，他整个人都不复旧日的挺拔茁壮，多年的腰病令他的背部向前弓着。他的手里，颤巍巍地拿着一瓶矿泉水，他打开盖子，笑眯眯地举到我嘴边。有人挤了他一下，他趔趄了两下，我去扶他，他的双手却急于护着递给我的矿泉水，当他站稳后，他脸上的笑容呈菊花状地荡开来："还好，没有洒出来，快，喝两口吧。"

我接过来，别过头去，有什么热辣辣的东西从咽喉一直烧炙到胸膛。

身为一个即将长大成人的人，有什么样的理由将自己的丁点苦痛放大了给父母看？有什么理由让一个知天命的人这样小心翼翼地呵护着？

终于在省城有了一份安稳的职业，而且有一个叫枫的阳光男孩陪伴在我左右。

某一个周日，当我和枫逛街回到我租的小窝前，发现他蹲在门口抽烟。我惊喜地扑过去，问他什么时候来的，怎么没有提前打招呼？

他迟疑地打量着我身边的枫，愣愣地说："你不是也经常做不打招呼的事吗？"

枫连忙欠身作自我介绍："伯父，您好，我是小贝的大学同学。"他狡猾地笑了，说："嘿嘿，同学，同学。"

他坚持为我们俩下厨，还不许我们帮忙。

我和枫两个人在沙发上正襟危坐着，没来由地都有一种紧张。客厅和厨房是连体的，在他擦汗的间隙，还不停地偷偷瞄着枫的身影。

吃完饭他便要去赶班车，还是坚持不让我们送他。

枫追了出去大声喊了句："伯父，我会对小贝好的！"

他停住了脚步，缓缓地回过头来，我发现他的笑容那么勉强，却又夹着些许欣喜。而他背着包远去的身影，落寞而孤单。

现在，在灯下写这篇文字的时候，正好翻到了一本丰子恺的散文集，丰子恺在女儿阿宝即将长成一个少女时悄悄叹息：“我突然觉得，我与你之间似乎筑起一堵很高、很厚、很坚的无形的墙，你在我的怀抱中长大起来，在我的提携中长大起来，但从今以后，我和你将永远分居于两个世界了。”

读着这样的文字，我双泪成行，是不是中国人的父爱，在女儿长大后，总让人有一种心酸的失落？在女儿眼中父亲很近，而在父亲眼中女儿又似乎很远……

请你告诉我，一个父亲和女儿的距离，到底有多远？到底有多长？

文/莫小贝

父爱深沉而厚重，父亲总是不善于表达自己对儿女的爱。但不论我们长多大，我们都是父亲的女儿！父亲也是永远爱我们的！小时候，父亲可能是直接地表达对我们的爱，和我们玩，和我们闹。可是长大了，小女孩变成大姑娘了，父亲对我们的爱并不曾减少，只是表达方式不一样了。父亲和女儿之间的距离很近！很近！

排骨那些事

小杰又一次理直气壮地给父亲汇排骨款时，王丽忍不住爆发了。

王丽是小杰的大学同学，也是和他相携着走过了六年又五个月的妻子。他俩的校园爱情之所以能修成正果，在很大程度上也是因为小杰参加工作后每月雷打不动给父亲汇排骨款这件事。如此执著孝顺的男人，嫁给他准没错。再说了，自己父母也远在乡下，弟弟大学还未毕业，我帮衬娘家时小杰肯定不会说什么，王丽曾这么想。

弟弟娶了一个高中毕业的有钱女子后，王丽再给远在乡下的父母寄钱，父母就会原封不动退回。那次弟弟在电话里还说了王丽几句："姐呀，你就别逞能了。你的生活没我宽裕，咱爸妈现在有我养着，你就赶快攒钱买房吧。儿子都三岁了还没自己的房子住，真可怜。"最后三个字如一记重锤，敲醒了王丽隐在心底的焦躁，也震碎了王丽和小杰轻松随意的生活。

早点拥有房子的梦想成了王丽日思夜想的渴望后，一个不太算计生活支出的白领一下子变成了连一张手纸都想省下来的吝啬鬼。小杰每月例行往老家的汇款，就成了剜去她心头肉的一把刀。

王丽旁敲侧击的几次劝阻，对小杰来说不过是冬日里稍显凛冽的风，过去了也就过去了。小杰理解王丽想买房子的急迫心情，但免掉父亲每月的排骨钱，他做不到。他是独子，母亲走得也早。他永远忘不了小时候他和父亲凄惶的日子，永远忘不了父亲啃他啃过的排骨时牙龈硌得出了血的情景。以致王丽的最后通牒流于形式，并不曾对小杰的汇款造成实质性障碍。王丽终于爆发了。

本科毕业的王丽不会用泼妇骂街的方式逼小杰就范，她要和小杰的父亲当面锣对面鼓地谈谈。要让小杰的父亲知道，一没背景二没后台的小杰在城里生活得多么不易，让他主动退回排骨钱。

王丽趁着出差偷偷往小杰的老家拐了一趟，回来后几天都没睡好。小杰父亲的样子和自己父亲的样子不断交替更换，最终融在了一起。公爹并没有将小杰每月的汇款全部吃掉，他只在亲戚们走动时才买排骨证明儿子的孝心。听王丽添油加醋说出生活的不易后，公爹落了泪。他颤抖着嘴唇怨小杰，逞得什么能，连房子都住不起还给我排骨钱！

王丽临走时，公爹递给她厚厚的一沓钱，说："这是几年来小杰的汇款加上我种地的收入，你拿去吧。我本想等临终时给你们，怕你们不懂过日子胡乱花，哪知你们当下就这么难。怪爹没本事，让你跟着小杰受苦了。"公爹的话让王丽的脸一瞬间烧得难受。她最终没敢接钱，逃也似的离开了。

之后，小杰的汇款都被父亲原封不动地退回。

如此几次，小杰的心乱起来。他匆匆请了假，心急火燎地带着儿子往老家赶，王丽也急急地一路跟了来。

他们一家三口到家时正是黄昏时分，院子西南角那棵粗大的杨树气势昂扬地直窜空中，杂乱不堪的小树枝弯棍棒堆在墙角（父亲为了省钱，在院子里烧火做饭）。随着孩子奶声奶气的呼喊，屋里走出一个瘦弱老头，满脸枯树般的皱纹，驮着背，弯着腰。刚才还新奇地喊"爷爷"的孙子一见到爷爷这个样子，立刻噤了声。

王丽引着儿子和公爹套近乎，言语里暗示出对公爹倾诉苦水的后悔。儿子这么白胖可爱，惹得父亲满脸的皱纹都舒展开来。看到这些，小杰高兴得合不拢嘴。唯有王丽，心越来越紧。好在公爹并没有提及她出差路过的事情。

第二天一早，小杰和王丽跑到镇上买了千把块煤球，又买了二百多元的排骨和各种佐料。午饭时，几个小菜和各种排骨就上了桌。王丽费尽心思，将知道的排骨做法全部做了一遍。小杰喊来了邻居的几个大叔大伯，一起喝酒祝兴。

那天中午，父亲喝出了满脸的泪。

小杰一家要走时，父亲将上次王丽没拿走的钱又拿了出来。他说：“小杰啊，我年纪大了，这些钱放在家里不安全，你拿去该干啥干啥。男人啊，不能委屈妻子和儿子。”小杰不解：“您哪来这么多钱？”父亲说：“还不是这些年来你每月给的排骨钱和我种庄稼的收入。”小杰好大一会没反应过来，倒是王丽慌忙推拒：“爹啊，您老年纪大了，这些钱您留着自己花吧。”父亲说什么也不依，最后一股脑地塞进了王丽的随身包。

回城后小杰照例每月给父亲汇二百元的排骨款，王丽再没说一个“不”字。倒是远在乡下的父亲，日夜纠心起儿子在城里的生活，再也吃不下排骨了。

文/葛明霞

世界上有一种爱，是最无私、最伟大的，那就是母爱。世界上还有一种爱，却是默默的，它不轻易表现出来，那就是父爱。人们都说父爱总在拐角处，看完这篇文章，我们体会到了重如山的父爱，它默默无闻，总在不经意之间流露出来。

我的母亲

我母亲生于1922年，卒于1994年。她的骨灰，埋葬在村庄东边的桃园里。2011年，一条铁路要从那儿穿过，我们不得不将她的坟墓迁移到距离村子更远的地方。掘开坟墓后，我们看到，棺木已经腐朽，母亲的骨殖已经与泥土混为一体。我们只好象征性地挖起一些泥土，移到新的墓穴里。也就是从那一时刻起，我感到，我的母亲是大地的一部分，我站在大地上的诉说，就是对母亲的诉说。

我是我母亲最小的孩子。

我记忆中最早的一件事，是提着家里唯一的一把热水壶去公共食堂打开水。因为饥饿无力，失手将热水瓶打碎，我吓得要命，钻进草垛，一天没敢出来。傍晚的时候我听到母亲呼唤我的乳名，我从草垛里钻出来，以为会受到打骂，但母亲没有打我也没有骂我，只是抚摸着我的头，口中发出长长的叹息。

我记忆中最痛苦的一件事，就是跟着母亲去集体的地里拣麦穗，看守麦田的人来了，拣麦穗的人纷纷逃跑，我母亲是小脚，跑不快，被捉住，那个身材高大的看守人扇了她一个耳光，她摇晃着身体跌倒在地，看守人没收了我们拣到的麦穗，吹着口哨扬长而去。我母亲嘴角流血，坐在地上，脸上那种绝望的神情让我终生难忘。多年之后，当那个看守麦田的人成为一个白发苍苍的老人，在集市上与我相逢，我冲上去想找他报仇，母亲拉住了我，平静地对我说："儿子，那个打我的人，与这个老人，并不是一个人。"

我记得最深刻的一件事是一个中秋节的中午，我们家难得地包了一顿饺子，每人只有一碗。正当我们吃饺子时，一个乞讨的老人来到了我们家门口，我端起半碗红薯干打发他，他却愤愤不平地说："我是一个老人，你们吃饺子，却让我吃红薯干。你们的心是怎么长的？"我气急败坏地说："我们一年也吃不了几次饺子，一人一小碗，连半饱都吃不了！给你红薯干就不错了，你要就要，不要就滚！"母亲训斥了我，然后端起她那半碗饺子，倒进了老人碗里。

我最后悔的一件事，就是跟着母亲去卖白菜，有意无意地多算了一位买白菜的老人一毛钱。算完钱我就去了学校。当我放学回家时，看到很少流泪的母亲泪流满面。母亲并没有骂我，只是轻轻地说："儿子，你让娘丢了脸。"

我十几岁时，母亲患了严重的肺病，饥饿、病痛、劳累、使我们这个家庭陷入了困境，看不到光明和希望。我产生了一种强烈的不祥之兆，以为母亲随时都会自寻短见。每当我劳动归来，一进大门就高喊母亲，听到她的回应，心中才感到一块石头落了地。如果一时听不到她的回应，我就心惊胆战，跑到厨房和磨坊里寻找。有一次找遍了所有的房间也没有见到母亲的身影，我便坐在院子里大哭。这时母亲背着一捆柴草从外面走进来。她对我的哭很不满，但我又不能对她说出我的担忧。母亲看透我的心思，她说："孩子你放心，尽管我活着没有一点乐趣，但只要阎王爷不叫我，我是不会去的。"

我生来相貌丑陋，村子里很多人当面嘲笑我，学校里有几个性格霸蛮的同学甚至为此打我。我回家痛哭，母亲对我说："儿子，你不丑，你不缺鼻子不缺眼，四肢健全，丑在哪里？而且只要你心存善良，多做好事，即便是丑也能变美。”后来我进入城市，有一些很有文化的人依然在背后甚至当面嘲弄我的相貌，我想起了母亲的话，便心平气和地向他们道歉。

我母亲不识字，但对识字的人十分敬重。我们家生活困难，经常吃了上顿没下顿，但只要我对她提出买书买文具的要求，她总是会满足我。她是个勤劳的人，讨厌懒惰的孩子，但只要是我因为看书耽误了干活，她从来没批评过我。

有一段时间，集市上来了一个说书人。我偷偷地跑去听书，忘记了她分配给我的活。为此，母亲批评了我，晚上当她就着一盏小油灯为家人赶制棉衣时，我忍不住把白天从说书人听来的故事复述给她听，起初她有些不耐烦，因为在她心目中说书人都是油嘴滑舌、不务正业的人，从他们嘴里冒不出好话来。但我复述的故事渐渐吸引了她，以后每逢集日她便不再给我派活，默许我去集上听书。为了报答母亲的恩情，也为了向她炫耀我的记忆力，我会把白天听到的故事，绘声绘色地讲给她听。

很快地，我就不满足复述说书人讲的故事了，我在复述的过程中不断地添油加醋，我会投我母亲所好，编造一些情节，有时候甚至改变故事的结局。我的听众也不仅仅是我的母亲，连我的姐姐、我的婶婶、我的奶奶都成为我的听众。我母亲在听完我的故事后，有时会忧心忡忡地，像是对我说，又像是自言自语：“儿啊，你长大后会成为一个什么人呢？难道要靠耍贫嘴吃饭吗？”

我理解母亲的担忧，因为在村子里，一个贫嘴的孩子，是招人厌烦的，有时候还会给自己和家庭带来麻烦。我在小说《牛》里所写的那个因为话多被村子里的人厌恶的孩子，就有我童年时的影子。我母亲经常提醒我少说话，她希望我能做一个沉默寡言、安稳大方的孩子。但在我身上，却显露出极强的说话能力和极大的说话欲望，这无疑是极大的危险，但我说故事的能力，又带给了她愉悦，这使她陷入深深的矛盾之中。

俗话说“江山易改，本性难移”，尽管我有父母亲的谆谆教导，但我并没有改掉我喜欢说话的天性，这使得我的名字“莫言”，很像对自己的讽刺。

文/莫言

文章表达了作者对母亲的热爱、感激和怀念之情，歌颂了母亲不逃避困难和不幸，乐观顽强，积极面对，在饥饿、病痛、劳累的重压下，母亲依然表示要坚强地活下去，表现母亲的坚强和责任感；这种庄严的承诺，是为了消除儿子的担忧，体现了母爱的伟大。

永不落箸的母爱

当她还是小娃娃的时候，家里粮食总是不够吃。似乎，有时候，连吃饭也是一件非常奢侈的事情。似乎那时候母亲很少吃饭，她看看碗里的饭，看看她，微笑着，对她说，慢点吃啊。那时她并不知道粮食的金贵、活着的艰辛，或者就算知道，也不会去管。她的全部心思只在吃饱，只在千方百计让自己饥饿的胃得到一点暂时的满足。若干年后她努力回忆当时的情景，可是她竟一次也没有回忆起来年轻的母亲吃饭时的样子。

当她长成小姑娘的时候，家里日子好过了一些。是仅仅能够吃饱的那种，绝没有闲钱可以享受。偶尔，母亲会做一盘好菜，每到这时，她便像过节一样开心。其实好菜不过是几块红烧肉、一条鱼、一盘炒蛋、或者一盘辣子鸡块。到这时，母亲的筷子便很少伸向那盘菜。充其量她只是象征性地动动筷子，然后，便只顾啃着手里的馒头。她对母亲说："您也吃点。"母亲笑笑说，好。筷子伸向盘子，却什么也不会动。母亲也需要营养，母亲的味蕾也能够分辨出粗粮与美味，可是她在家人面前，总是心安理得甚至无比幸福地拒绝着来之不易的好菜。

然后她结婚了，有了爱她的丈夫。家里日子自然不会太拮据，可是她突然发现，似乎，她遗传了母亲在饭桌旁的习惯。当然她会与丈夫一起分享一道好菜，可是当那道菜所剩不多，当丈夫仍然意犹未尽地吃着那道菜，她便绝不会再动那道菜。她并没有亏欠自己的感觉，她认为她必须这样做，或者，只有这样做，她才能够心安。她爱她的丈夫，非常爱。世上还有比偷偷为自己的爱人省下几口好菜更令人幸福的事情吗？甚至，她以为，这也是浪漫的一种吧？

再后来，当她有了天真漂亮的女儿，她便坚信自己真的遗传或者继承了母亲的习惯。女儿有挑食的毛病，喜欢吃的菜更少，每到这时，她对那道菜更是连一口也不敢吃了。她认为她对快乐和幸福也有了更深的理解，她想一家人的快乐和幸福不正是她的快乐和幸福吗？假如能够让他们的胃口得到满足，那么，即使她顿顿馒头咸菜，又有什么呢？每每碰到女儿喜欢的菜，她的筷子便会转变方向，甚至，这已经成为她的本能。

她想她理解了自己的母亲。她想她真的理解了自己的母亲。

难得有了假期，一家三口回到乡下。她知道母亲的习惯，所以那天，每道菜她都做了很多。那些菜即使十个人吃都足够，她想，她的母亲终于不必只为给她省下一点好菜，而只啃手里的馒头了。

母亲已经七十多岁了啊。

可是吃饭的时候，她突然发现，每当母亲的筷子伸进一道菜，她的女儿便会拒绝再去碰那道菜。桌子上有八道菜，几分钟以后，女儿竟然拒绝了其中的四道。她瞪了瞪女儿，可是女儿看着她，满脸无辜。她把女儿拉到一边，悄悄问她，怎么回事，女儿眨着眼睛，认真地说，姥姥脏！我嫌姥姥脏！

女儿自然是挨了打的。那是她第一次打自己的女儿，那天她下手很狠。母亲惊慌地跑过来护住外孙女，又哄又逗半天，终于让她再一次坐回饭桌边。可是，重新回到桌边的母亲，筷子再也没有拾起。她只顾啃着手里的馒头，有时低下头，喝一口白开水，然后抬起头，冲她的外孙女轻轻一笑。她的笑容里绝没有半点埋怨和不满，从母亲的眼睛里，她只看到了满足与快乐。

那天她哭了，哭得一塌糊涂。为女儿的不懂事，为母亲的毫无怨言，她决定好好调教女儿，告诉女儿自己小时侯的故事，可是年幼的孩子怎能领会餐桌上的浓浓亲情？何时能体会到母亲为省下一口好菜，永不落箸的爱？

文/周海亮

娃娃时，“我”贪吃，母亲微笑着看；小姑娘时，“我”劝母亲也吃点，母亲并未动手；结婚了，“我”留好菜给丈夫，遗传了母亲的习惯；生了女儿，“我”自以为理解了母亲，留好菜给女儿；假期回乡下，女儿不吃母亲动过的菜，“我”打了女儿，母亲半点也没埋怨孩子。作者最后的哭，是为自己的女儿年幼不懂事而哭，为母亲的无私付出不计任何回报而哭。歌颂了母亲的勤劳、善良、宽容、为家人无私奉献没有丝毫怨言的浓浓的爱。

有些事情你不必知道

他拿着大学录取通知书报到的时候，班主任告诉他，必须要有档案，包括高中学历，才能准予报到。

他愣住了，什么叫档案？他家境贫寒，学费是一笔巨款。初二那年，懂事的他辍学去打工。对于来自农村，中学没读完的他来说，档案是什么，他一点概念都没有。

他从小就喜欢文艺，19岁那年，来到北京，住地下室，当群众演员，考电影学院。当拿到专业课合格的通知书时，他的第一个念头只是，这下糟了。考上了意味着要交一万元的学费。而家里东拼西凑加上哥哥的全部积蓄也才4000多元。

当他得知没有档案不得报到的时候，他对老师说："要不就算了吧。"

那位老师从没有碰到过这样的学生，成千上万的人梦想踏进这所学院的门槛，而他，竟然轻描淡写地说，算了。仔细打量着面前的这个学生，高高瘦瘦，话语不多，英俊的脸上有着与年龄不相称的成熟。

老师疑惑了，她不知道，看似轻松的面容背后有着怎样的隐情。

第二天一早，老师根据考生的地址打电话询问请况，终于得知，那位考生家境贫寒，初中没上完就辍学出外打工，因此没有高中毕业证；但是，通过询问，由学校补办学历证明、调送档案还是可以的。

老师悄悄地把这一切都做好了，然后打电话通知那位考生来报到。她没有说起档案的事。

这所院校，到处都是俊男美女，很多来自小康家庭，唯有他生活困窘。大一的时候郊游，大家都带着好吃的在一起尽情享受，只有他默默地走到小树林中，假装不饿，假装专注地欣赏大自然的美景，这一切都没逃过老师关注的眼睛。

在老师的授意下，女生撒娇地叫着他的名字：“哎，快来帮我的忙，我都吃不下了。”或是，“撑死我了，你也给我解决点负担吧。”

大家会很自然地把他从小树林里拽出来，把他摁在烧烤摊前，往他嘴里塞。

再有郊游的时候，他更不需要带任何东西了，总有老师或者女生把他的那份准备好了。

有一次，有个广告要找班上5位漂亮的女同学拍，每人可以得到2000元的酬金。

班主任老师提出了一个附加条件：“找女生拍广告可以，但是必须再带一个男生。”

广告公司：“这个广告只需要女模特，根本就没有男模的戏份。”

老师：“要去必须带上他，要是不行，其他女生都不许去。”

在拍摄现场，他使尽浑身解数，为的就是不给老师丢脸。广告在中央电视台黄金时段播出，他在电视机前睁大眼睛找自己的角色，可是翻来覆去看了十几遍，硬是找不到。

其实那个广告根本就不需要他。他以为是自己的演技不过关，也不好意思去问，只是这笔酬金让他顺利地度过了一段困难时期。

由于班里经常搞活动，要求每个同学交班费2000元，从开学直到毕业，整整4年，他都不知道这一件事。因为老师告诉班长，不要收他的班费，而班上其他22位同学，从来也没有透露过交班费的事。

直到有一次，上电视做节目，节目组请来了他的班主任老师，他才知道，原来，这么多的事情他都一无所知。

“为什么，老师，为什么我都不知道，为什么你不告诉我？”

老师说：“因为，有些事情你不必知道。”

有些事情你不必知道。这是一位老师对学生的爱护，更是一位智者对尊严的解读。

对于一位自卑内向的农村孩子，总是白白地接受别人的帮助，心里感受到的除了愧疚，更多的是不快乐。老师深谙此理。

如今的他，展颜一笑，就如冬天里的太阳，让你不能不受到感染。

他叫郭晓冬，他的老师叫崔新琴。

文/郑如

无论什么人，都有自尊的权利，自尊不会因为贫穷而有所减少，相反，穷人的自尊心会更强，他们对别人的轻视尤为敏感。故事中的老师，特别注意保护学生的自尊心，用爱心和热情去温暖自己的学生，不让他稚嫩的心灵在残酷的现实中受到一点点的伤害。我们为人处世也一定要注意尊重他人、宽容他人，还要学会将心比心，否则会给别人造成永远无法弥补的心灵创伤。

再给妈妈一点钱

因为经济萧条，他在城里办的厂子就要没了。因为欠了很多人的钱，他在城里的住房和轿车也抵押上了还债，可还有一些工人的工资未能拿到，所以他们拒绝前来上班。

这些未能拿到工资的工人，现在正在向他要钱。眼看承诺还钱的期限到了，走投无路的他想一走了之，从这个城市消失，可他又舍不得农村老家的母亲。母亲已是70多岁的老人，父亲去世早，如果他一走了之，母亲就会孤依无靠。他左思右想，决定走之前，再回趟老家看一眼白发苍苍的母亲。

老家的房子还是上世纪70年代建的两间旧房子，连个窗户都没有，他担心这房子对母亲的身体不好，因此他给过母亲一笔建房子的钱，可母亲不知为何总是拖着。他就这样一边想着，一边把脚踏进了家门。听到屋内响动，母亲从里屋走了出来，见是儿子，先是一惊，继而笑容爬上了额头。

儿子虽然是债台高筑，但他还是身穿笔挺的西服，脚上的皮鞋锃亮。从外表看，他还是和从前一样，不同的是，以前他总是开着小车回家，而今天他是坐公共汽车，然后步行3里多路走回家的。

见儿子没有开车回来，刚刚额头上还爬满笑容的母亲，突然有点讶异。

他问母亲："建房子的钱早给您了，妈，这房子怎么还没找人建啊？"母亲想，老伴早已去世了，自己已是黄土埋到脖子的人了，再造房子不是瞎糟蹋钱吗？可她没有接话，转身去里屋打开箱子，从箱底取出一个鼓鼓囊囊的布袋，那里面有儿子给她建房子的15000元，还有儿子以前给她的零花钱，加在一起足足有两万元。她把布袋往他面前一放说："儿啊，妈都一大把年纪了，活不了几年了，再建房子不是浪费钱吗？如果你手头紧，就把这钱拿回去吧！"

他的心头一热，眼泪差点滚落下来，慌忙说："妈，这钱是给您建房子的，如果您不想建房子，就留着自己慢慢花，我又不差钱！"

见儿子不肯要，母亲沉思了片刻，忽然说："这钱既然你不肯要，那我就留着建房子了，只是我怕还差点，再给妈妈一点钱，好吗？"

母亲的话让他大感意外，他长这么大，母亲还从未主动向他要过钱。而且，建两间新房子，一万多元应该足够了。他感觉母亲今天有点不可思议，可他还是本能地从裤兜里把身上仅有的钱掏了出来，轻声地说："妈，如果不够，下次回来我再给您补上。"

母亲没有看他，她的目光盯在了儿子掏出的钞票上。她数了数，一共265元。这是怎样的钞票啊，除了一张100的外，其余均是一些皱巴巴的10元、5元。母亲说："孩子，看看你给我的钱，以前你给我的全是些崭新光亮的百元大钞，而今天，你连身上皱巴巴的5元都给了我。孩子，说实话，你的厂子是不是关门了？"

他本还想辩解，可母亲早把布袋套在了他的脖子上。看着白发苍苍的母亲，他的眼泪潸然而下。他把布兜里的钱数了数，全是些光亮崭新的百元大钞，整整两万，他想，这钱正好是他拖欠那些工人的工资，他的厂子终于又可以生产了！

是啊，不发给工人工资，工人们就不肯来上班，他的厂子就得关门，可这些，他哪有勇气对母亲说呢？正是母亲向他主动要钱，他才不得不把那些皱巴巴的钱掏给母亲，才让母亲彻底知晓了儿子的处境，并使他含着眼泪不容拒绝地拿走了这两万元救急钱。

文/钱永广

世界上有一种爱，永远无怨无悔地付出，却从不问收获，这种爱叫母爱。世界上有一种人，永远默默无闻地奉献，却从不求报答，这种爱叫母爱。无论我们在顺境还是逆境，是成功还是失败，在母亲眼里，我们都是永远长不大的孩子，是母亲一生的牵挂。

第三辑　不畏平凡而畏平庸

假如不能成为唯一的太阳，那就成为最闪亮的那颗星辰；假如不能成为参天大树，那就成为最鲜艳芬芳的花朵；假如不能成为浩瀚的大海，那就成为最清澈明净的湖泊……生活中，大多数人的一生都是平凡甚至是平庸的，但是我们不能让自己甘于平庸，因为这会使我们失去前进的动力，使我们的人生变得单调而庸俗。

让梦想每天壮大一点点

他出生于韩国一个不知名的小镇上，母亲是邮政局的一位普通职工，他还有一个妹妹。由于家道贫穷，母亲从小就对他寄予了很大希望。

但他却是一个很不自信的人。上小学的时候，他甚至从没有在上课时回答过一个问题。有一次，学校组织学生进行游泳比赛，他就站在河床边，战战栗栗地不敢向前一步。

母亲知道这个消息后，非常生气。尽管她刚做了一次手术，身体孱弱，但她还是把孩子带到河边，指着滔滔河水说："跳下去。"他吓得赶紧往后退："我没练过游泳，我怕。"母亲拍着他的肩膀，耐心地说："孩子，你要明白，很多时候我们之所以不能成功，就是因为被经验束缚了手脚。我也不会游泳，但凭着自己的勇气和恒心，我一定会成功。"说着，脱下鞋子，跳进了水中。

他的心立刻像弦一样蹦得紧紧的，1秒钟，2秒钟……5秒钟，勇敢的母亲在被水连呛了几次后，竟然奇迹般地浮了起来。

"那么孩子，你现在的梦想是什么？"母亲湿淋淋地走上来说。

他毫不犹豫地说："我要考大学，找个好工作。"母亲欣慰地点点头，接着语重心长地说："那么孩子，你要为之努力了，让你的梦想和勇气每天壮大一点点。"

他含着热泪点点头。

17岁那年，他和3个同学去漂流。却不想，途中遭遇了一场暴风雨，喘急的河水很快使他们的橡皮艇偏离了原来的航线，向左边的一条支河奔去。几个同学都吓哭了，有一个同学是本地人，更是大声尖叫起来："前面是乱石岗，怎么办呢？"他却沉着冷静地指挥着另一个同学操纵船桨使劲往岸边划。费劲九牛二虎之力，终于脱离了危险。后来有同学问他："面对生死边缘，你不害怕么？"他无畏地说："我不怕，因为我有梦想和勇气。"

18岁，他认识了顶著JYP经纪公司的领导者，同时也是音乐资深制作人的朴轸永，当他把这一消息告诉母亲时，母亲问："孩子，那么你现在的梦想是什么？"他毫不犹豫地回答："做亚洲最顶级的艺人。"但是母亲却没法看到他实现愿望，不久就在医院去世了，而她留给孩子的最后一句话就是："照顾妹妹，好好实现你的梦想。"

母亲的去世对他打击很大，他不止一次跪在母亲的遗像前发誓："要拼命练习，成为一流歌手。"

2002年，他推出一张个人专辑，就囊括了几乎全韩国媒体新人奖项，之后他更是一发不可收拾，多次参加亚洲巡回演出，广受人们喜爱。

他就是不久前在"第45届储蓄之日"上荣获总统勋章的RAIN。如今，他更是以强有力的精湛舞蹈和清新的音乐风格成为了年轻人心目中的"天王"。

在回顾成长之路时，他百感交集地说："母亲从小就教导我，要成功，靠的不是经验。我一直都牢牢记得，并在为之努力，不为别的，只为让梦想每天可以壮大一点点。所以每一年，母亲问我的梦想，我都有不同的回答，我坚持下来了，所以成功了。"

文/王国军

果戈里曾说："青春之所以幸福就是因为他有前途。"我们的前途正是来源于梦想，在这青春之年，我们有着对未来的憧憬，有着丰富的想象与饱满的情绪，我们充满激情、充满希望、充满斗志、充满力量，每当我们描绘着未来的幸福蓝图时，我们都会无限地向往，我们总认为自己前途无量。为实现梦想，让自己有一个无悔的青春，就需要树立远大的志向，通过无限的拼搏、奋斗、冲刺、让自己青春无悔！时间从来不能阻挡梦想的脚步，RAIN的经历告诉我们，每天让梦想壮大一点点，终有一天会抵达成功的彼岸。

如何避免愚蠢的见识

怀有各种各样愚蠢的见识乃是人类的通病。要想避免这种通病，并不需要超人的天才。下面提供的几项简单原则，虽然不能保证你不犯任何错误，却可以保证你避免一些可笑的错误。

如果一个问题但凭观察就可以解决的话，就请您亲自观察一番。亚里士多德误以为妇女牙齿的数目比男人少。这种错误，他本来是可以避免的，而且办法很简单。他只消请他的夫人把嘴张开亲自数一数就行了。但他却没有这样做，原因是他自以为是。自以为知道而实际上自己并不知道，这是我们人人都容易犯的一种致命错误。

我自己就以为刺猬好吃油虫，理由无非是我听人这么讲过，但是，如果我真的要动手动脚写一部介绍刺猬习性的著作，我就不应该妄下断语，除非我亲眼看见一只刺猬享用这种并不可口的美餐。古代和中古时代的著作家谈起麒麟和火蛇来头头是道，但是他们当中的谁也没有觉得，既然自己从未见过任何麒麟和火蛇，那就必须避免武断。

许多事情不那么容易用经验加以检验。如果你像大多数人一样在许多这类事情上有颇为激烈的主张，也有一些办法可以帮你认识自己的偏见。如果你一听到一种与你相左的意见就发怒，这就表明，你已经下意识地感觉到你那种看法没有充分理由。如果某个人硬要说2加2等于

5，或者说冰岛位于赤道，你就只会感到怜悯而不是愤怒，除非你自己对数学和地理也是这样无知，因而他的看法竟然动摇了你的相反的见解。最激烈的争论是关于双方都提不出充分证据的那些问题的争论。所以，不论什么时候，只要发现自己对不同的意见发起火来，你就要小心，因为一经检查，你大概就会发现，你的信念并没有充分证据。

摆脱某些武断看法的一种好办法就是设法了解一下与你所在的社会圈子不同的人们所持有的种种看法。我觉得这对削弱狭隘偏见的强烈程度很有好处。如果你无法外出旅行，也要设法和一些持不同见解的人们有些交往，或者阅读一种和你政见不同的报纸。如果这些人和这种报纸在你看来是疯狂的、乖张的，甚至是可恶的，那么你不应该忘记在人家看来你也是这样。双方的这种看法可能都是对的，但不可能都是错的。这样想一下，应该能够慎重一些。

有些人富有心理想象力。对于这些人来说，一个好办法便是设想一下自己在与一位怀有不同偏见的人进行辩论。这同实地跟论敌进行辩论比起来有一个（也只有一个）有利条件，那就是这种方法不受时间和空间的限制。圣雄甘地就对铁路、轮船和机器深表遗憾，在他看来整个产业革命都要不得。也许你永远没有机会真的遇见一位抱有这种见解的人，因为在西方国家里大多数人都把现代技术的种种好处视为当然。但是如果你确实想同意这种流行的看法乃是正确的，那么一个好办法就是设想一下甘地为了反驳现代技术的种种好处而可能提出的论据，从而检验一下你自己想到的论据。我自己有时就因为进行这种想象性的对话而真的改变了原来的看法；即使没有改变原来的看法，也常常因为认识到假想的论敌有可能蛮有道理而变得不那么自以为是。

对于那些容易助长你狂妄自大的意见尤宜提防。不论男女都坚信男性或女性特别优越，双方都有不可胜数的证据。如果你自己是男性，你可以指出大多数诗人和科学家都是男子；而如果你是女性，你可以用大多数罪犯也都是男子来反唇相讥。这个问题本来就根本无法解决，但是，自尊心却使大多数人都看不到这一点，不管我们属于世界上哪个国家，我们大家总是认为我们自己的民族比所有其他民族都优越。既然每个民族都有自己特有的长处和短处，我们就把自己的价值标准加以调整，以便证明自己民族的长处乃是真正重要的长处，而其缺点相对来说则微不足道。在这个问题上，一位明白事理的人也一定会承认，它没有明显正确的答案。由于我们无法和人类之外的智者辩论清楚，所以要处理这个人之作为人的自高自大的问题就更加困难了。就我所知，处理这个普遍存在的人类自高自大问题的唯一方法就是：要经常提醒自己，在茫茫宇宙中一个小小角落的一颗小小星球的生命史上，人类仅仅是一个短短的插曲，而且说不定宇宙中其他地方还有一些生物，他们优越于我们的程度不亚于我们优越于水母的程度。

文/罗素

在现实生活中，因偏见而起的纠纷到处可见，从国家、民族对立到科学人文争论，从政党的派系相残到科研的门户偏见，从劳资矛盾到地区歧视，从商场搏杀到办公室兵法，从文人相轻到夫妻龃龉等。那么，如何避免呢？中国有句老话叫做“兼听则明”，如果你想避免自以为是，应做到：养成科学的认知态度，重观察和证据，避免想当然；听取不同意见，尤其是相反意见，不自以为是；调整评价标准，换个角度看问题。只有这样才可以避免愚蠢的见解。

理解我，我的兄弟

贝多芬，德国作曲家。他是从古典音乐向浪漫主义音乐过渡时期的最杰出的音乐家，也是人类艺术上最伟大的创造者之一。他有着卓越的音乐天赋、炽热的叛逆气质和巨人般的坚强性格。他那百折不挠的意志和对社会的责任感而产生的崇高理想，形成了他作为一个音乐家的特有品质。早在贝多芬在世时，他就被公认为具有世界意义的音乐家。作为伟大的古典作曲家兼浪漫派先驱，他被永远载入史册。

1797年后，贝多芬患了耳聋病，病情逐年恶化。对一个音乐家说来，再没有比这更沉重的打击了！在这封信中，他想把所遭受的痛苦向兄弟述说，但写好后并未寄出。

给我的兄弟卡尔和约翰：

啊！兄弟们，你们说我心肠不好、固执而又厌世，你们多么冤枉我啊！你们只看到外表，却根本不知道其中的原因。我自幼性情温和善良，总想将来做一番事业。然而想想，六年前我得了这种不治之症，又被庸医耽误，病情日益恶化。我起初不知道受他们愚弄，总希望能慢慢治好，可最后却不得不面对终身残疾的命运（这种病需要很多年才能治好，也许根本就治不好）。我天生热情、活跃，喜欢社交，但现在年纪轻轻就被迫离群索居，与世隔绝。有时我试图忘记这一切，但由于耳聋，常遭到非常残酷的挫折。这种经历非常惨痛，我总不能每次都对人家说“大声点，使劲嚷，我耳聋”吧！

我怎么好意思公开承认我的耳朵有问题呢？我的听觉一直比别人好——以前非常灵敏，同行中很少有人能和我比——这是毫无疑问的，所以，我实在说不出口。当你们看到我躲开你们时（其实我非常想和大家交往），请你们原谅我。我的遭遇真是非常痛苦，它必然会引起别人对我的误解。对我而言，再不能和朋友们一起娱乐、共同交谈、切磋思想了。所以，除非万不得已，我总是避免和外界接触。

我不得不像个流亡者，因为当我和别人接近时，我会立刻感到恐惧，总担心自己的情况被别人发现，这半年来一直是这样。这半年来，我是完全按照医生的嘱咐在乡间度过的，这样做是为了尽量减少使用听觉，这也完全符合我目前的心愿。然而，我有时又违背医生的嘱咐，根本控制不住对社会的向往。可是，每当身边的人听见远处的笛声，而我却什么也听不见，或有人听见牧歌，而我又一无所闻时，我感到的是一种多大的羞耻啊！这些事情把我推到绝望的边缘，如果再遇到一两件这种事情，我就会马上自杀，可艺术制止了我。如果我不能把自己认为必须创造出来的作品全部创作出来，我绝不能离开人间！因此，我又不得不忍受这种痛苦的生活。真是痛苦极了，我的身体容易激动，只要突然有一点变化，就会从最好变成最坏。忍耐，人们说我应该选择它做我的向导，我已经这样做了，并且我希望能长久保持下去，直到公正的命运之神宣布我的生命终结。也许我的病会慢慢好起来，也许不会，对此我是有心理准备的。

………

卡尔弟弟，对你最近对我的深情，我感激不尽。愿你们此生的幸福比我多些，苦恼比我少些。你们要用道德教育儿女，因为能给人幸福的是道德，而非金钱——这是我的经验。在痛苦时能支持我的就是道德。我之所以没有走极端，除了为了我的艺术外，其次就应归功于道德。

再见，愿你们相亲相爱，感谢我所有的朋友，尤其是李赫诺斯基亲王和许密特教授。我希望你们两人中有一个人能替我保存李赫诺斯基亲王送给我的那些乐器，但不要为此引起争执。一旦这些东西对你们有更大的用途时，你们可以把它们卖掉。我在九泉之下，还能对你们有所帮助，我将感到多么高兴啊！我将坦然迎接死神，但如果在没有发挥我的全部艺术才能之前死去，我觉得还是太早了些。尽管命运坎坷，我恐怕还是希望那一天晚些到来。不过，即使早死，我也会心满意足的。这样不就能把我从无穷无尽的苦难中解脱出来吗？你们愿意什么时候来就来吧，我会鼓起勇气见你们的。再见！我死后不要很快就把我忘掉。你们不应该这样，因为我在世的时候是如此想念你们，并想着如何使你们快乐。但愿……

路德维希·凡·贝多芬 1802 年 10 月 6 日于海格伦斯塔特

文/（德）贝多芬

耳聋给贝多芬造成了交流的障碍，他常常被人误解，社会交往受到极大的约束，为此他逐渐离群索居，变得愈来愈孤僻。他去世时身边没有一个亲人，一双陌生的手为他阖上了双眼。命运的确对他太不幸了，可他仍然创造出了不朽的音乐，真是当之无愧的音乐巨人。在他的人生舞台上，导演一切的，并非命运，而是他自己。

不畏死而畏平凡

过于热忱地兜售“不平凡”

“如果在三十岁以前，最迟三十五岁以前，我还不能使自己脱离平凡，那我就没戏了。”

“什么又是不平凡呢？”

“比如所有那些成功人士。起码要有自己的房、自己的车，起码要成为有一定社会地位的人吧？还起码要有一笔数目可观的存款吧？”

“要有什么样的房？要有什么样的车？在你看来，多少存款算数目可观呢？”

“这……我还没认真想过……”

以上，是我和一名大一男生的对话。

那是一所较著名的大学，我被邀请前去做讲座。上面的这一席对话是在五六百人之间公开进行的。我觉得，他的话代表了不少学子的人生志向。

我明白那大一男生的话只不过意味着一种“往高处走”的愿望，却使我觉出了我们这个社会、我们这个时代，近十年来，一直所呈现的种种文化倾向的流弊，那就是——在中国还只不过是一个发展中国家的现阶段，在国人还不能真正过上小康生活的情况下，中国的当代文化，未免过分“热忱”地兜售所谓“不平凡”人生的招贴画了。

而最终，所谓“不平凡”的人的人生质量，在如此这般的文化那儿，差不多又总是被归结到如下几点——住着什么样的房子，开着什么样的车子，有着多少资产，社会给予怎样的敬意和地位。倘是男人，便是娶了怎样怎样的女人。

深怀恐惧的平凡人生

上世纪二三十年代的中国，也盛行过同样性质的文化倾向，体现于男人，那时叫“五子登科”，即房子、车子、位子、票子、女子。一个男人如果将这些都追求到手了，似乎就摆脱平凡了。在七八十年后的今天，这一倾向仿佛渐成文化的主流。这一种文化理念的反复宣扬，折射着一种耐人寻味的逻辑——谁终于摆脱平凡了，谁理所当然地是当代英雄；谁依然平凡着甚至注定一生平凡，谁是狗熊。

在这样的文化背景下成长起来的中国的下一代，如果他们普遍认为最远三十五岁以前不能摆脱平凡便莫如死掉算了，那是毫不奇怪的。

中国古代，平凡的人们被称为“元元”；佛教中则形容为“芸芸众生”；在文人那儿叫“苍生”；在野史中叫“百姓”；在正史中叫“人民”，而相对于宪法叫“公民”。没有平凡的亦即普通的内涵，“公民”一词将因失去了平民成分而成为荒诞可笑之词。

中国古代的文化和古代的思想家们，关注体恤“元元”们的记载举不胜举——

比如《诗经·大雅·民劳》中云：“民亦劳止，汔可小康。”意思是老百姓太辛苦了，应该努力使他们过上小康的生活。

比如《尚书·五子之歌》中云：“民为邦本，本固邦宁。”意思是如果不解决好“元元”们的生存现状，国将不国。

而孟子干脆说："民为贵，社稷次之，君为轻。"

而《三国志·吴书》中进一步强调："财经民生，强赖民力，威恃民势，福由民殖，德俟民茂，义以民行。"

民者——百姓也，"芸芸"也，"苍生"也，"元元"也，平凡而普通者是也。怎么到了今天，在改革开放的中国，在平民们的下一代那儿，不畏死而畏"平凡"了呢？

于是，我联想到了曾与一位"另类"同行的交谈。我问他是怎么走上文学道路的，答曰："为了出人头地。哪怕只比平凡的人们不平凡那么一点点，而文学之路是我唯一的途径。"

见我怔住了，他又说："在中国，当普通百姓实在太难。"

芸芸众生永远是大多数

我又联想到曾与一位美国朋友的交谈。她问我："近年到中国，一次比一次更觉得，你们中国人心里好像都暗怕着什么。那是什么？"

我说："也许大家心里都在怕着一种平凡的东西。"

她追问："究竟是什么？"

我说："就是平凡之人的人生本身。"

她惊讶地说："太不可理解了，我们大多数美国人可倒是都挺愿意做平凡人，过平凡的日子，走完平凡的一生的。你们中国人把平凡与可怕的东西归在一起吗？"

我不禁长叹了一口气。我告诉她，国情不同，故所谓平凡之人的生活质量和社会地位，不能相提并论。我说你是出身于几代中产阶级的人，所以你所指的平凡的人，当然是中产阶级人士。中产阶级在你们那儿是多数，平民反而是少数。你们的平凡的生活，是有房有车有医疗福利的生活。而一个人只要有了一份稳定的工作，过上那样的生活并不特别难。而在我们中国，那是不平凡人生的象征。

当时想到了本文开篇那名学子的话，不禁替平凡着、普通着的中国人，心生种种悲凉。想那学子，必也出身于寒门；其父其母，必也平凡普通。不然，断不至于对平凡那么恐慌。

当社会还无法满足普遍的平凡人的基本愿望时，文化最清醒的那一部分思想，应时时刻刻提醒社会来关注此点，而不是反过来用所谓不平凡人的种种生活方式刺激前者。无论过去、现在，还是将来，平凡而普通的人们，永远是一个国家的绝大多数人。

我们的文化，近年以各种方式向我们介绍了太多太多所谓“不平凡”的人士了，而且，最终对他们“不平凡”的评价总是会落在他们的资产和身价上。这是一种穷怕了的国家经历的文化方面的后遗症。

而文化如果不去关注和强调平凡者们的社会地位——尽管他们看上去很弱，似乎已不值得文化分心费神——那么，这样的文化，也就只有忙不迭地、不遗余力地去为“不平凡”的人们大唱赞歌了，并且在“较高级”的利益方面与他们联系在一起。于是眼睁睁不见他们之中某些人“不平凡”之可疑。

这乃是中国包括传媒在内的文化界，包括某些精英们在内的思想界的一种势利病。

文/梁晓声

现今的社会是一个喧嚣浮躁、充满诱惑的时代，有些人追求平凡的人生，有些人想追求不平凡的人生。其实，人的一生不在于结局如何，而在于过程是否精彩。人不应该对生活低头，而应不断地去探索和追求，在命运的道路上走出一条让所有人都为之叹服的人生之路。做最好的自己，即使再平凡，也是不平凡的。

活多久才算够

活多久才算够呢？有个伟人写诗明志：“自信人生二百年，会当击水三千里。”二百年就够了吗？相对于许多封建时代的皇帝，这简直不算什么。《康熙大帝》主题曲《真的再想活五百年》，作曲家如此替大帝抒怀，是有道理的。遥想当年，秦始皇访仙、汉武帝学道、古埃及法老将自己的尸体腊干制成木乃伊，期望某一天复活，活无止境。在他们那里，活多久都不算够，他们想永生。

为什么要“活着”？有的认为自己的事情没有做完，希望上天给予他特别的眷顾，让他完成自己宏大的志愿。有的认为自己的过剩资源和快乐没有消耗掉，需要更多的时间。但是对于绝大多数的人来说，“活着”本身似乎就是目的，余华的小说《活着》形象地阐释了这个主题。主人公富贵卑贱一生，眼见着身边的亲人相继死去，只有自己在顽强地活着。这样活着有意义吗？这是富贵不考虑，也不会考虑的问题，他活下来，本身就是意义，因为是他在活着。所有活着的人都在活着，向死而生又向死亡宣战。没有人去提问“你为什么要活着”这个问题，因为这个问题包含一个歧视性前提，即有的人可以天然地活着，有的人似乎不配活着。即使是富贵，他也认为自己应该永久活下去。

活着是自己在活着，死亡也是自己在死亡，无可替代。从本能上说，没有哪一种正常的生物会去寻死，蝼蚁尚惜命。但人总是要死的，有些人的死亡更加艰难，因为他们不知道自己的死亡意味着什么。他们可以想象死亡之前的窒息、绝望，却无法想象，“我”死亡之后，“我”会去哪里。

这个世界上并不是所有人都如此，比如虔诚的基督徒不会害怕死亡，因为他知道死亡是上帝的召唤，他们将去上帝的身边，追随伟大的主。虔诚的佛教徒也不会害怕，因为他们知道死亡只是此生的结束，除了此生，还有往生与来世。相对于今人，中国的古人似乎也不害怕死亡，因为他们一直相信有神仙、有佛祖、有来世，即使是地狱，也总比“我”死后没有去处强得多。即使他们不相信有这些，依然有诸种信念来消除死亡的恐惧。比如，庄子相信自己是世界的一部分，万物齐一，不生不死。陶渊明坦然面对死亡，“死去何所道，托体同山阿”。有信仰的人有福了，因为他们拥有循环往复的时间，拥有多重生活，多个可以托身的世界。

只有此生没有来生的人，永远生活在恐惧之中。他们知道，他们寄生的肉身是有限的，生长与衰败如影随形；他们寄身的地球也是有限的，不仅资源有限，而且寄主也有自己的“寿命”。生命是有限的，为了更好地活着，有人加大生活的密度，“只恐夜深花睡去，故烧高烛照红妆”，夜以继日地感受存在。有的人着意提高生命的宽度，不断地去尝试各种生命体验，“走万里路，读万卷书”。有的人倾向于拉大生命的长度，健身、减肥与养生，不一而足。在中国古代还有一种替代式生活方式，比如传宗接代。“不孝有三，无后为大”，三妻四妾未必一定是生理需要，或许是为了生更多的孩子。这种行为明显模仿了动物，通过广种博撒，散布自己的基因，通过大概率事件使自己抽象地活下去。

然而，无论是提高宽度，拉大长度，还是替代式生活，都需要消耗这个世界的资源。资源有限，能量守恒。你多了，别人就少了。活着需要成本，你活长了，就挤占了别人活着的空间，消耗了属于别人的资源，因此，高寿对自己来说，是幸运的，对于别人而言，未必是舒心事，“老而不死是为贼”也。替代式生活更是如此，不能为活着的人计划死亡，先来到世界的人就开始为后来的人计划生育。这个时候，理论上的亲人也会是杀死自己的仇人。活着本来是人人共同的目标，但为了这个目标，人类却干了许多南辕北辙的事情。比如战争，为了活着，死了更多的人。为了自己更好地活着，冒天下之大不韪，巧取豪夺、易粪而食，也会使自己死得更早。

活多久才算够？实际上，活多久都不算够，因为活着的目的就是不死。关键是要给自己的灵魂找一个去处，灵魂有了去处，随时都可以死去，视死如归。

文/许道军

其实，活多久都无所谓，我们要学会的是，珍惜活着的每一天，因为现在过的每一天，都是我们余生中最年轻的一天。中国的老人也有一句话，叫做“晚上脱鞋上床，不知道早上还能不能穿起来”。一辈子说长不长，有时还没等你活得透彻，青春难觅，垂暮已至，唯留一声嗟叹。岁月难绕，光阴不待，把握不好当下，未来必是一片虚无。

向一个小斑点致敬

总得有人在生命的中途，谈谈死亡这件事吧！这不是一个轻松的题目，好在人生原本就不轻松，再加上一点分量也无妨。

常常写和死亡有关的文章，有朋友管我叫“乌鸦嘴”。她说：“你说点高兴的事好不好啊？这样就会有更多的人喜欢看你的书了。”

我愿意更多的人喜欢我的书，但是，让我不谈死亡，我做不到。我并不以死亡作为一个噱头，或是借此哗众取宠，实在是事关重大。

死亡不是随随便便就可以说的，因为它神圣和庄严。我们不能对自己最后的归宿，掉以轻心。

我们不能一生都圆满，结尾时却撕裂虚无。因为尊重生命的全过程，我希望在自己尚耳聪目明的时候，和愿意探索此道的朋友们，聊聊死亡。

我去过临终关怀医院，在死过无数人的床上，静静地躺了一阵子。我之所以说它是一阵子，没有给出一个确切的时间，是因为那段时间无法计量。我看到墙壁上有一个凸起的圆点，正好在我的右臂上方，轻轻抬起右臂，就可以抚摸到那个圆斑。在昏黄的光线下，我用右手食指指肚，慢慢地扪向它，好像它是一粒白色的瓢虫。

正是暮色四合的辰光，可以开灯也可以不开灯的时分，光线每一分钟都在暗淡下去，但还依稀可以看清室内所有的细节。我没有开灯，我觉得在自然光线下，躺在临终老人们的卧榻之上，可以更从容地感受到他们生命逝去将行将远的情境。

我以为那个斑点像硬甲虫的背壳，有轻微的弧度，但是，我错了。或许它原来的确是有一点隆起的，现在摸过去，在清凉的墙漆表面，它是光滑的，甚至有一点点油腻。这使得它在越来越浓厚的橘汁样的暗淡光线中，闪着白蜡样的光泽。甚至，它在蠕动。

那一瞬间，我吓了一跳。我觉得这个斑点是有生命的，在向我讲述着什么。

它在讲什么呢？这个看起来像圆痔一样突起，实则却很平坦光润的斑点，有什么要我转述人间？

我凝视着它，并缓缓地用我的各个手指的指肚掠过它，稍稍用力，好像要把它压回到素墙里。

实话实说，临终关怀医院的条件是比较简陋的，虽然可以满足一般的治疗和看护，病房的设备却说不上豪华。墙面不是用的那种叫做XX丽的涂料，只是粉刷了最简单的乳胶漆。墙面也不很平，小的凹凸随处可见。我面前的这个小斑点，便是当初粉刷不均匀的孑遗。在比它稍高的地方还有好几处，只是要支起身体略略攀援才可够得到。我伸长了手臂，把身体略抬起来，我成功地摸到了那几个圆斑点，它们与我身边的这个斑点可说是一奶同胞。

在我抚摸几个斑点的时候，一种奇怪的感觉像潮水一样舒缓升起，继而充斥全身。我一时没有搞清这是为什么，在几近浓黑的暗色中，斑点们好似猫头鹰的眼睛。

我尽量让自己把呼吸放慢，让血液流向大脑。终于，我明白了。斑点们并不像一眼看上去那样相似，甚至可以说它们是有着原则性的不同。高处的那些斑点都是凸起来的，但我面前的这个不是。它是平坦的，如果说得更精确一些，它似乎还有一点凹陷。

这是为什么？答案只有一个。

我手指扪及的这个斑点，在它最初形成的时候，也是略略凸起的，和它的那些难兄难弟一样，鼓出墙面。然而，它恰好位于濒死之人的手指可以触摸到的地方。这样，那些将要死去的人们，在他们最后的时光中，会无数次地用手指去抚摸这个突起来的小斑点。日复一日，这个小斑点一定成为了他们的朋友，直到他们再也无法用自己枯槁的手指传达问候，直到他们的手指像铅坠一样永远地垂下……然后又会有新的人，躺在这张床上，重复这最后的游戏……

岁月磨去了这个小斑点的弧度，让它变得和周围一样平坦。假以时日，这个小斑点也许还会继续凹陷下去。某一天，也许成为一个小坑……

我不禁肃然起敬，向这个小斑点致敬！它给予了多少临终人成就感和欢愉的游戏感，我们已无从得知，但我相信那一定千真万确地滋生过，存在过。

人到了最后的关头，能够完成的，就是在身边咫尺之遥的范围内极简单的动作了。我由此想到，如果你有什么要说的话，一定要尽早说，不然就无人能听到。如果你有什么要做的事，要趁着血脉充盈之时赶快做，不要等到心有余而力不足。

那天，想到这里，我一骨碌从临终的床位上爬了起来，走出房门。我决定，在我有生之年，在我耳聪目明的时候，就开始为了临终和死亡的问题思索和呼吁。不然到了我奄奄一息的时候，即使有无限多的想法，也只有交付给墙上的小坑洼。

那就不但是我的损失，也辜负了生命的整个过程。

文/毕淑敏

作者从“死亡”谈起，为下文写对生命的感悟做铺垫；“死亡”话题的严肃与“一个小斑点”形成强烈反差，引发人们对生命意义的思考：如果你有什么要说的话，一定要尽早说，不然就无人能听到；如果你有什么要做的事，要趁着血脉充盈之时赶快做，不要等到心有余而力不足。

愿生生世世为矮人

有一次，在巴黎举行的联合国会议席上，我和苏联代表团团长维辛斯基激辩。我讥刺他提出的建议是“开玩笑”。突然之间，维辛斯基把他所有轻蔑别人的天赋都向我发挥出来。他说：“你不过是个小国家的人罢了。”

在他看来，这就是辩论了。我的国家和他的相比，不过是地图上的一个点而已。

我即便穿了鞋子，身高也只有1.63米。就是在我家中，我也是矮子。我的4个儿子全比我高七八厘米。就是我的太太穿高跟鞋的时候，也要比我高寸把。我们婚后，有一次她接受访问，曾谦虚地说：“我情愿躲在我丈夫的影子里，沾他的光。”一个很熟的朋友就打趣说，这样的话，就没有多少地方好躲了。

我身材矮小，与鼎鼎大名的人物在一起，常常特别惹人注意。第二次世界大战期间，我是麦克阿瑟将军的副官，他比我高20厘米。那次登陆雷伊泰岛，我们一同上岸，新闻报道说：“麦克阿瑟将军在深及腰部的水中走上了岸，罗慕洛将军和他在一起。”一位专栏作家立即拍电报调查真相。他认为如果水深到麦克阿瑟将军的腰部的话，我就要被淹死了。

我一生当中，常常想到高矮的问题。我但愿生生世世都做矮子。

这句话可能会使你诧异。许多矮子都因为身材矮小而自惭形秽。我得承认，年轻的时候我也穿过高底鞋。但用这个法子把身材加高实在不舒服，并不是身体上的，而是精神上的不舒服。这种鞋子使我感到，我在自欺欺人，于是我再也不穿了。其实这种鞋子剥夺了我天赋的一大便宜。因为矮小的人起初总被人轻视，到后来，他有了表现，别人就觉得出乎意料，不得不佩服起来，在他们心目中，他的成就就格外出色。

有一年我在哥伦比亚大学参加辩论小组，初次明白了这个道理。我因为矮小，所以样子不像大学生，倒像个小学生。一开始，听众就为我鼓掌助威。在他们看来，我已经居于下风，大多数人都喜欢看居于下风的人得胜。

我一生的遭遇都是如此。平平常常的事经我一做，往往就似乎成了惊天动地之举，因为大家对我毫不寄予希望。

1945年，联合国创立会议在旧金山举行，我以无足轻重的菲律宾代表团团长身份，应邀发表演说。讲台差不多和我一样高。等到大家静下来，我庄严地说出这一句话："我们就把这个议场当做最后的战场吧。"全场顿时寂然，接着爆发出一阵掌声。我放弃了预先准备好的演讲稿，思如泉涌，畅所欲言。后来，我在报上看到当时我说了这样一段话："维护尊严，言辞和思想比枪炮更有力量……唯一牢不可破的防线是互助互谅的防线！"

这些话如果是大个子说的，听众可能客客气气地鼓一下掌。但菲律宾那时离独立还有一年，我又是矮子，由我来说，就有意想不到的效果。从那天起，小小的菲律宾在联合国大会中就被各国当做资格十足的国家了。

矮子还占一种便宜：通常都特别会交朋友。人家总想卫护我们，容易对我们推心置腹。大多数的矮子早年就都懂得：友谊和筋骨健硕的力量一样强大。

早在1935年，大多数的美国人还不知道我这个人，那时我应邀到圣母大学接受荣誉学位，并且发表演说。那天罗斯福总统也是演讲人。事后他笑吟吟地怪我“抢了美国总统的风头”。

我相信，身材矮小的人往往比高大的人更富有“人情味”，平易近人。他们从小就知道自视绝不可太高。身材魁梧的人态度矜持，别人会说他有“威仪”。但是矮小的人摆出这种架子来，大家就要说他“自大”了。矮子如果稍有自知之明，很早就会明白脾气是不好随便乱发的。大个子发脾气，可能气势汹汹，矮子就只像在乱吵乱闹了。

一个人有没有用，和个子大小无关。反之，身材矮小可能真有好处。历史上许多伟大的人物都是矮子。贝多芬和纳尔逊都只有1.63米高，但是他们和只有1.52米高的英国诗人济慈及哲学大师康德相比，已经算高大的了。

当然还有一位最著名的矮子是拿破仑。好些心理学家说，历史上之所以有拿破仑时代，完全是拿破仑的身材作祟。他们说，他因为矮小，所以要世人承认他真正是非常伟大的人物。失之东隅，借此收之桑榆。

本文一开始，我就提到苏联代表维辛斯基因为我胆敢批评他的国家而出言相讥的事。我不喜欢别人以为我任凭他侮辱矮子，而不加反驳。他一说完，我就跳起身来，告诉联合国大会的代表说，维辛斯基对我的形容是正确的，但是我又说：“此时此地，把真理之石向狂妄的巨人眉心掷去——使他们行为有些检点，是矮子的责任！”维辛斯基凶狠地瞪着眼，但是没有再说什么。

文/罗慕洛

身材短小何必自惭形秽？个子矮，天空高！矮子从来不自视甚高，懂得平易近人；而且矮子能够清楚地看到自己的缺点，用才华、勇敢、志气来弥补自身的不足！所以大人物是矮子就没什么值得奇怪的了！菲律宾前外长罗慕洛身材矮小，一生常遇到矮的问题：妻子和儿子都比自己高；矮小的自己又身为一个小国的外交官，曾被一个大国的大个子官员称为小国的小人；二战期间还做过比自己高20厘米的麦克阿瑟将军的副官。这些独特的经历自然有许多独特的体验，他以“矮”为切入点，谈矮的体验，矮的尴尬，矮的好处，高矮与才干的关系，矮人的品性，矮人的责任……充满了哲理与辩证。

多元化的成功才是成功

真正的成功有很多种：它可能是创造出了新的产品或技术，可能是取得了突破性的科研或学术成果，可能是因自己的行为而给他人带来了幸福，可能是在工作岗位上得到了别人的信任，也可能是找到了最能使自己满足和快乐的生活方式。同样，靠自己的努力取得令人羡慕的名望和财富也是一种应当被尊重和认可的成功。

一句话，多元化的成功才是真正的成功。从不同的角度理解成功，尊重并鼓励年轻人选择最适合自己的成功道路，以便发挥他们各自的特长，实现他们各自的价值——这才是对待成功的正确态度。

在多元化成功的视角下，衡量成功的标准有很多种——可以是一个人的地位和财富，也可以是一个人的创造力和影响力；可以是一个人对他人的帮助或贡献，也可以是一个人在自身基础上的提高和超越……但无论对于哪一种类型的成功来说，最根本的衡量标准都应该是：该行为是否对社会、对他人或对自己有益，是否能让一个人在自主选择的过程中，不断超越自己，并由此获得最大的快乐。

林肯是美国第16任总统。他的成功是在叱咤风云的政治和军事舞台上取得的，但更让所有美国人难以忘怀的是，他在通向成功道路上表现出来的对国家、对民族的深厚感情。

爱因斯坦是著名的物理学家、相对论的创始人。他对大自然中的一切都怀有强烈的好奇心，无论何时何地，他都宁愿如醉如痴地漫步在科学的圣殿里，也不愿花时间理一理自己蓬松的头发，或者为自己选一套合身的衣服。

比尔·盖茨是微软公司的创始人，是全球软件产业的领军人物。应当说，比尔·盖茨在获取名利和实现人生价值这两方面都取得了成功。在他看来，衡量成功的方式可以说有很多种，其中最容易衡量成功的方法就是，看能不能给自己的家人、朋友和自己所尊重的人带来帮助以及通过什么能改善他们的生活。

特蕾莎修女是诺贝尔和平奖获得者。她一生致力于帮助那些每时每刻都在与贫穷和饥饿做斗争的人们。也许她无法从自己所从事的事业中获得更多的财富，但她的无私奉献却为自己和他人带来了最大的快乐。

凡·高的一生，是在艰难的生活、世人的冷漠以及与严重的精神疾病做斗争的过程中度过的，他始终也没有放弃对艺术的追求——即便后人一度没有给予凡·高公正的评价，这种追求本身也已经是最大的成功了。

卡夫卡生前只是一个普通的小职员。他虽然不断地把自己对人生和世界的思考诉诸笔端，但却很少想到要发表这些文字，甚至在临终时还叮嘱好友销毁自己所有未发表的作品。幸运的是，好友在他去世后违背了他的嘱托，将《城堡》、《审判》等足以震撼世人心灵的伟大作品整理出版——从这些不朽的文字中，我们看到的是一个成功攀上文学顶峰的卡夫卡。

我的母亲是一个既严厉又温和、既传统又开明且有智慧的女性，被她所有的朋友公认为“成功者”。她一生最大的成功就是养育了7个子女。早年，在父亲只身赴台后，母亲带着5个孩子独自生活。一年后，她毅然决定赴台与父亲团聚。她让兄姐沿街变卖家产、筹措路费，以回娘家为名，一路辗转，历尽艰难。凭着母亲超人的智慧、勇敢、果决和镇定，一家人终于得以团聚。她教育子女从小要学习中国传统的思想和文化，恪守中国传统的礼节和德操。但是，她也看到世界的进步，鼓励子女学习新知识、接受新事物，支持子女“做最好的自己”。

我家的园丁原本是来自墨西哥的移民，在异国他乡，他凭借着超常的毅力和吃苦耐劳的精神获得了所有雇主的好评。他非常喜欢自己所从事的职业，经常用近乎痴迷的态度研究园艺技术。每当掌握了一种新的栽培或修剪方法后，他都会无比兴奋，那神情就好像他是这个世界上最幸福的人一样。

尽管可以从名和利的角度出发，为上面这些人排出先后次序，但站在多元化成功的视角上，不能说他们中哪一个人更为成功或更为失败。多元化的成功不仅可以让每一个人发挥自己的兴趣和特长，从而发掘出自己的全部潜力，同时也能让社会保持健康、和谐的状态。

文/李开复

在当今社会，很多人感觉活得特别累，特别辛苦，做什么都要讲究成功，“成功”几乎成了衡量一个人的标准。那么，何谓“成功”？做到什么程度又算是成功呢？这些并没有一个准确的衡量标准和定义。其实，成功是一种心态，成功没有大小、高低贵贱之分；成功是一种感觉，一种积极的感觉，它是每个人达到自己的理想之后一种自信的状态和满足的感觉！

生石灰的性格

石灰，是一种既高贵又卑贱、既普通又珍奇的东西。石灰的生命过程是一首美丽而悲壮的诗。石灰的一生，经过两次涅槃和升腾，经过火与水的剧烈地折磨和考验，才成就了她的为人类造福的伟大价值。

石灰的母亲是大山，她巍峨而壮丽，坚强而完整。人们用钢钎无情地凿击她，用烈性炸药崩裂她，把她破碎而仍不失坚强的躯体投进烈火焚烧锻炼。她以坚毅的忍耐来接受烈焰的烤灼，比神话中的那只有佛性的猴子还神奇：她在烈焰中涅槃和升华，化为雪白的坚贞！于是，生石灰，一种新的生命，奇特地诞生了。她把对大山母亲的怀恋，对新的生命历程的向往，对烈火的仇恨和感激，深深地埋在心底，蕴藏在雪白的贞洁中。

她开始生命的第二次历程，她走向飞旋地运动、激烈地搏击和竞争的喧嚣人世。她将接受第二次更为严峻冷酷的考验和磨难。瞧，人们向她泼凉水！向这个沉默、坚贞、雪白的少女泼凉水！

啊！生石灰的神奇的性格蓦然呈现在惊愕的人们的眼前——越泼凉水，越迸发出愤怒的热情！她仿佛在疯狂地快乐呼喊："泼吧！朝我泼凉水吧！"在冰冷的凉水泼激下，生石灰剧烈地膨胀、爆发，发出可怕的呼啸，仿佛岩浆运行，仿佛雪山崩塌，仿佛玉碎宫倾。在凉水的激励中，她把蕴藏在心底、压抑在生命中的全部热情、期待、梦幻、愤怒、力量，全部爆发出来了！在愤怒的爆发和宣泄中，她又经历了一次生命的涅槃和升华。火与水的两次严峻考验使她完成了壮烈的生命过程。她变了，她成熟了，她轻松了，她变得柔情满怀，细腻、洁白、温和，心中充满了宁静和圣洁。

她以崭新的生命面貌来到人间，化为雪白的墙壁，静静地凝视着睡梦中的母亲和婴儿，护卫着书声朗朗的教室，庇护着热恋中的情人；她谦逊地微笑着，让伟大的艺术品挂在她洁白的胸膛上；她使巍峨高贵的宫殿四壁生辉，也谦卑地进入农舍和陋室，为贫贱的人们弥补一点褴褛。她现在留给人间的，是深情、圣洁、温柔的爱和奉献。

在人间，时代的烈火与冰冷的凉水也同样严酷地考验着人们。有的人，在烈火中化为灰烬，销声匿迹；有的人，能经得起烈火的考验，但经受不起泼凉水！他们在凉水的泼激下沮丧、委顿、颓废、脆弱地消沉。只有真正的人，坚强的人，才具备生石灰的性格。他们是一批不屈不挠地变革现状的志士仁人，他们历尽艰辛、挫折、失败、非难、误会、委屈、猜忌、中伤、倾轧；匿名诬告、暗箭明枪、飞短流长、检查组、调查团……这一切都是铺天盖地的凉水，泼向改革者。改革者具有生石灰的性格，越泼凉水，越清醒，越奋发，爆发出更高的热情！凉水只能泼倒软弱者，泼伤稚嫩的幼芽，泼散没有凝聚力的沙砾，却泼不倒具有生石灰性格的人！

由此，我想起了两个人，两个极似生石灰性格的人。一个是美国拳王阿里，一个是中国文豪鲁迅。阿里在上场击拳之前，总要花重金请一位敌手辱骂他一顿。阿里在尖刻无情的辱骂声中气得浑身发抖，他被激怒得像一头愤怒的雄狮，冲向拳击场，怒不可遏，锐不可当！嘲笑和诅咒的凉水激起了勇士的斗志！鲁迅也有鲜明的生石灰性格。他说“积毁可销骨”——积群丑的诽谤能销熔筋骨！然而，鲁迅却“横眉冷对”

这种“积毁”，他仰天长啸曰：“我吃鱼肝油，不是为了爱人，而是为了仇人！”多么可贵的生石灰性格，多么可贵的不屈不挠的民族自强精神！

我赞美你，生石灰！

我咏叹你，生石灰的性格！

文/徐无鬼

徐无鬼哲思散文的出现，恰如阴霾之中突然吹来一股清冽冷峻之风。这样的写作功力绝非一朝一夕可以练就，它关涉到个人经历、气质、际遇等诸多因素，并暗含着写作者与生俱来的天分等诸多因素，如若不然，这世上流浪汉那么多，又有几个成为高尔基或者杰克·伦敦？这篇文章说生石灰的性质，实则是在说人性。再三品味，会觉得这里面充满了一种思辩和一点淡淡的悖论意味——高贵与卑贱、黯淡与热烈、生与死、悲与喜、离与合、聚与散——这就是哲学之功，它可以让你在短短几句看似直白的话语中，悟到如此之多；这也正是徐无鬼哲思散文的魅力之所在，他能够将这种毫不起眼之物深具的潜质一针见血地指出来，并且使它和现实生活中某一类人独具的品质严丝合缝地对上号，没有一丝牵强附会之感。这说明，他经过长期的观察与思考，找准了为人与为文的契合点，也找准了具象与哲思之间的契合点，并且将两者完美地结合在一起，从而产生了自己势如江河滔滔不绝的雄辩气势与风格。在徐无鬼的文章中，哲思就是骨头和脊梁。

谁值得我们追随一生

伟人就活在你的心里，尽管他们与你生活在不同的时代、不同的国度，说着不同的语言，却几乎时刻伴随在你的精神世界中，遥远而又亲近。他们或许在你千万次的寻觅与热切的呼唤中出现，或许在某个不经意的时刻与你相遇，但不管怎样，他们的存在对你的一生有着非凡的意义。你与他们之间有着某种意会与神交——他们有时是令你痛苦的。当你平庸，当你颓废，他们的言行就像一触即发的火药，每一次炸响都会让你卑微的灵魂在粉碎中再生；他们带给你更多的是狂喜。当你迷惘，当你无助，他们高贵的品德就如同飘动在高处的旗帜，每一次招展都将令你幡然醒悟，从而畅快淋漓地感受生命的真谛。你把他们视为精神的引领者和行为的楷模，你不由自主地追随着他们，每一次与之相遇，你便会强烈地感受到精神的震撼。

如果把精神的成长比作一条不断向上延伸的曲线，那么每个人成长曲线的延伸度和曲折度都有所不同，这完全取决于你拥有着怎样的精神成长空间。当我们用最诚挚的心以及无与伦比的热情追随伟人的足迹，就是选择一个最佳途径将这个特别的空间拓展至最大。

追随意味着发现。发现伟人的博大精深，发现时代赋予我们的使命，发现最真实的自我；追随意味着提升。置身于伟人精神的荫翳下，像藤蔓一般沿着伟人硕大粗壮的树干攀援上升，将极大地缩短我们在黑暗中探索的时间，从而踏上光明的坦途；追随意味着改变。伟人的点醒将使我们的人生积淀一天比一天厚重。不要说这是个崇尚独立思考的年代，缺乏精神敬畏的结局，只能让个性与自由的理念无比艰难地生长；不要说这是个无法造就伟人的年代，生命的价值并不在于是平凡或是伟大，在伟人的引领下，读懂平凡世界中属于自己生活的那本大书，才能够成为最好的自己。

谁值得我们追随一生？应该是那个能够弥补我们所处的这个时代最缺失的精神品质的人。在今天，太多被物欲所左右的人已变得心浮气躁，他们任由精神的家园荒芜弃废。当人们渐渐地重新感受与寻觅精神的至高境界时，却不得不承认所失甚多——功利主义替代了理想与激情；冷漠与玩世不恭替代了似火的热情；妥协、懦弱替代了坚强与勇毅；自私替代了宽容；随波逐流替代了神圣的信仰……许多人不再自信，不再深刻地自省，不再信奉纯洁与忠诚……

去看看切·格瓦拉吧，这位尘世中的耶稣如何用自身的毁灭，来换取理想的实现与激情的勃发。“我已下定决心和人民共患难。我已看到他们正在经受着苦难。作为一位不带偏见的探索者和理性剖析者，我可以自信地高呼：“我要冲向堡垒和战壕，用鲜血染红我手中的武器……我正在整装待发，准备冲杀。我将用我全部的热血，去实现一个无产者全力追求的未来。”

去看看凡·高吧，作为现代艺术的殉道者、最令人怀念和感动的画家，他命中注定为了艺术而牺牲自己、燃烧自己。在37年的人生历程中，他承受着接踵而来的失败，他所有的艺术成就，都来源于那近乎疯狂的激情——“我的作品就是我的肉体和灵魂，为了它，我甘冒失去生命和理智的危险。”

去看看海明威吧，那颗射向自己的子弹，即便穿透了脆弱的头颅却依然击不碎他生命的硬度。他用自杀来捍卫他一生所恪守的信念："人不是生来被击败的。人可以被毁灭，但不能被击败。"

去看看特蕾莎修女吧，这位以广阔的胸怀和无私的爱去关心他人的仁慈天使，在她的生命中，蕴含着英雄和圣徒的本色。"爱应该像生命和呼吸一样，天天伴着你，直到最后一刻。"她无私地将自己奉献出来，不为名利，只为延续这世间的爱，她留下的一切都值得我们以虔诚的心去思考。

去看看普希金吧，他之所以获得"俄罗斯诗歌的太阳"的美誉，不仅因为他为俄罗斯创造了后人无法企及的精神财富，更重要的，是他那如岩浆般喷发而出的，集自由、纯真、勇气与尊严于一体的精神的力量。正如他自己所预言的："我的名字将会远扬，只要这月光下的世界中哪怕仅有一个诗人在流传。"无论是谁，只要与普希金在精神的时空中相遇，就注定会被撞击、被感染、被点醒。

去看看爱因斯坦吧，如果把每个世纪都比做一棵参天大树，爱因斯坦则必定被视为20世纪这棵大树上最粗壮的根茎。也许鲜有人会再成为像他那样的科学大师，但我们要追寻的，是他那朴素的、漫不经心的外表下，埋藏着的最充实的灵魂。他的公正、善良、诚实，以及他"人是为别人而生存的"崇高的信仰，使他得以窥见上帝的秘密，也使后人懂得了如何崇敬"生命的神圣"。

……

人的生命的成长有限，精神的成长永无止境。那么，就像葛拉西安曾告诫我们的，"与伟人心心相印"吧！你的一生至少应该有这样一位伟大的精神导师做伴，至少应该有一次这样不舍不弃的追随。

文/李鹏

当我们平庸、颓废时，伟人会以他们的言行鞭策我们，让我们认识到自己的不足，从而获得重生。当我们迷惘、无助时，伟人会以他们高贵的品德引领着我们，让我们走出困惑，找到正确的方向。因此，只要我们追随伟人，即使成不了不平凡的人，也可以在他们的影响下不断地完善自己。作者先点明了伟人的存在对于我们一生的非凡意义，接着阐述了为什么要追随伟人，然后告诉我们哪些人值得追随一生，最后告诫我们要追随伟人，照应开头。

托尔斯泰日记

1847年　19岁

我变了许多，但仍没有达到我希望的完美程度，我没有执行我对自己的规定。执行了也执行得不好，没有锻炼我的记忆力。

为此，我在这里写下一些准则，如能遵守，我想对我会大有裨益。

1. 规定必须做到的事情，要不顾一切地去做。

2. 既然做，那就好好做。

3. 忘了什么，别去查书本，要尽量自己想起来。

4. 经常强迫自己的大脑尽全力去工作。

5. 永远出声地读和想。

6. 别不好意思对妨碍你的人说他们妨碍了你。先向他们暗示，如果他们不明白，再向他们道个歉，然后告诉他们。

人生的目的是什么？最后我总是得出这样一个结论：人生的目的是尽一切可能促使一切存在着的东西得到全面发展。

1851年　23岁

我荒废了许多时间，起初沉湎于上流社会的种种乐事，后来又觉得灵魂空虚，耽误了正事，即以我自身为对象的工作。长久以来使我苦恼的是，我没有一种能够决定整个生活方向的来自内心的思想和情感，什么都是走着瞧。现在我似乎找到了来自内心的思想和恒久的目标，那就是增长意志。我早已开始向这个目标努力，只不过现在才意识到，这不是普通意义上的思想，而是与我的灵魂紧密结合在一起的思想。

我发现我的癖好主要有两个，一是好赌，一是好虚荣，而虚荣心有数不清的表现形式，诸如要表现自己、轻率、不在意等等，因此就更加危险。

幸福有两大类，即乐于行善者的幸福和爱好虚荣者的幸福。前一类的幸福来自善行，后一类幸福来自命运。必须使善行深深扎下根来。建筑在虚荣之上的幸福会被虚荣毁掉，因为名誉毁于恶言，财富毁于欺诈。

1861年　33岁

把自己的幸福跟物质条件——妻子、儿女、健康、财富联系在一起是糟糕的、可怕的、荒谬的。一个人可以有妻子、儿女、健康等等，但幸福却不在于此。

1897年　69岁

有时你想过一些事，又忘了想的是什么，但还记得、还知道是哪种性质的想法，忧郁的，沮丧的，沉重的；还是愉快的，振奋的；你甚至记得思维过程，起初是忧郁的，然后平静下来，等等。这种回想正是音乐所表达的内容。

美与道德是一根杠杆的两臂，一边延长多少、轻多少，另一边就缩短多少、重多少。一个人一失去道德的目标，他便对美特别敏感。

当人们欣赏莎士比亚、贝多芬时，他们欣赏的是由莎士比亚、贝多芬引起他们自己头脑里的思想和梦想。这就像恋人们爱的不是对象本身，而是由对象引起他们内心的感情一样。这种欣赏并无艺术的真正的现实性，却有完全的无限性。

在愉快、悦人、亲密的关系的背景下忽然有一颗星开始闪烁。这有些像突然散发出来的菩提树香味，或者月光刚开始造成的阴影。还没有饱满的色彩，没有明晰的影和光，然而已经有新的、富于魅力的事物引起的喜悦和惊恐。这是美好的，不过只在初次和最后一次是如此。

1901年　73岁

人们活着靠自己的思想、别人的思想、自己的感情、别人的感情（即理解别人的感情并以它为指南）。品质最优的人主要靠自己的思想和别人的感情，品质最劣的人靠别人的思想和自己的感情。四种活动的基础、动机的不同组合产生了人与人的种种区别。

没有自己的感情，只靠别人的感情活着，这种人是忘我的傻瓜、圣人。有些人只靠自己的感情活着，这种人是禽兽。有些人只靠自己的思想活着，这种人是哲人、先知。有些人只靠别人的思想活着，这种人是有学问的蠢人。这些要素按照不同强度、以不同方式配置，结果产生各种各样的性格。

要帮助有困境的人，只有做出牺牲。牺牲总是悄悄的、轻松愉快的。有人却想帮助他人而不做出牺牲，那就是通过别人。为此总是需要喧嚷，花许多力气，甚至免不了痛苦。企图这样来帮他人的人，既爱吹嘘，又爱埋怨。

中国人说，知之为知之，不知为不知，是知也。我要加上一句：知道什么应该知道，什么可以不知道，什么应该早知道，什么应该晚知道，是更大的知。

1904年　76岁

人要完全认识事物，只有通过自己的生活。我完全了解我自己，全部的我，从生的帷幕拉起到死的帷幕降下。我了解我自己，由于我是我。这是最高级的知识，或者更准确地说，是最深刻的知识。下一种知识，是通过感觉获得的知识，这是外表的知识。我知道我所感觉的东西是存在的，但了解它并不像了解自己那样。我不知道它的自我感觉和意识。第三种知识更浅一些，那就是通过理性获得的知识，从自己的感觉推论出知识或别人用语言传达的知识——论断、语言、结论、学习。

1.我忧伤，疼痛，寂寞，高兴。这是没有疑问的。

2.我闻到紫罗兰的香味，看见光和影，等等。这里面可能有些错误。

3.我知道地球是圆的并且在旋转，知道日本和马达加斯加等等，这些是可疑的。

我想，生命在于将第二、第三种知识变成第一种知识，在于人自己感受一切。

你所接触的圈子，包括在场或不在场的人，能够在精神上提高你或降低你。

1910年　82岁（去世之年）

靠别人的劳动为生的人不去感谢劳动者，而劳动者却去感谢靠他们的劳动为生的人，多么荒唐！

文/（俄）列夫·托尔斯泰

周国平提到："一切真正的写作都是从写日记开始的，每一个好作家都有一个相当长久的纯粹私人写作的前史，这个前史决定了他后来之成为作家不是仅仅为了谋生，也不是为了出名，而是因为写作乃是他的心灵的需要，至少是他的改不掉的积习。"每个人的内心都需要一个隐秘领地，何况托尔斯泰这样一个有着巨大精神空间、充满思考和矛盾的人物，日记是他的最后一块"自留地"。托尔斯泰很注重自己的日记隐私，即使是他的夫人也很难目睹他的日记内容。这是因为，他一生硕果累累，他的思想是摆在公众面前的，私人写作领域是他最后的私隐，如果连这都曝光了，就等于整个人赤裸裸地站在所有人面前，没有丝毫的神秘感，这是世界上最可怕的事情。私隐的程度决定了你在日记中敢于说真话，直面心灵的深度。

不要好得很平庸

美国诗人艾略特·温伯格有一番话说得让人一时半会儿醒不过神来。

他说，几年前，他第一次被邀请担任一个诗歌奖的评审，需要读六百本当年美国出版的诗集。每本诗集的作者，他都不熟悉，不过所有的诗集都通过了初审，写得都不错，不过却“好得很平庸”。

说它们“好”，这不难理解，因为每本诗集都是学院创作课的可喜成果，又经过精挑细选，才拿到各位评审面前，但同时又说它们“很平庸”，这就令人很不解。温伯格解释说：“没有人试图出奇制胜。我本来盼着有本特别差的，找到一个坏诗人，但没有坏诗人，每个都不错。”

看到这种解释时，我恍然大悟，原来这些诗集都好得四平八稳、中规中矩、保守陈旧，没有“出奇制胜”，没有鲜明的个性，连“特别差的”、“特别坏的”都没有。

这让我不由得想起了一些中国的好诗人和好孩子，现在在他们中间寻找到一个“坏诗人”或“坏孩子”也很不容易吧？我们的大学创作课也是让“坏诗人”变成“好诗人”，我们的教育也是让“坏孩子”变成“好孩子”，最终出现的却是“好得很平庸”的一大群、一大堆。

那些原来很可爱、很宝贵的“坏诗人”和“坏孩子”又都到哪里去了？

温伯格一针见血地指出：学院创作课最大的问题是，“本来在年轻时，你要写让自己羞愧的东西，尽量疯狂，尽量尝试”，然而一想到会有“老师”和“前辈”来评判你，你要讨得他们的喜欢，就尽量写得聪明、中庸和千篇一律了，“而本来他们就应该试着做得像傻瓜，那才好”。

青春难离青涩和迷茫，所以一路走来，一定要有“让自己羞愧的东西”，而这正是青春走向饱满红艳、深具个性的催化剂。青春在青涩的同时，又激情浩荡、热情似火，尽可以疯狂，尽可以尝试万般可能。好或坏，原本没有截然分明，无所谓你死我活，非黑即白。年轻诗人的创作如此，我们年轻人的人生也不妨如是观，应多鼓励他们不怕去书写“让自己羞愧的东西”，尽情燃烧，努力创造，不要迎合他人，不要屈膝于权威，否则一旦靠着别人的意愿去活，就失去了个性，失去了宽大的气象。

现在，满城都是聪明人，都是志存高远的“好诗人”和“好孩子”，没有几个愿意“试着做得像傻瓜”，因为创新、创造、捍卫个性确实不容易，而听“老师”和“前辈”的话很容易，在他们那里讨得欢心抚慰和残羹冷炙也很容易。

许多人用自己的个性和理想去委曲求全，去讨得所谓的锦绣前程、“长治久安”，不敢“差”，更不敢“坏”，亦步亦趋，谨小慎微，圆滑世故。到后来，抬头一看，自己和别人竟没有什么差别，般般好、样样红，却“好得很平庸”，好得没有一点“傻气象”，好得一点也不可爱可敬。大家的青春、人生和事业统统都像生产流水线，外观不错，质量不错，可惜都是一样的。

好诗人太多，而“坏诗人”太少；好孩子太多，而“坏孩子”太少。这究竟是一种进步还是一种退步？我不知道怎么来回答，我只是困惑和震惊于美国诗人温伯格的这番话。希望在身边看到几个“差得有个性”、“坏得不平庸”的年轻诗人或青春少年，用自己的实际行动让周围的人慢慢醒过来。

文/孙君飞

艾略特是就诗歌而言，他并没有说这些诗不好， 只是说它们平庸，为什么会平庸？因为缺少特色，缺少个性，而落在窠臼上。事实上，落在窠臼上的作品看似好，实质还是不好。“文似看山不喜平”，人的个性更是不能千篇一律，没有自己的特色。如果不能成为树林中的参天大树，我们可以忍住严寒，成长为高山顶上的松树；如果不能成为耸天而立的高楼石柱，我们可以耐住磨炼，成为精品馆中的石雕；如果不能成为宽广大江，我们可以踏实流过小沟渠成为一股清泉。唯有此，我们将好得不平庸。

让人心疼的大师

在欧洲，有一位让人心疼的大师，那就是西班牙的塞万提斯——《堂吉诃德》的作者。

他的生平，让人连随口讲几句都不忍心。

他只上过中学，无钱上大学，22岁当兵，第二年在海战中左手残废。他拖着伤残之身仍在军队服役，谁料4年后遭海盗绑架，因交不出赎金被海盗折磨了整整5年。脱离海盗后，他开始写作。后因父亡家贫，再次申请到军队工作，任军需，又因受人诬陷而入狱。出狱后任税吏，又第二次入狱，出狱后开始写《堂吉诃德》。但是就在此书出版的那一年，他家门前有人被刺，他因莫名其妙的嫌疑而第三次入狱，后又因女儿的陪嫁事宜再一次出庭受审……

总之，这位身体残废的文化巨人有很长时间是在海盗窝和监狱中度过的，他的命太苦了。

《堂吉诃德》已经出版，而且引起广泛轰动。但是，无论是地方官员还是法官，明明知道他的文学才华，却不愿凭着一点良知，认真审视他遭受的灾难，给他一点起码的公平。

当时的西班牙与英国不同，没有让塞万提斯像莎士比亚那样受到一批“大学才子”的审判，审判他的是真的法官。然而正是这些真的法官，使他联想到绑架了他5年之久的海盗——他们也有事没事就审判他。

当海盗的审判与法官的审判连在一起组成他的人生旅程时，他不能不摇头苦笑。

我一时想不出世界上还有哪位作家比塞万提斯承受过更多的苦难。他无法控诉了，因为每一种苦难来自不同的方向，他控诉哪方？

因此，塞万提斯开始冶炼苦难。一个作家，如果吞入多少苦难便吐出多少苦难，总不是大本事，而且这在实际上也放纵了苦难，居然让它囫囵出入、毫发无损。塞万提斯正相反，他在无穷无尽的遭遇中摸透了苦难的心窍，因此对它既不敬畏也不诅咒，而是凌驾于它的头上，俯视它的来龙去脉，然后再反躬自问。

终于，他的抵达成了另一个人物的出世，那就是骑瘦马、举长矛的堂吉诃德。这是塞万提斯用自身苦难铸成的人物形象，由此证明他已彻底降伏苦难，获得了一种人类学上的读解。

堂吉诃德一起步，世界破涕为笑。

于是，塞万提斯就在至高层次上诠释了漫画和寓言。

前一段时间我在马德里看到了塞万提斯的纪念雕像，雕像的前方便是堂吉诃德的骑马像，后面还跟着桑丘。堂堂一国的首都在市中心以群雕方式来纪念他，而且把这个纪念广场以国名相称，叫做“西班牙广场”，我看在规格上已超过莎士比亚。这片土地以隆重的骄傲来洗刷以往的无知，很可理解。遗憾的是，堂吉诃德和桑丘的雕像过于写实，就像用油画的笔法描摹一幅天才的漫画，成了败笔。德国美学家莱辛在《拉奥孔》中曾娓娓论述，由史诗转换成雕塑是一种艰难的再创造，可惜西班牙历来缺少莱辛这样等级的美学家。

西班牙广场上的这组雕塑，塞万提斯为白色，堂吉诃德和桑丘为黑色。白色的塞万提斯天天注视着眼前黑粗笨拙的这一对宝贝又会暗笑，就凭你们这模样怎么还能流浪远方，把苦难流浪成寓言？

塞万提斯晚年看到了别人伪作的《堂吉诃德》第二卷，于是赶紧披挂上阵与文化盗贼搏斗，方式也就是赶写真的第二卷。真的第二卷出版次年，他因水肿病而去世。

说莎士比亚是一个假人，给塞万提斯一本假书，看来异地同理：都想否定他们的真实存在。他们使周围的人太垂涎，使周围的人太不安。

两百多年后，诗人海涅指出：塞万提斯、莎士比亚、歌德成了三头统治，在叙事、戏剧、抒情这三类创作里，分别达到了登峰造极的地步。

在海涅眼里，只有这三头统治，只有这三座高峰。但是歌德出生太晚，并世而立的只有两头，同在欧洲，却隔着大海，当时两个国家还对立着。

似乎是上帝的安排，戏剧家莎士比亚戏剧性地在自己的生日那天去世，使4月23日成为一个奇怪的日子。谁知还有更奇怪的事情，似乎又是上帝，也只能是上帝，觉得两座高峰不能独遗一座，居然把塞万提斯的去世也安排在同一天！

那么，1616年的4月23日，也就变得更加奇怪。

当时，无论是英国的斯特拉福，还是西班牙的马德里，都没有对他们的死亡有太大的惊讶。人类，要到很多年之后，才会感受一种文化上的山崩地裂，但那已经是余震。真正的坍塌发生时，街市寻常，行人匆匆，风轻云淡，春意阑珊。

文/余秋雨

由于命运的不公平对待，他总是在监狱和审判中度过。面对生活的各种磨难，他既不畏敬也不诅咒，坦然面对苦痛，他冷静思考生活，超越自身苦难，创作《堂吉诃德》，达到叙事艺术的高峰。他用堂吉诃德的形象来代替自己，替自己活出一份天空。现实中做不到的，或者无法得到的能力，堂吉诃德都替自己完成了，尽管是虚幻的。晚年他看到别人伪作《堂吉诃德》第二卷，为还读者以真实，不顾年迈体衰，极力赶写真的第二卷，这正体现了塞万提斯作为一个文人的责任感。

第四辑　站直了别趴下

林肯在竞选参议员落败后曾说："此路艰辛而泥泞。我一只脚滑了一下，另一只脚也因而站不稳；但我缓口气，告诉自己，这只不过滑了一跤，并不是死去而爬不起来。"人生有成功的高潮，也有失败的低谷，正如一位哲人所说："人生没有永远的赢，也没有永远的输，而人的抗压能力，往往是在失败中锻造出来的。只有站直了别趴下，才能赢得自身的尊严和世人的尊敬。"

活着，是一笔债

凌晨五点，我就醒了。最先醒的，是我身体上的那根骨头。自从那次拣煤时，山体塌方，压坏了我的腰椎，疼痛就钻进了我的体内，像一只冬眠的虫子，把我衰老的皮肉当做免费的“美餐”。当然了，疼痛还是很讲情义的，我用自己的血肉喂养了它，它为了报答我，就准时在每天黎明从我体内那根朽骨的伤口爬出，催我起床。

即使疼痛不催我，我也会主动起床的，小孙子还等着我给他做早饭，吃了去上学呢。昨天他就是因为上学迟到，挨了老师骂，回来向我哭闹，我给他说尽了好话，他仍然不依不饶，比躲在我体内的疾病还顽固。有时，他还会给远在异乡工地上的父母告状，说我欺负他人小。最终，他父母少不了又要在电话里对我一番埋怨，末了，还不忘在我的伤口上撒一把盐。

我怀疑我俩究竟谁是谁的“子孙”。

今天，是我的生日，我已经六十七岁了。活了一大把年纪，自己都不知道自己是怎么活过来的。没有人记得我的生日，除了躺在床上已瘫痪了一年的老伴。年轻时，我将自己的生日都给了儿女，这是母亲的义务。儿女是父母挂在额头上的灯盏，灯亮着，父母的生活才不会荒芜和孤单。

我的心上长满了刺，年轮每增加一圈，刺就多出一根，那是生活馈赠给我的礼物。其实，生活馈赠刺作为我的生日礼物，是要提醒我：有儿女在，疼痛也是一种幸福。

以前，都是老伴为我过生日，他是我今生欠下的另一笔债。老伴心疼我，我每次过生日，他都会偷偷地给我煮一个鸡蛋，然后，流着泪俯在我耳边说：“头上又长角了，好好活吧，要是没了你，我的一生等于零。”

可怜我的老伴，一生未去过远方。那次他扛着铁锄去山坡除地，还没下锄，毒辣的太阳就将他烤软了。不能说话不能动弹的他，在床上一躺就是一年。我知道，老伴的一生，都是躺着过来的。

躺在床上的老伴越来越瘦，似村庄里越来越贫瘠的土地。

我默默地站在床前守着他，泪水打湿记忆。床上躺着的，不止是老伴，也有我的影子。

我的背篓里还没拣到几块煤，天就黑了。天黑得很快，像生命的衰老。事实上，我一生也没拣到什么像样的东西，除女儿出嫁时扔掉的几件破棉袄，儿子结婚时抛弃的两双旧胶鞋，我连前半生的影子都没找到。

垃圾堆里的煤越来越少，拣煤的人越来越多。寒冷冻僵我的腿，我看不见寒冷是从什么地方漫过来的，也许，它来自我身体内部。我所拣到的那点煤，已不能再温暖我那几根生锈的骨头。煤燃烧散发出来的能量，只能供家里煮两顿饭，替老伴烘干被尿湿的裤子。偶尔有所节余，就拿去卖，为孙子换回几个零花钱。

回家的路上，视线中的村庄很安静。很多人都睡下了，没有人敢待在野外，怕寒冷把自己冻伤。

我不怕冷，我知道，冬季很快就会过去，冬一过，就是春了。遗憾的是，我生命的冬天已经来临，我看见自己的魂魄裸露在寒风中，瑟瑟发颤。

孙子在夜半说胡话，不停地喊："妈妈、妈妈。"我急坏了，孙子的命比我的金贵。他的呼喊一声强似一声，把黑夜吓得比我还虚弱，恐慌像水一般弥漫。

孙子也不容易，三岁起就一直跟着我，四年里总共见过父母两次面。他每天都在回忆父母的样子，一会儿说他妈妈像隔壁的春婶，一会儿说他爸爸像邻居李二爷。他常常一个人站在村口，抬头凝望远方，把村头一条笔直的路望成一个三角形的码头。

孙子的额头很烫，像他的年龄。但他幼小的心肯定很凉，"妈妈、妈妈"，每一声呼喊，都是一道伤。

我颤抖的手从抽屉里抓出一团皱巴巴的纸，像抓住一根救命稻草。那上面的号码是一条血缘之藤，拴着从我身上跑掉的一块肉。电话通了，儿子在暗夜中的声音微弱而短促："娘，娃小，病要想法治好。"

当我扛着孙子连摔带爬来到乡卫生所时，黎明正从我的喘息中醒来。医生揉着惺忪的眼说："再迟一步，情况会更糟。"

那一夜，比我的一生还要漫长和难熬。

孙子的病好不容易痊愈了，我心中的病正如潮水般膨胀。

为给孙子治病，圈里少了一头猪和一只羊，家里仅剩一个饥饿的粮仓。

女儿回来看我，说他哥在工地上干活时被钢筋砸断一条腿。怕我伤心，儿子儿媳隐瞒了实情。女儿的泪水流尽了我一生的委屈。儿子离开村庄时，记得我曾告诉过他："万事小心，城市终究是别人的家园，你的脚沾满泥巴，作为一个农民的儿子，你的根上长满庄稼。可儿子到底还是没听我的话，他总是把我一辈子说的话，当做耳边风。"

听女儿说，儿子出事后，包工头怕承担责任，躲了。像一阵风，瞬间匿迹。包工头跑后，儿子的痛苦成了一个笑柄。媳妇心不甘，在工地上喊冤鸣不平，像一个疯子，在招揽看客。工友们躲在角落里，窃窃私语，唯恐大声嚷嚷会惹怒监工，不发给他们回家的路费。

我唯一能做的，是去村头的庙里烧灶香，祈求我流浪在外的儿女不再流浪。

孙子又开始在每天夜里叫"爹……娘……"这次他没有生病，他的叫喊是一只幼鸟在呼唤父母归巢。

老伴似乎也知道了儿子出事的消息，两只凹陷的眼眶装满了浑浊的液体。

我每天都过着提心吊胆的生活，我担心我那苦命的儿子，在腿断之后，还能否找到回乡的路。

老伴走了，走得很平静。他的痛苦终于得到解脱。他从倒下那天起，就已经死过一回。只因舍不得我，他才重新活过来，分担我的苦痛。

柴房里置放的那口棺材，散发出檀木的淡香，那是他几年前亲手打制的。他做事总是那样积极，人还健在，就对后事做了预算和安排。当时我说，咱俩谁先走，谁就睡那口匣子。他说，想得美，我肯定比你先行一步。他的预言果真灵验，他履行了自己的承诺，就像他一辈子对我的呵护和关爱，从未变过。

也许是我没能照看好他的儿子，让他伤透心，他才狠心撇下我，撒手西去。留下最后一段路，我一个人走。

也许他是心疼我，怕我过生日时，再没人煮鸡蛋给我吃，才提前去到另一个世界，先把鸡蛋煮好，等我过去。

儿子拖着残腿匆忙赶回来时，老伴早已入土为安。他的心还是那么善良，他不想让儿子看到自己的狼狈相，他一生都没给子孙们丢过脸。儿子爬在土堆上，号啕痛哭，他第一次发现躺倒的父亲也是一道梁。

老伴走后，儿子又去了远方。他怕自己残废后的单腿走不了多远，就把我的孙子也一同带上。他说，乡村到城市的路很长很长，需要一辈人又一辈人不间断地走，才可能望见城市的曙光。

儿子带孙子走了，我最后的任务就是替他们守住这几间破旧的空房。我怕他们哪天万一走累了，或者被城市的巨手赶出门外，返回村庄时，也不至于没一个遮阳避雨的地方。只要有瓦片的地方，就有根在。有根在，就可以播撒种子，种谷子，种高粱……重建家园，孕育生命的胚芽，等待收获的喜悦。

即使哪天我也走了，我也会将坟堆和老伴的垒在一起，共同守着这片土地，直到离开土地的人重新回到土地上来。

不过，目前我尚活着，活着也只是活着而已。

活着，是一笔债，从地狱还到天堂，也未必还得清。

文/吴佳俊

这是一个发生在作者家乡的故事，文中的主人公是作者的叔婆，叔婆不识字，但她的内心却是那样柔韧、细腻。面对生存的重压和精神的疼痛，她除了忍耐，还是忍耐。作者把现实生活中常见的灾难，借用一个苍老凄凉的老人的心声，叙述着生活的无奈及对儿孙们的那份“责任”……这又何尝不是对时下现实的一种批判和揭露！

可以战败，但不要未战先降

嗨！

那个时候，你以为，你已经很老了。

小时候你立志要活到三十六岁，因为，差不多就在这个年纪，徐志摩和拜伦都已经蒙主恩召，他们留在世人心目中的样子永远皱纹全无，留下来的诗篇也仍充满青春的激情，就算是在痛苦里，仍然有着强而有力的生命悸动。

那个时候，你以为自己很老了。女人在跨越三十大关时都是彷徨的，虽然有男朋友，但好像离婚姻的门槛还很遥远。你有一点世故，明白婚不可随便结，但也有一点着急，怕自己变成了明日黄花，转眼之间就要凋零。

工作上也是。虽然有稳定的工作，但也担心着是否一辈子在一个可能不会太有前途的岗位上，孜孜不倦直到老死。或者应该走入家庭？还是找一个更具有挑战性的担当？没有人能给你答案，因为芸芸众生中最了解你的，只有你自己。

我要告诉你的是，其实你那时候还很年轻，才刚刚奋力脱去了懵懂的外壳，正待要成蝶。在此之前，你有的是一腔热血的冲动，脑袋是用来读书上课用，还没有适应真正的生活。

在许多的犹豫中，你做对了一件事情，那就是勇敢地上路，不要徘徊在许多假设性的框框里。那是一个人生的大关卡，你做了一个正确的选择，那就是尝试，再尝试，不害怕所有的新鲜事。

我曾经读过一句话，很有意思。有一位杰出的父亲告诉他的女儿说：“你一定要勇敢地尝试，即使过了很多年以后，发现自己又回到了原地，也不要在乎。”

没有人曾经这么告诉过你，你的父母也只要你做一个每个月有固定薪水、老了之后有退休金的常人，但是你的血液里不知道从什么时候起，一直有一种不服输的冒险家因子在里头不时跳跃着，驱动着你的灵魂及行动。你在三十岁那年，决定要开拓自己的人生视野。

三十岁之后，你开始习惯独自旅行，足迹遍及文明的城市，以及不太容易找得到同胞的角落。你曾经开车穿越英国和纽西兰，也曾经拜访北非、中东和巴黎，你喜欢不一样的风俗民情，也开始懂得享受星光下一个人的寂寞。

你发誓每年要学一样新东西。其实，三十岁才开始的事情，不管你能够做得多好，都只能是业余爱好了。但是不计较结果的学习本身就是一种令人喜悦的成长。这些年来，你学过了油画、陶艺、摄影，拿到了潜水证照，跳了几年的佛朗明哥舞，又多拿了一个硕士学位。为什么要学这些东西呢？很多人问过你，你不知道，然而却乐在其中，你相信，学习本身就是一种犒赏。

人生是由一连串意外组成的，今日种瓜种豆，哪一年能得瓜或得豆，都是神秘而诱人的未知。

你开始转行。这一年你跨入了电视圈，很奇妙的机缘。你从小未曾立志出现在电视上，也从没想过自己有一天会拍那么多广告片。那个时候大家都说，你不会做得太好的，那个圈子和作者的形象不符，你不会适应。其实，刚开始你还真的不太适应，但是实力的累积都要靠磨炼。只要不怕，你就可以。

从那一天起，你没有离开过电视圈。这的确是一种很深的缘分。有时候，重复性太高的工作让你有些不耐烦，可是每一次灯光亮起时，你又乐在其中。

你学会告诉自己，就算是作曲家，也可能有某一天厌烦于那些像豆芽菜的音符；就算是作家，总有一阵子会对自己写的东西倒胃口。如果那是一个你不讨厌的工作，它必然有正面与负面效应，有你喜欢的人和不喜欢的人，所有的挑战，你都得接受。

你会对自己说："只要不怕，你就可以。"

还有"可以战败，不要未战先降"。从三十岁起，你用这句话勉励自己，至今仍然常常对自己这么说。

岁月是永远不能重来的。虽然，很多人喜欢问我"如果可以重来，你要做什么"的问题。

如果可以重来，我想我还是会选择不怕，永远忠于自己的选择。就算是选错了，跌得头破血流，也要学会站起来。

如果可以重来，我会多交一些志同道合的朋友，并且懂得关心他们，和他们一起欢笑或哭泣，一起为共同的理想奋战。有朋友肝胆相照，真是最美妙的事。在真正的朋友眼中，你会看见自己的价值。

如果可以重来，我会明白，大部分惹我烦忧的事，其实都没有发生。大部分的痛苦都会过去，不要因为一两句话就被刺伤，不要因为一两件悲惨的事就否定人生或质疑人性。

如果可以重来，我会好好地管理自己的钱财，不会把看账目视为烦人的事。这是三十岁的你最大的弱点。其实，账目和理财很简单也很有趣，可惜过了十年，你尝到了许多教训才学会。那时候告诉你这些，你会觉得讲到这里好像有点"现实"，因为你是个文艺青年，虽然不至于不食人间烟火，但一看到数字，不知是不是自视清高还是不太耐烦的缘故，总是头皮发麻。十年后你才了解，金钱管理和时间管理其实有异曲同工之妙，那都是现代人管理自己最重要的功课。你不需锱铢必较，但要理性地做各种决策，能够有自信心地控制金钱流量、决定投资。这是一件很有趣的事情，而且会让你无后顾之忧。

三十岁时，你做的最正确的一件事，就是尽量不要在不快乐中浪费生命，那是人生的转机。

时间的流逝永远比你想象的要快，人生不管活得有没有意义，必然是殊途同归。也许我们尽力充实地活了一辈子，也不能真正得到什么，至少你明白，勇气与坚持让你不会后悔。

写给三十岁的你，也写给每一个自以为跨进了人生的大关卡、还在十字路口上张望的三十岁的朋友。

是的，你还很年轻，别怕。往前走，往你想走的那条路走，别怕。

又及：你虽然还很年轻，但是对完成梦想而言，你确实已经快接近一道心理上的障碍之门，如果现在你不敢走，以后你就永远没有胆量走了。

相信你自己，并且为自己打气，别怕！

文/吴淡如

爱不会重来，选择不会重来，职业不会重来。岁月看似无情，其实有情。情在追求与奋斗中。世间最平等最公正最客观的便是时间。只要你对岁月付出真情，岁月同样会给你真情的回报。“一份耕耘，一份收获”、“种瓜得瓜，种豆得豆”，这就是岁月有情的具体体现。所以，你一定要勇敢尝试，即使过了很多年，发现自己又回到原地，也不要在乎。让我们真诚地去拥抱岁月的分分秒秒，去创造一个辉煌的人生！岁月永远属于珍惜它的人！

纳粹集中营里的儿童杂志

我再也没有见到另一只蝴蝶
那只蝴蝶，是最后的一只
蝴蝶不住在这里
不住在集中营

——选自诗歌《蝴蝶》，作者巴维尔·弗里德曼，1942年囚于特莱津，1944年被杀死在奥斯威辛集中营，23岁。

故事发生在一个叫特莱津的捷克小镇。纳粹把这里变成了集中营。

来到这里的孩子们一开始并不知道，特莱津其实也囚禁着许多一流的艺术家、音乐家、学者和教授。这些成年人开始想，应该如何帮助这些孩子度过这非常岁月？我们也许无法活过这场战争，他们却可能活下来。在特莱津，犹太人委员会先给孩子们争取更多的活动自由。在竭力照顾孩子们生活的同时，他们几乎是本能地开始考虑孩子们的教育。他们要把知识、艺术和良知教给孩子，让他们的灵魂得到支撑。

14岁的乔治·布兰迪住在L417的一号房间，是由凡特·艾辛格教授负责管理的。犹太人委员会把他派到男孩宿舍做管理员，就是希望孩子们能够得到一个教师。事实上，艾辛格教授不仅担任教师，他还以特有的热情，在一个沉闷的环境中，激发了孩子们自己都没有意识到的想象力和创造力。

艾辛格教授平等地对待孩子，让他们觉得，自己能够思考和承担起自己的命运。幸存的孩子们回忆说，艾辛格教授是很有见解的人，可是，他从来不把自己的想法强加给孩子。一方面，他把他们当做“大人”，设法给他们带来一个个持有不同观点的教授和学者，悄悄地给孩子们做讲座；另一方面，他总是对孩子们说，在你们这样的年龄，不要过早地形成一种固定的看法。在形成观点之前，你们先要做的，是吸取大量的知识。

14岁以上的孩子已经要干活了。可是，艾辛格教授总是安排出时间让他们上课。他带着教师们潜入孩子们的宿舍。后来，德国冲锋队开始突击检查孩子们的住处。他们就把课堂移到了阁楼上，每堂课总有望风的孩子守候在窗口。在L417宿舍的男孩们，上着数学、地理、历史，还有犹太民族的语言希伯来语的课程。教师中，有著名的捷克作家卡瑞尔·珀拉克，他在1944年10月19日被遣送往波兰的死亡营，再也没能回来。

艾辛格教授在被送到特莱津的时候，只有29岁。他的额头宽宽大大，脸瘦瘦的，眼睛有神而快乐。幸存的孩子回忆说：“艾辛格教授自己就像一个顽皮的大孩子，他就像是我们中间的一员，和孩子们一起踢球。”他常常给孩子们讲一个孤儿院的故事，那个孤儿院是由孩子们自治的，他让孩子们都对“自治”的生活入了迷。他们开始把自己的宿舍集体叫做一个“孩子共和国”，选出他们自己的“政府”，一个孩子成为“政府”的主席，开始了他们自己创造的“孩子共和国的故事”。其中，最令人难以相信的，就是一号房间的孩子们还办了一份地下杂志：《先锋》。

这份杂志刊载孩子们自己的诗、文章，还有人物专栏“我们中间的一个”。杂志有孩子们自己设计的封面和插图。当然，在纸张都是违禁品的集中营，他们只是小心地抄写、粘贴出这独一份的手工杂志。那是一份“周刊”，像模像样，他们还在封面上写上“定价”，就像是一本“真的”杂志。在完成之后，他们骄傲地在星期五的晚上，给大家朗读杂志的内容。他们小心地翻阅，然后再宝贝似的珍藏起来，一期，又一期。

在《先锋》杂志上，还有“文化报告”。在“文化报告”中，小记者报道了一个犹太囚徒，他是奥地利盲人艺术家布瑟尔德·奥德纳。他来到孩子们的宿舍，带来了几件艺术品，那是他在集中营用捡来的废铁丝精心制作的动物和人物造型。他顽强的生命力给孩子们留下了深刻的印象。

一个孩子在杂志上写道：“世界上别的孩子都有他们自己的房间，我们只有‘30厘米×70厘米’的一个床位，别的孩子有自由，我们却生活得像是被锁链拴住的小狗；当他们的衣柜里塞满了玩具的时候，我们在争取让自己的床头能有一小块遮蔽的空间；你要知道，我们只是孩子，就像世界上其他地方的孩子一样。或许，我们更成熟一些（这要感谢特莱津），可是，我们也是一样的平常孩子呀。”

孩子们坚持一周一周地“出版”杂志，因此留下了最宝贵的历史记录。从1942年12月18日，到1944年7月30日，《先锋》杂志“出版”了总共将近800页。杂志记下了他们特殊的童年。

艾辛格教授有一个心爱的未婚妻。由于担心遣送会把他们分开，他们决定在特莱津集中营结婚，期待婚姻使得他们在被遣送时能够不分开。1944年6月11日，他们在集中营结婚。他们不想惊动别人，可是，艾辛格教授的孩子们还是知道了这个消息。他们也瞒着老师，偷偷准备礼物来庆祝。特莱津没有鲜花，孩子们请每天去大墙外面干活的农工偷偷运进了一些花朵。他们又一起省下口粮，请食堂里的师傅偷偷地做了一个象征性的“蛋糕”。他们还想方设法找到一支钢笔，作为给老师的结婚礼物。艾辛格的妻子回忆说，他们经历了最感动的一刻。

1945年1月15日，在送往达豪集中营的途中，艾辛格教授被德国冲锋队员枪杀。

直到1968年的春天，乔治他们才感到，也许可以认真考虑出版《先锋》杂志了。在那个时候，特莱津原来的学校也在考虑建成一个“特莱津集中营博物馆”。可是就在那年8月，苏联入侵捷克。此后，历经种种曲折，介绍《先锋》杂志的书一直到20世纪90年代才被正式以几种文字出版。当年犹太孩子们的苦难和梦想，终于重见天日。出版时，乔治·布兰迪和几个幸存者决定用当年他们在《先锋》杂志写的话作为书名：“我们也是一样的平常孩子”。

在书的最后，是特莱津L417宿舍一号房间的孩子们的名单。一共是92个孩子，在1945年战争结束的时候，只有15个孩子侥幸活下来。

15000名曾经生活在特莱津的犹太孩子，只有100多名存活了下来。

文/林达

即使身在集中营，生命即将被邪恶吞噬，孩子们在可敬的长者的教导下，用他们仍然自由的灵魂努力说出了自己想说的话。让我们向他们致敬吧，为了诗中所体现出的可贵的尊严和勇气！

三句话，“爱上”九把刀

据说，当前最“乐活”的活法是：养最蠢的狗，交最贱的朋友，看周星驰的电影，听周杰伦的歌，看九把刀的小说。

我养过狗，朋友无论贵贱都交过，星爷的电影也看过不少，周董的歌虽然听不清他唱的是啥但也听过不少，唯独，九把刀的小说是真的没看过。甚至，连九把刀是哪路神仙我都不知道。

朋友一点我脑门子：“你呀，快OUT到火星上去了！”给我发了一个九把刀在北大的演讲和他的几张照片。我一看照片，就想，切，尖头鼻子小眯眼，跟我身边的帅哥比起来，那是芝麻掉到西瓜里，连找他的地儿都没有。

可是在我慢慢了解这个“流里流气”的“阿飞刀”的过程中，我听到了他的三句话，我觉得慢慢“爱上”了这个叫做“九把刀”的家伙。

第一句话：“如果你非常想要成为一个作家，你每天非常认真地写作，但是同学不想看你的作品，没有地方愿意发表你的作品，放在网络上也没有人想看，出版社也没有人想帮你出版，你心里面就要想：我要继续坚持下去，总有一天，掌声会响起来！”

这个 “九把刀”，从1999年一次偶然的机会把自己写的小说《恐惧炸弹》贴到网络BBS上，引来一片叫好声之后，就不断地出版小说，但可惜都卖得很不好。他一直坚持写到今天，这些年他总共出版了近60本小说。

这种坚持，需要多大的毅力？常人难以想象。

九把刀说："我妈得了白血病，需要很多钱治病，我不需要你预支版税，但从现在开始，只要我每写一本书，你下个月就出版，然后立刻给我一张当天就可以换到现金的支票，这样，就可以帮我度过难关，救活我妈妈。"

这话是九把刀对出版社说的。2004年年底时，九把刀的妈妈患了血癌。九把刀哭得很伤心。妈妈的治疗费用极其庞大，九把刀虽然出版了不少小说，但都销售得不好，很快经济上快撑不住了。这时候那家一直为九把刀出版小说的出版社伸出了援手，问他要不要预支一些版税，九把刀就说了上面这些话。出版社答应了。从2004年11月起，他一边陪在妈妈病床边，一边用笔记本电脑写小说，玩命地写，他知道所写的每个字，所赚的每一分钱，都可以用来救妈妈的命。他每天规定自己必须写5000到8000字，他一个月一本小说，连续写了14部。

然后他鼓励妈妈要有坚强的信念，好好战胜病魔。妈妈受他的感染，非常认真地配合治疗。他连续写的第14本书名叫《妈，亲一下》，就是记录与妈妈共抗病魔的点点滴滴，他让妈妈写了序，签售会的时候还带上妈妈，妈妈因为化疗头发都掉光了，还戴了个假发和他一起高高兴兴地去了。

第三句话："说出来会被嘲笑的梦想，才有实现的价值，即使跌倒了，姿势也会很豪迈。"

其实每个人的内心都有一个梦想，只是绝大多数人都将自己的梦想深深藏在心里，不敢说出来，更不敢去做。为什么？怕别人嘲笑。

九把刀在2005年写过一个名叫《那些年，我们一起追过的女孩》

的小说，那是他中学时代的真实故事。九把刀读中学时不仅成绩爆烂还是捣蛋王，老师就派了一个名叫沈佳仪的女生来监督他，沈佳仪学习超好，九把刀上课一不认真沈佳仪就用圆珠笔戳他提醒。慢慢地，九把刀偷偷喜欢上了这个成绩优秀又清秀可人的女同学。为了获得沈佳仪的好感，他非常努力地学习，很快从一个后进生成了优秀生，而且考上了台湾国立交通大学，阴错阳差地是沈佳仪竟因发挥失利而没考上。此后又过了好多年，沈佳仪嫁作人妇，九把刀的青春爱恋终于告一段落。

九把刀写好小说之后，一直有一个梦想，要将这本小说搬上银幕，而且要自己亲自做导演，因为这个故事是他青春年代难忘的铭记。

从2005年开始，除了给妈妈治病，他就将余下的小说版税存起来，他知道拍电影是需要钱的，需要很多很多钱。

从筹拍这部电影到真正开始，他遭遇了许多嘲笑和质疑的声浪。想想这些嘲笑似乎也有道理：作为一名网络写手，九把刀完全没有拍片经验；因为制作费用实在有限，男女主角请的都是没有拍片经验的年轻人，与“明星”根本不沾边；找摄影师时连续被7位摄影师拒绝接案，最后找到一个没拍过电影的摄影师；整个团队所有人都是菜鸟。

这是一个令人跌破眼镜的组合，要说这样的组合能拍出卖座的电影，说破了大天恐怕也没人信。在电影刚开拍后，最大的投资方因为没有信心而撤资离开。

但九把刀就认准了死理：我打算用这些年累积下来的版税去对付这一场冒险，我买过车，买过房，但从今以后我可以说，我买过最贵的东西，是梦想！

然而，更令无数人大跌眼镜的是：由这一群菜鸟鼓捣出来的电影《那些年，我们一起追过的女孩》，在台湾大卖4.1亿新台币，创下台湾电影史上“最快破亿”记录，成为2011年台湾最卖座第2名。在香港，《那些年，我们一起追的女孩》总票房达8千多万，进入香港电影史上华语票房前10名。

《那些年》是一个格局比较小的故事，没有恢宏的场景和壮阔的画面，但却再现了每个人青春萌动的时光，再现了那种既美好又欲说还休的情愫。每个人都曾有过青春，无论记忆里的青春曾经是灰暗的，还是明亮的，但底子都是萌动与羞涩的。

好了，九把刀的三句话说完了，这才想起来说说九把刀是谁？他本名柯景腾，1978年生于台湾彰化县。

“九把刀是年轻有为一代当中，最具金庸与倪匡实力的作家。”这话是《流星花园》制片人、“偶像剧之母”柴智屏说的。

这样的评价，不算低了吧？

文/纳兰泽芸

柯景腾早年的写作并不像他想象的那样顺利，出师未捷，处处碰壁。面对挫败，几乎每个人都会怀疑抉择是否正确，是否应及时抽身而退重新开始？柯景腾没有放手，反而更加刻苦，全身心投入。他是一个天生喜欢挑战的人，后来异想天开地想把自己的小说拍成电影，并且自己当导演。面对种种困难，他坚持下来了，并且，成功了。有的时候，选定一个目标并不难，难的是遇到挫折失败仍然坚持下去。放飞梦想，即使没有成功也无怨无悔！曾经飞过就不在乎有没有留下痕迹。

他们都曾有过漫长的黯淡时光

在微博上看到一个有趣的段子——科技巨头们最初是做什么的？

答案是——诺基亚：造纸和胶鞋。三星：卖杂面和面条。任天堂：做纸牌。夏普：机械铅笔。松下：插座和插头。惠普：阻抗式声频振荡器。Twitter：播客平台。摩托罗拉：电池代用器及汽车收音机。

这个段子让我感慨万千：谁能想到，世界一流的企业却是灰姑娘般的出身。其实，岂止是企业，各行各业的成功人士又有几个不曾度过漫长的黯淡时光呢？我们来看看：

22岁那年，住院一年半的他终于出院了。然而，他的下肢却彻底瘫痪了，从此将与轮椅为伴。母亲因为照顾他劳累过度，撒手离去。他在一个没有任何劳保和医保的工厂干临时工，所干的活是在仿古家具上画山水和花鸟，这活他一干就是7个年头。7年后，他因病失去了一个肾，连这份临时的工作也干不动了，只好在家专职写作。他就是后来感动无数读者，用生命写作的著名作家史铁生。

他从小功课就不好，初中考高中考了两次，数学只有31分，所以进的是条件最差的高中。第一次高考，数学只考了1分。高考落榜后，他做起蹬三轮车的工作。后来他在火车站捡到一本路遥的《人生》，看过后，他才又萌生考大学的梦想，又考了两次才勉强考上一个并不理想的大学。后来，他成为互联网业最具影响力的人物之一，他是马云。

24岁时，他辞去公职，到被称为打工者天堂的深圳闯荡。到深圳后，他才发现自己想得太简单了，且不说南方的气候和饮食习惯与老家很不一样，让他水土不服，单是语言就让他苦不堪言。他普通话不标准，也不会广东话，和人打交道常常要用笔在本子上写，因此他饱受挫折和白眼。在这样恶劣的环境下，他度过了人生中最灰暗的3年。后来，他成为北京最大的房地产开发商，他就是中国最具影响力的企业家之一的潘石屹。

21岁时，为了音乐的梦想，他成了北漂一族，然而整整9年过去了，30岁的他还是一事无成，没有任何唱片公司愿意跟他签约。其间，由于他不善言谈也不肯迎合客人的喜好，常常被炒鱿鱼，屡屡被夜总会辞退，也因此过着贫困潦倒的生活，并创下了搬家50次的纪录。他不甘心，不肯放弃，后来因为劳累过度，声带出了问题。手术后，他的声音变得嘶哑，不再如原来那么清澈了，但他还在坚持。一年后，他的名字传遍了大江南北，他就是被誉为“明星歌手中国内地乐坛‘一哥’有力竞争者”的杨坤。

24岁的他怀着音乐梦想来到新疆，成立了音乐工作室传播新疆音乐。31岁时，他出了一张属于自己的专辑，但只卖了2000张，很多买了他专辑的人一边听一边骂：“这谁啊？五音不全还敢唱歌？还敢出专辑……”34岁那年，他的一张低成本制作的新专辑发行了，没有花一分钱宣传费，却创下了200多万张的销售奇迹。他就是红遍大江南北、大街小巷的传奇歌手刀郎。

24岁那年，他认识了女友，27岁，他们结婚，但他一直处在怀才不遇的阶段，他想做导演，可没合适的剧本，只好做了家庭妇男，养家糊口的责任一直是妻子在背负。结婚后整整7年，他都处于蛰居状态，朋友们都看不惯他吃软饭，劝他改行，丈母娘也劝女儿离婚。从第8年开始，他才终于开始走向成功，先后获得一些剧本奖和导演奖，包括金马奖，结婚第13年，他拍出了《卧虎藏龙》，没错，他是李安。

最近夺得票房冠军的电影《白鹿原》是作家陈忠实50岁时才写完的作品。之前，他虽然小有名气，但稿费连自己都不够用，所以一直也是靠老婆养活，受了不少外人的白眼。但《白鹿原》发表后，陈忠实终于名利双收，走向了成功。

文/张宏涛

天下没有怀才不遇的人，只有不坚持到底的人。如果你满脑子想的都是自己“怀才不遇”，你就会一直处于消极的状态中，这种不被重视的不公平感，会使得你心中充斥着不满、抱怨，乃至愤怒。所以，不要再为自己的“怀才不遇”怨天尤人了，学会坚持和等待，不断地完善自己，你在这一过程中的表现，将直接决定你日后是否能“遇”，能“遇”多大，能“遇”多久。你缺少的不是机遇，而是抓住和把握机遇的才能！

躺着睡觉的马

一匹马累了，它决定休息。它把两条前腿跪下，再将两条后腿蜷起。它在草原上弛然而卧，像猫一样团着身子。它是草原上唯一一匹躺着睡觉的马。它是一个异类，没有马喜欢它。

它告诉其他的马，其实躺着睡觉远比站着睡觉舒服。可是没有任何一匹马相信它。自盘古开天辟地，马们都是站着睡觉的，这是马的标志，更是历史和传统。躺着睡觉？没有马敢跟它学习。

可是马群中有一匹马受伤了。它的一条后腿在一次奔逃中被狮子的利齿刺穿，虽然捡回性命，走路却一瘸一拐。伤口在夏天发炎，疼痛难忍。它决定躺下睡觉。它决心试一试。它真的这么做了。当它醒来，一个消息迅速在草原上的野马群里扩散开来：躺着睡觉，是如此美妙。

一个奇特的现象在以后的几天里诞生并且延续。所有的野马，全都趴伏在地上睡觉。它们就像一只只猫或者一条条狗，睡得放肆、踏实和幸福。它们搞不懂的是，为什么千百年来，它们的祖先们，一直不肯躺下来？无疑，站着睡觉是一种近乎于自虐的行为。它们为祖先们失去一种美好的感受和体验而惋惜不已。

可是那天，休息中的野马群遭到狮子的伏击。三头狮子从三个方向攻击了它们，对它们大开杀戒。马们在头马的带领下奋勇突围，它们用健硕有力的后腿蹬踢着进攻的狮子。那次突围，它们失去了六个伙伴，包括那匹受伤的马。其实遭到攻击是常有的事，伙伴被屠杀也是常有的事，可是一下子死掉六个伙伴，还是头一次。最后它们得出结论，所有的一切，只因为它们选择了躺下睡觉的姿势。这种姿势太过舒服，让它们的警觉性大大降低，并且，不可忽略的是，这使得它们多出一个站起来的动作。这动作让它们失去了逃走的最佳时机。

马们痛恨这匹躺着睡觉的马。它们不能够原谅它。它们把它驱逐出野马群，让它独自面对危险。伤心的马失去了集体，它变得多愁善感，郁郁寡欢。

它仍然躺着睡觉，就像一条狗。它把耳朵紧贴地面，时刻感觉着周围四伏的危机。三头狮子再一次从不同的方向向它发起攻击，它早早地一跃而起，将狮子远远地甩在后面。它站在一个土坡上嘲笑被它甩掉的狮子，嘲笑赶它离开的同类。它试图用它的经历说服野马群里的同类，它想说：我们完全可以像狗一样用耳朵感知危险。它试图回到它们中间没有用。仍然没有任何一匹马相信它。它们不想被它说服——它们曾经亲眼目睹六个伙伴瞬间被狮子的利齿撕成碎片。

它只好继续独自生活，尽管它是那样怀念它的集体。许多年后它老了，步履蹒跚。它依然保持着警觉的耳朵，却无法保持敏捷的身手。终于，在一个黄昏，一头同样老迈的狮子攻击了它。它拼命奔逃，却没有成功。被撕碎的一刹那，它没有恐惧，只剩下忧伤。它想，当它死后，这世上的马，将再也不会躺下。

它的故事在野马群里流传。没有颂扬，只剩下怜悯。马们只知道在很多年前，有一匹躺着睡觉的马，落入了狮子之口。所以它们的教训是，无论如何辛苦和疲劳，都绝不能够躺下。尽管站着睡觉的马，也常常遭受攻击，也常常面临屠杀和死亡。

文/周海亮

远古时期，野马既是人类的狩猎对象，又是豺、狼等肉食动物的美味佳肴。它不像牛羊可以用角与敌人做斗争，唯一的办法就是靠奔跑来逃避敌人。而豺、狼等食肉动物都是白天在隐蔽的灌木草丛或土岩洞穴中休息，夜间才出来捕食。为了迅速及时地逃离险境，野马在夜间不敢高枕无忧地卧地而睡。即使在白天，它也是站着打盹，保持高度警惕，以防不测。这就叫“适者生存”。文中躺着睡觉的马，在身强体壮时还能凭借警觉的耳朵逃过死劫，但当它身手不再敏捷时，躺着睡觉就成了它致命的弱点，终于使它命丧狮口。

天山向日葵

从天山下来，已是傍晚时分，阳光依然炽烈，亮得晃眼。从很远的地方就望见了那一大片向日葵海洋，像是天边扑腾着一群金色羽毛的大鸟！

车渐渐驶近，大家都很兴奋，想起了凡·高。朋友说停车照相吧，这么美丽这么灿烂的向日葵，我们也该做一回向阳花了。

秘密就是在那一刻被突然揭开的。

太阳西下，阳光已在公路的西侧停留了整整一个下午，它给了那一大片向日葵足够的时间改换方向，如果向日葵确实有围着太阳旋转的天性，应该是完全来得及付诸行动的。

然而，那一大片向日葵花，却依然无动于衷，纹丝不动，固执地颔首朝东，只将一圈圈绿色的蒂盘对着西斜的太阳。它的姿势同上午相比，没有一丝一毫的改变，它甚至没有一丁点想要跟着阳光旋转的那种意思，用那个沉甸甸的花盘后脑勺，拒绝了阳光的亲吻。

啊！这是片背对着太阳的向日葵。

你在那片向日葵林子里久久徘徊，你抚摸它丝绢般柔润的花瓣，你摇晃它毛茸茸青绿色的枝干，你围着它不停地转圈，揉着眼一遍又一遍地望着太阳，生怕是自己的眼睛出了毛病——那众所周知的向阳花，莫非竟是一个弥天大谎么？

究竟是天下的向日葵，根本从来就没有围着太阳旋转的习性，还是这天山脚下的向日葵，忽然改变了它的遗传基因，成为一个叛逆的例外？

也许是那些成熟的向日葵种子太沉重了，它的花盘，即脑子里装了太多的东西，它们就不愿再盲从了么？可它们似乎还年轻，新鲜活泼的花瓣一朵朵一片片抖擞着，正轻轻松松地翘首顾盼，那么欣欣向荣，快快活活的样子。它们背对着太阳的时候，仍是高傲地扬着脑袋，没有丝毫谄媚的谦卑。

那么，它们一定是一些从异域引进的特殊品种，被天山的雪水滋养，变成了向日葵种群中的异类？可当你咀嚼那些并无异味的香喷喷的葵花子，你还能区分它们么？

你无法向它诉说你的惊奇，你茫然，你沉吟，你百思不得其解。

于是你胡乱猜测：也许以往所见那些一株单立的向日葵，它需要竭力迎合阳光，来驱赶孤独，权作它的伙伴或是信仰；那么若是一群向日葵呢？当它们形成了向日葵群体之时，便互相手拉着手，一齐勇敢地抬起头来了。

它们是一个不再低头的集体。当你再次凝视它们的时候，你发现那偌大一片向日葵林子的边边角角，竟然没有一株，哪怕是一株瘦弱或是低矮的向日葵，悄悄地迎着阳光凑上脸去。它们始终保持这样挺拔的站姿，一直到明天太阳再度升起，一直到它们的帽檐纷纷干枯飘落，一直到最后被镰刀砍倒。

当它们的后脑勺终于沉重坠地，那是花盘里的种子真正熟透的日子。

然而你却不得不也背对着它们，在夕阳里重新上路。

天山脚下那一大片背对着太阳的向日葵，就这样逆着光亮，在你的影册里留下了一株株直立而模糊的背影。

文/张抗抗

文中把向日葵比做金色羽毛的大鸟，写出了向日葵的颜色：金黄；习性：背阳，突出了向日葵的不媚俗，不服就，坚守自我的精神品质。那一株株挺拔直立的“天山向日葵”，象征了不盲从不屈服、坚持独立思考的人格精神，值得我们学习。结尾两段预示了观赏过“天山向日葵”的人，会受到长久的心灵震撼，会像“天山向日葵”一样永远做正直不屈、独立思考的人。

跳出箱子外的思考

时间的存在就是要提供一个框架，
不让所有事情同时发生。
箱子的存在就是要提供一个，
里面存放东西的容器。
我们这些时间的旅行者不断地努力，
使思想冲破这个箱子。

人生漫长，人类有足够的时间完成这一使命。对大多数人来说，从生到死大约由25亿秒组成，这是一段漫长的时间。试想我们在25亿秒中可能遇到的各种经历，但是，我们无法从未经历的事情中学到任何东西。

我们并不认为自己掌握着解决问题的所有方法，但我们一直在寻求着。我们并不期望读者完全赞同我们所陈述的观点。但重要的是，要思考我们所观察到的束缚人们思想的各种传统观念和看法。这些传统的观念就如同高尔夫球场的沙丘障碍，束缚着人们的创新思维。

我们的生活中到处充斥着这样的书籍，这些书告诫我们这不能做、那不能做、减轻这个、放慢那个、停止这个、放弃那个、控制这个、稳定那个。人们对这些厌烦至极。

我们在拼命地摆脱压力，结果弄巧成拙，压力越来越大。在做每一件事情时，我们不是力求突破，而只是得过且过，结果变得无精打采，没有创新。社会学家的观点是，人人都有因循守旧、不求创新的倾向。我们不假思索地就接受了这一观点。

让我们从另一全新的角度来审视这些训诫。

压力

显而易见，使人沮丧的压力与不使人沮丧的压力有天壤之别。大部分人在处理压力中遇到困难时就会竭力摆脱压力。事实上，不是压力，而是压力带来的烦恼使我们失去了斗志。汉斯·希利博士是《没有烦恼的压力》一书的作者，也是世界上研究压力及其对人体作用的权威之一。他在书中提出了一种新观点，他说："无论你如何努力都无法摆脱压力。所以，明智之举是避免过多地消耗全身适应综合症。"

我们可能会耗尽全身适应综合症。但是，若没有压力，我们的心跳就不会持久。产生压力的活动像体育锻炼、愤怒等都会使我们的心脏怦怦跳动，冲突能加速血液循环。心脏收缩是一种压力活动，是延续生命必不可少的。

专家认为，人们往往为原本对他们没有任何伤害的压力过于忧虑，从而给自己平添了许多烦恼。这是一种恶性循环，是非常危险的。

因此，要接受压力，正视压力，并感激它的存在，不要抵制和拒绝压力，因为它的存在是不以人的意志为转移的。政客们不会因为压力的存在而放弃仕途，宾馆还会照样丢失你的房间订单，航班也还会和往常一样拥挤不堪。总之，一切均不会因压力的存在而有所改变（我有位朋友，曾因未订上和家人到夏威夷旅行的机票，一气之下自己开了一家航空公司）。

人类最愉悦的活动之一便是可以产生极大的压力。这一活动几乎要使我们的心脏跳出胸膛，使我们的皮肤变得通红，使我们的瞳孔放大，使我们的呼吸急促。没有这种压力就不会有在座的你和我。所以，如果我们的观点给你带来了压力，你一定要愉快地接受它，千万不要因为有压力而烦恼。

超越

没有超越就不会有巨大的成就，所以事事均要有超越。所谓超越，我们在此并不是指暴饮暴食、酗酒成性或吸毒成瘾，而是指要抵制中庸哲学的诱惑。因为中庸是美德的羁绊，是罪恶的温床。譬如适度真实、适度诚实、适度正直、适度罪恶、适度暴躁……

如果是美德，我们就应尽力获取，多多益善；如果是罪恶，我们就应彻底摒弃，毫不留情。我们在此讨论的超越指的是观念、价值观与标准。从这个角度来看，适度是世界上最恶劣的观念之一。我们认为值得做的所有事情都值得我们极力超越完成。增大压力，使我们的热血沸腾起来，满腔热忱地投身于创造性的观念、价值观和思想中去，全身心地投入到所做的事情中，让我们为做某种事情激动起来。

拥有一颗求知之心

“敞开心扉”这句格言听起来很正确。但是，开放的头脑也往往是空洞的头脑。开放的头脑会接受模棱两可的信念、模糊的概念和尚未解决的问题。开放的头脑也可能被垃圾填满。求知之心也同样对新观念开放，但会分辨并过滤出无益的思想。

求知之心常共享他人的思想和观念，但要警惕有害的思想。求知之心对事物已有了自己的判断，但要通过研究和分辨对事物才能有进一步的认识。我们常听许多人说，“我是头脑开放的人”。然而，没有出口的潜台词是，“只要你同意我的观点”。创新思维要求我们在真正拥有开放的头脑之前先拥有一颗求知之心。

要在意失败，但不要害怕失败

许多书籍和演讲都激励人们不要害怕失败。但是，在意失败与害怕失败并不相同。这听起来会让人觉得模糊不清，但只要你做进一步的分析就会明白具中的道埋。你在意失败是因为失败的后果可能会给生活带来不可弥补的损失。正是对失败的在意才促使我们工作更加努力，更加细心地对自己的判断进行三思。细心留意是明智思维的一个重要组成部分。

相反，担心失败不应使我们害怕失败。创新是不断实验的结果。当然，实验过程中也不乏失败。但我们必须牢记，小错积累起来也会铸成大错，从而导致一场灾难。一定要在意失败，但绝不要害怕失败。

文/（美）迈克·万斯

思考我们所观察到的束缚人们思想的各种传统观念和看法，让我们从另一全新的角度来审视这些训诫：要接受压力，正视压力，并感激它的存在；值得做的所有事情都值得我们极力超越完成；在真正拥有开放的头脑之前，先拥有一颗求知之心；要在意失败，但绝不要害怕失败。

兔子的精神

兔子分两种，家兔和野兔。家兔很可爱，野兔跑得快。我这次把目光投向越来越少的野兔，想着重把在田野里野生野长的兔子说一说。

在虎年的小满之后，我特意回到老家看收麦。麦子已经成熟，在一马平川的大平原上，到处都是黄金铺地般的富丽色彩。我每天在麦田间的小路上走来走去，尽情享受麦子的芬芳。缠绕在麦穗上的狗儿秧的喇叭花、一只翩翩飞舞的白蝴蝶、在我头顶喳喳叫着的喜鹊，还有水边陡起的长腿鹭鸶，都让我感到一种久违的美。更出人意料的是，有一天下午，在前面一块麦田地头的小路上，我竟然看到了一只兔子。兔子银黄色，和麦子的背景几乎融为一体。可我还是把兔子看到了，因为麦子是静态，兔子是动态。好久没看到家乡的野兔了，野兔的出现不免让我有些惊喜，我差点叫了一声“兔子！”我没有叫，我怕吓着了兔子。我停下脚步，没有再往前走。我想对兔子传达一个信号，我对它是友好的。还好，兔子没有立即隐入麦丛中去，它竖起双耳，也停下了。我断定这只兔子是一只新生的兔子，对人类还不是很害怕。于是，我悄悄拿起照相机，想把这个朋友照下来。兔子大概发觉了我的举动，不能理解照相机是什么玩意，还没等我把镜头对准它，它就快速向前跑去。它顺着小路又跑了一阵，才身子一拐，遁入浩瀚如大海一样的麦地。

这个时候的兔子是幸福的。田边地头野草茂盛，可以说它们左右逢源，每天都有享用不完的大餐。这个时候的兔子也是安全的。麦子从青纱帐变成了黄纱帐，它们在金色的帐子里自由穿梭，或唱歌跳舞，或结社集会，或卿卿我我，反正想干什么都可以。

麦子收割时，等于把野兔们赖以藏身的黄纱帐收走，使它们面临危险。我少年时代在老家的生产队参与割麦，割着割着，每每看见一只兔子腾地跃起，向另一块尚未收割的麦地跑去。社员们对兔子都很感兴趣，大家停下割麦，站起来以手罩眼，一齐对兔子呐喊。有的人还试图朝兔子追过去。但兔子四条腿，人只有两条腿，人的奔跑速度比兔子差远了，人的呐喊和追赶只不过是虚张声势而已。这时，同样长有四条腿的狗跳出来了，奋勇向兔子追去。平日里，习惯了看人们脸色的狗们因不敢对主人有过多超越，跑起来总是颠儿颠儿的，速度不是很快。如今面对兔子，狗们像是总算找到了用武之地，也得到了在人们面前露脸的机会，杀下身子，跑得风驰电掣一般。结果怎么样呢？狗们往往空嘴而归。狗跑得是快，但兔子跑得更快。兔子跑起来像一朵金色的雾，在田野里飘飘忽忽，让狗望尘莫及。

对野兔们来说，最严峻的时刻是秋收之后和飘雪的冬季。此时场光地净，无遮无拦，野兔们不仅食物匮乏，连找一个藏身之所都很难。而贪婪的人们收获了庄稼还不够，还要像收获庄稼一样收获野生的兔子。人出动了，狗出动了，在我们那里被称为兔鹘的一种猎隼也出动了。如果人和狗是围捕野兔的地面部队，兔鹘就是人们所豢养的空中打击力量。与人、狗和鹘比起来，野兔们属于真正的弱势群体。只有野草是它们的朋友，别的动物几乎都是它们的敌人。但兔子也要生存，也有使族类得到繁衍的权利。它们的生存法则决定了它们并不是一味向强势群体屈服，除了逃跑，它们有时还表现出一种抗争的精神。有一次我看打围时亲眼见到，当兔鹘在空中斜刺里向一只野兔俯冲下来时，野兔竟猛地跳将起来，用头向兔鹘顶去。兔鹘猝不及防，被闪落在地，扑了一个空。兔鹘再起飞，飞到一定高度，再次向野兔发起冲击。而野兔毫不畏惧，在奔跑中瞅准时机，再次跳起来，直着身子向兔鹘的腹部撞去。这一幕让我震撼，甚至有些紧张，我万万没有想到，小小的野兔竟敢与那么强大的敌人抗争。从那一刻起，我站到了野兔一边，希望野兔把不可一世的、武装到翅膀的敌人顶翻，成为最终的胜利者。然而遗憾，由于兔鹘一而再、再而三地干扰了野兔的奔跑速度，从后面追过来的狗还是把野兔咬住了。

我还听说过一个让人更加难忘的故事。在某个肃杀的冬季，当一只老鹰将利爪刺进一只野兔母亲的臀部时，野兔母亲没有回头，没有犹豫，拖着老鹰继续奋力向前奔跑，一直把老鹰拖进一片长满硬刺的荆棘从中。老鹰被刮得少皮没毛，野兔母亲悲壮地与老鹰同归于尽。出于对野兔母亲的敬佩，我曾把这个故事写成了一篇短篇小说，小说的题目叫《打围》。

文/刘庆邦

在人们的印象中，兔子性格温顺，其实它们也有强悍的一面，老话说“兔子急了还咬人”，意思是指在人们印象里温顺胆小的兔子，也有发威的时候。特别是兔子吃东西或是母兔保护小兔的时候，受到惊吓就有可能进行防御性的攻击。这是兔子出于自我保护的本能，第一反应是逃跑，跑不掉的话就只能反抗，唯一的方法就是咬。弱势自强，就能生存。

无论你的生活如何卑微

无论你的生活如何卑微，要正视它，生活下去；不要躲避它，也不要恶语相加。你的生活并不像你本人那么糟糕。你最富有的时候，你的生活看上去倒是最贫穷的。

吹毛求疵的人即便在天堂也能挑出瑕疵。要热爱你的生活，尽管生活一贫如洗，即使身处贫民院，你也可以享受一段愉快、兴奋、辉煌的时光。西斜的落日映照在贫民院窗户上的余晖，与照射在富贵人家的豪宅上一样光芒万丈；门前的积雪一样在早春消融。我只看到，一个气定神闲的人在那里可以过着自得其乐的生活，抱着振奋乐观的思想，如同居住在皇宫里一般。依我之见，城镇的贫民倒是往往过着最独立的生活。也许他们十分伟大，对任何事情皆可坦然受之。大多数人认为他们不屑于接受城镇的施救；但是实际上他们经常使用不诚实的手段来维持自己的生计，这是更为不体面的。像圣贤一样，如同栽培花园中的花草一般来培养贫困吧。犯不着千辛万苦以求获得新东西，无论是衣服还是朋友。把旧的翻新，回到它们中去。万事万物没有变，是我们在变。

衣服要卖掉，思想要保留。不要急于谋求发展自己，不要让自己受到各种影响的利用，这全都是浪费。谦卑如同黑暗，展现着天国之光。如果你受到贫困的约束，比如买不起书和报纸，你的经验不过是仅限于最有意义、最为重要的那一部分；你将不得不与那些可以产生最多的糖和淀粉的物质打交道。但是最接近骨头的地方的生活最甜美，你不可能再成为一个无所事事的人。较高层次上的宽宏大量，不会使任何人在较低层次上获得损失。多余的财富只能够买多余之物。人所必需的灵魂是不需要花钱购买的。

我蛰居在一堵铅墙的角落里，铅墙里浇注了一点钟铜的合金。在我正午休的时候，常常有一阵阵嘈杂不堪的喧闹声从外面传入我的耳中。这是我同代人发出的噪音。我的邻居向我讲述他们与那些知名的绅士淑女之间的奇遇，他们在宴会桌上碰见了哪些显要人物；但是我对这些事情，如同我对《每日时报》的内容一样，毫无兴致。兴趣的对象和谈话的主题主要是围绕服饰打扮和礼节举止；但随便你怎么去刻意装扮它，呆头鹅终归是呆头鹅。他们向我不断唠叨加利福尼亚和德克萨斯，英格兰和东西印度群岛，来自佐治亚或马萨诸塞的尊敬的某某先生，全是短暂易逝、昙花一现的事情，直到我几乎要像马穆鲁克大人一样从他们的庭院中逃之夭夭。

我喜欢进入我自己的世界——不愿引人注目地走在盛大的游行庆祝队伍中，而愿与宇宙的缔造者平等地并肩同行，如果我可以的话——不愿生活在这个浮躁不安、神经质、喧嚣忙碌、轻浮浅薄的19世纪，而愿随着19世纪一天天地消逝，或立或坐，思考着。人们在庆祝些什么呢？

他们都参加了某个筹备委员会，时时刻刻盼着某个大人物的演说。上帝只是今天的轮值主席，韦伯斯特是他的演说家。那些强烈地、合情合理地引起我注意的事物，我喜爱掂量它们的分量，处理它们，被它们吸引——绝不吊在秤杆上来试图减轻重量——对任何事情不妄加推测，而是完全按照其实际情况来处理；只走我自己能够走的那条唯一的道路，在这条路上，没有任何力量可以阻止我。在打下坚实稳固的基础之前，就开始着手建造起一座拱门，这不会给我带来任何满足。任何地方的底部都是结实的。我们读过这样一个故事，一个旅行者问一个男孩，他面前的这块沼泽底部是否坚固。男孩回答说是坚固的。可是不久，旅行者的马深陷沼泽，直到马的腰部，他对男孩说："我还以为，你告诉我的是这块沼泽底部是坚固的。""是坚固的啊，"男孩回答，"可是你还没有到达它的底部一半深呢。"社会的泥沼和流沙也是如此，但是只有少年老成的人才了解这一点。

只有在一些罕见的巧合中，人们的所想、所言、所为才是对的。我不愿成为一个愚蠢地只是将钉子钉入板条和灰泥中的人，这样的行为会让我几夜都合不上眼。给我一把锤子，让我感受一下钉板条的滋味。不要依赖油灰状的黏性材料，钉入一个钉子，把它严严实实地钉牢，即便在半夜醒来，你也会对自己所做的工作感到满意——即便召唤缪斯女神来了，你对这件工作也毫无愧疚。

这样，而且只有这样，上帝才会伸手帮助你。钉的每一个钉子都应该成为宇宙这一机器中的铆钉，你再继续开展工作。

不要给我爱、金钱、名誉，给我真理吧。我坐在满是佳肴美酒的餐桌旁，受到了无微不至的殷勤款待，但是缺乏的是真诚和真理；我饥肠辘辘地转身离开这冷淡的餐桌。这种招待冷得像冰块。我想不必再用冰块来冰冻它们了。他们告诉我葡萄佳酿的年份和产地的美名；可是我想起了一种他们手上没有，也无法购得的更年深月久却更新更纯、更光荣的佳酿。他们的风格、豪宅、庭园和"娱乐"，我视之如草芥。

我去拜访国王，但是他让我在客厅等待，举止像一个被剥夺了好客能力的人。

我的邻居中有个人居住在树洞里，他的行为真是有王者风范。我若是去拜访他，一定会好得多。

文/亨利·大卫·梭罗

无论你的生活多么卑微，路永远不会将你吞噬，学着热爱生活，正如作者所说：“你的生活不像你本人那么糟糕。”在今天竞争激烈的世界中，你付出多一点，便可赢得多一点。就好像奥运会一样，如果跑短赛，虽然是跑第一的人赢了，但比第二、第三只胜出少许，只要快一点，便是赢。世上有两种人绝对不会成功，一种是除非别人要他做，否则绝不主动做事的人；另一种是即使别人要他做也做不好事的人。那些不需要别人催促，就会主动去做应做的事，而且不会半途而废的人必将成功。

无障碍心灵

与苦难对话。

什么是苦难？一个是苦一个是难，“苦”是外在的东西，“难”是心灵上的东西。

苦难自身有个发展过程，比如小孩子刚生下来遇到打针，觉得很疼，这是皮下神经的感觉，成长中会摔伤，感觉就是痛，痛已经带有一定的心理投射了。一个人的疼痛到了一定程度，或者持续一段时间，身心感受叫痛苦，伴随心理的郁闷与压迫，需要解脱，这种痛苦扩大到一群人、一个民族便是“苦难”。在我们这个时代，哪怕再发达、再先进、生活水平再提高，痛苦都是无法回避的，我们都必须有一份勇气来回答这一道生命的母题。

德国有一个最根本的宗教哲学理念，即向死而生，面对死亡，生活就会更有意义。那么，也只有迎难而生，生活才会觉得甜蜜。人生是从不断与命运抗争中获得进步的。你对苦难的认识，决定了你的整个人生的生活基调，怎样面对它？怎么穿越它？怎么理解它？怎么咀嚼它？这是生命的叩问与拷打，你必须回答。你是直面它？当然躲避它也是一种人生态度，问题是最终躲不了，最终还得超越它，穿越它。

消除社会生活与残疾人之间的那道“墙壁”，是必要的，但我认为最重要是要消除人与人之间的“心灵阻隔”。在交通工具、建筑物中创造“无障碍”环境，说到底关键还在于“事在人为”。我们对于残疾人和老年人抱有一种什么态度，是关心、理解还是置之不理，这是最基本的出发点。

那么，对于残疾人和老年人的关心、理解是从哪里来的呢？我想从我们的“习惯”说开去。

譬如在车站看到陷入困境的残疾人，有的人也许有“助人为乐”的念头，但又不知道怎么样施以援手，于是便在一种怅然中，与之擦身而过。有这种经历的人大概不少吧。这就是“习惯”，一种道德惰性的习以为常。

而更多的人会在内心中自我谴责：当时我为什么不帮他一把呢？不过，我倒是认为这种自责大可不必，因为平时在大街上并不经常见到残疾人的身影，乍一遇到，只会感到一种惊异，而要立刻做出恰当的判断对应，并付诸行动，自然是很困难的。

这也并不是只限于对残疾人的场合如此。譬如突然有一家外国人搬来成了我们的邻居，最初的时候，我们肯定会惊奇，而且感到不适应。可几个星期后，我们对这家外国人的文化习惯、生活习惯等有了深入的了解，原先笼罩在他们身上的迷雾逐渐消失，我们就不再把他们看成是从哪个国家来的外国人。在我们的意识中，他们成了住在我们附近的一家人，是邻居了。

从这个例子可以明白，人们对于“少数者”（不管是残疾人还是外国人）的理解，“习惯”因素所占的比重实在太大了。可是，正如前面所说，人们平时遇到残疾人的机会毕竟有限，一旦遇见，如何对待，确实没有心理准备，“习惯”就更谈不上了。我们应该怎么办？我们要改变这种状况，最关键的是要培养人们善待残疾人的意识，而且要从小抓起。

孩子们是纯洁无瑕的，他们对残疾人绝不会抱有任何成见。我去给孩子们演讲，当我乘坐轮椅出现在他们面前的时候，他们先是一阵喧嚷，接着便鸦雀无声。我知道那是一种惊异的沉默。那时，我扫视台下，最醒目的是一双双圆瞪的大眼睛。我不动声色，开始演讲。慢慢地，孩子们的情绪起了变化，眼里不再是惊恐，而像小学生在听老师讲课，平静且坦然。几分钟的演讲结束，我与孩子们一起吃配餐，一起打游戏机。孩子们围聚在我的身旁，一口一个“乙武哥哥”，叫得那样亲热，我就像他们的一个大玩伴。等到我要离开的时候，他们恋恋不舍，一个劲地嚷着要我再来。

我奇异的形貌令孩子们吃惊，但他们很快就明白了我与他们意识中的“普通的大哥哥”没有什么区别。他们与我是以一种纯洁天真的情感来交流的，没有心的阻隔。从这个意义上来说，孩子们的可塑性是很大的。在残疾人和健全人之间设置一道鸿沟，这是成人所为，在孩子们的心灵世界中，绝没有这种意识。

我还有一个深切体会。记得在幼儿园和小学的时候，我的那些小朋友初次看到我，都问：“你怎么了？你怎么了？”那么率直，那么关切。我也毫不掩饰地告诉他们实情。小朋友们的问话中没有任何的歧视，我的回答也没有任何的自卑，一切都那么正常，我们正常地学习，正常地成长。

现在，我走在路上，与跟随着妈妈的小朋友相遇，他们会圆瞪双眼直直地盯着我看，有时还会听到他们问妈妈：“那个人，为什么没有手和脚？”这时，他们的妈妈就显得非常慌乱，不是去回答孩子的问话，而是不住地向我道歉：“对不起，实在对不起！”然后，拉起孩子，快步离去。

每当这时，我的心头就涌上一种说不出的情感，我不觉得难受，只感到很遗憾：又有一位天真的孩子失去了一个理解残疾人的机会。孩子是好奇的，他看到奇异的现象往往要提出自己的疑问，如果是一般情况下的疑问，父母不但耐心回答，还会夸奖他聪明伶俐，可为什么孩子把我当成一个奇异现象而提出疑问时，父母就会大惊失色呢？直接解答孩子们的这一疑问，就会消解他们的疑惑，就会从一开始架起一座与残疾人之间沟通理解的桥梁。否则，孩子们的心中就会永远存留着这个未解的“谜”，久而久之，不知不觉中，他就会对残疾人另眼相看。

千万不能躲避孩子们对于残疾人的好奇，好奇是理解的第一步，父母有责任解答他们的疑问，有责任培养他们对残疾人习以为常的情感基础。只要大家都能认识到这一点，“心灵无障碍”就有可能成为现实。

我常听到朋友们这样对我说：

“第一次看到你的时候，我们确实很紧张，怎样与你相处才好呢？在你面前哪些话该说，哪些话不该说呢？我们真是无所适从。不过，同学相处时间一长，一起学习，一起游戏，不知不觉中我们已不再把你看做残疾人了。就连外出旅游我们也一起去，我们所想的不是你能不能去，而是我们怎样才能带你去。”

我感谢朋友们的信任，同时我也认为这是理所当然的。对于残疾人不能不给予关照，但万万不能把他们排除在正常的生活之外，万万不能因为他们身有残疾就区别对待，以至于使他们的心灵受到伤害。

初次与残疾人相遇，人们总免不了有一种心理上的隔膜。但是，如果相处时间久了，人们依然对残疾人怀有异样的感觉，那么责任就在残疾人本身：性格问题？人生观问题？……残疾人首先要信任自己，才能获得别人的信任。

另外，残疾人不能有“特权意识”。我是残疾人，你们就要同情我，就要照顾我，就要高看我一眼。这是毫无道理的，说到底就是一种自私，一种不知自爱的胡搅蛮缠，即使乞求得一时的怜悯，也不能获得心灵上的和谐交融。

文/乙武洋匡

残疾人需要的不是同情和怜悯，而是平等的尊重和真心的支持。对于残疾人来说，要让他们过上真正无障碍的生活，仅仅建造无障碍设施是不够的，最重要的是在全社会范围内营造关爱残疾人的浓厚氛围，逐渐提高人们帮助残疾人的自觉意识。意识提高了，关心帮助残疾人的人才会越来越多。希望更多朋友在看到残疾人朋友有困难的时候能伸出手来，真正的“无障碍”，要从每个人的心灵“无障碍”做起。

信 任

那年，我还在学校工作，教高中语文，并担任班主任。我清晰地记得，那是高一新学期开学的头一天，学生把要交的五百多元费用，从家里带来了。每位班主任在开学这天，都会先充当一次收费员。

那天，我坐在教室的讲台桌前，收费。大多数学生从家里带来的都是整钱。大量的找零工作，使我很紧张也很谨慎。接过钱，点两遍，找零，再点两遍，然后在花名册上做标记。学生们一个接一个走上讲台，很有秩序。

一会儿，桌上便出现了几摞厚厚的百元大钞。

这时，已经没有学生主动走上来交钱了，可是从花名册上可以看出，还有一个学生没有交。

“王晓梅。”我低着头，边看花名册，边叫着那个没交钱学生的名字。

没有人回应。我抬起头，朝向学生看了看。

“王晓梅，哪位同学叫王晓梅？”我很纳闷，居然有这样不懂礼貌的学生，老师叫名字，应都不应一声。

这时，一个瘦瘦的扎马尾辫的小女生从座位上慢慢站了起来。

“晓梅，你把钱带来了吗？如果带来了，就交上来，免得给弄丢了！”我的语气里甚至带着一丝责备。

她慢慢地从座位上挪开，朝我走过来，显得有几分迟疑和犹豫，头一直微微低着。快走近时，我才注意到，她手里紧紧攥着一个黑色塑料袋。

她走到讲台桌前，将塑料袋轻轻放在桌子上，解开捆住袋口的密密匝匝的麻绳，一圈又一圈。随后，她缓缓从袋子里掏出打理得整整齐齐的纸币，一沓又一沓。看得出，那些纸币原本皱巴巴的，却被尽可能地抚平铺展。其中，面值最大的是十元，最小的是一角。每沓纸币上都捆着一个纸条，写有数额。她又从大塑料袋中拿出两个小塑料袋，分别装着面值五角和一元的硬币，塑料袋上贴着标签。

望着那堆打理得整齐有序的钱，我惊呆了，这完全是我始料未及的。这时，从讲台下也传来一片唏嘘声，几十双眼睛同时朝这边看着。

“老师，对不起，给您添麻烦了……本来，打算把这些零钱换成大票后再交给您，可是去晚了，银行关了门……您清点一下吧……”我仔细打量着眼前的女孩，她穿着一件很不合体的旧方格裙子，裙子很肥大，像一口布袋一样将女孩瘦弱的身体罩在了里面。她说话时声音很小，怯怯的，甚至有些发颤，一直低着头，垂着眼睛，手不由自主地搓着衣角。当时，她虽然背对同学，但在那一刻，她一定能感觉到，身后有几十双眼睛一起盯着她。她也一定认为，那眼神里除了不解就是嘲笑。的确，对于一些学生来说，几百元的学费，不抵他们身上穿着的一套名牌，更不抵他们腰里挂着的一部手机。

我猛然间很懊悔，不该在课堂上让孩子当着那么多同学的面交钱。她那么迟疑，也一定是打算到办公室里单独交给我。

我又把目光渐渐移向那堆钱，此时，在我眼中，它们已远远超出了人民币的概念。那是滴满汗水的艰辛劳作，是盛满亲情的沉甸甸的希望，是攒一分一毛就向胜利靠近一步的幸福和喜悦呀。我的眼角湿润了。

钱，依然放在讲台桌上。我没有清点，尽可能地维护着孩子的自尊心。

“孩子，这钱不用点，我相信你！”说着，我将桌上所有的钱收了起来。为了凑够这些学费，孩子的父母不知道攒了多少个日日夜夜。他们在家里，一定将这些血汗钱点了一遍又一遍，数了一遭又一遭。我有足够的理由相信，它们分毫不差！

她有些诧异，抬起头来，睁大眼睛望着我。我拉住她的手，告诉她说：“孩子，记住，你拥有世界上最值得敬重的父母，他们为你交上了一份最最珍贵的学费！你一定要懂得珍惜！”

孩子的眼泪扑簌簌掉了下来，冲着我使劲点点头。

事后，我了解到，晓梅的姐姐和哥哥都读大学，父母要同时供养三个孩子读书。农忙的时候种地，农闲的时候拾荒。

我的眼前顿时浮现出，两位年逾五十的老人，从山区徒步走二十公里的路，来到县城，穿大街走小巷，冒严寒顶酷暑，从别人遗弃的废物里艰难“寻宝”的情形。他们用自己的艰辛劳作换回学费，实现了三个孩子的求学梦。

当年那个怯怯的小女生如今就读于一所国家重点大学，品学兼优，还当上了班长。踏入大学校门的第一天，她给我发来了一条短信：“老师，是您让我意识到自己拥有最值得敬重的父母；同时也是您的爱和信任，让我抛掉自卑，鼓足了前行的勇气！”

文/尉克冰

他人的信任如同冬日里的一杯清茶，温暖人心，是我们成功的必不可少的支持。同时我们也应多信任他人，对他人多一分理解和支持。

文章结尾一方面以学生努力的结果来证明老师做法的明智，另一方面表现学生的感恩之心。由文章可知，贫穷不是绊脚石，困顿也只是坚强着人生的推动力。只要从自卑的低谷走出，以自己的努力改写人生，自强不息，终将成为他人心中一道美丽的风景。

站直了，不容易

像世界上一切封建帝王统治史漫长的国家一样，中国也是一个受“官本位”影响深厚久远的国家。于今，其影响虽已缩敛，但仍强劲地左右着许多中国人，包括许多大小知识分子的命运状况。故中国人，以及中国大小知识分子头脑中一再滋生出犬儒思想的陋芽，并玩世地将犬儒思想的方式当成一种成熟、一种人生的大智慧、一种潇洒似的活法，委实也是可以理解，甚至应予体恤的。在“官本位”的巨大投影之下，从献身于官体制的官们，到依存于官体制的大小知识分子们，到受制于官体制的庶民百姓们，谁想站直了，都非是容易之事。相反，千万别站直了，倒真的是一种有自知之明的表现。而且，只要习惯了，感觉也不是多么的不好，有时甚至会获得较好的很好的感觉，会获得比企图站直了还好的感觉。

由这一种见怪不怪的现实，又每使我联想到谢甫琴科。众所周知，谢氏生长在农奴家庭，从小失去双亲，孤苦伶仃，实际上便开始做一个小农奴。尽管他的身份似乎比农奴高一等，叫“使唤人”。

后来，他成为乌克兰民族的画家和诗人，声名远播，于是受到沙皇的召见。

其刻，宫殿上文武百官都向沙皇三躬其腰，口出颂词，唯谢甫琴科一人挺身于旁，神情漠然。

沙皇愠怒，问："你是什么人？"

诗人平静地回答："我是塔拉斯·格里戈里耶维奇·谢甫琴科。"

沙皇又问："你不向我弯腰致敬，想证明什么？"

诗人不卑不亢地回答："陛下，不是我要见您，是您要见我。如果我也像您面前这些人一样深深地弯下腰，您又怎么能看得清我呢？"

这一次召见，决定了诗人一生的命运。

如果，他和沙皇面前的那些人一样；如果，他哪怕稍微装出一点儿卑躬屈膝——这在当时实在算不上什么耻辱，许多比他声名显赫的人物都以被沙皇召见过为莫大荣幸——那么他也许将从此成为沙皇的宠儿。

但是由于他的桀骜不驯（这乃是由于他的出身和经历，从一开始就在他内心里种下了轻蔑王权的种子），使他几乎一生都成为让沙皇耿耿于怀的人。在王权的巨大投影之下，无论什么人，若想站直了，就必付出代价。

谢氏为此付出过代价。

法国的雨果也为此付出过代价。

还有俄国的普希金。

还有许许多多在王权的巨大投影之下企图站直了的人……

民主之所以对于人民是好事，就在于它彻底驱散了王权的巨大投影之后，使人人都有可能从心理上获得解放，弯腰与不弯腰，完全出于自愿，出于敬意的有无，而根本不必假装作戏。倒是反过来了，有权之人，每每在人民面前作秀，以获得人民的好感。因为人民几乎无时无刻都有资格以民主的名义理直气壮地说："你的权力是我们给的，我们想收回给予别人，便可以那样做！"

王权巨大投影之下的任何人，却不得不经常告诫自己："我现有的一切是王权的代表者们给的，他们想把它缩减到多么小的程度，就可以把它缩减到多么小的程度。他们一旦想收回它，不愁没有正当的理由。"

中国的民主局面、法制成就，近年发展得很快，有目共睹。但我们中国人毕竟在王权的巨大投影之下弯腰弯得太久了，似乎成了一种遗传病，鼓励站直了，许多人可能一时反而不习惯，感觉反而不自然。

扫描社会，观察这一种现象，所见是非常有趣的。

"我认识××厂长！"

"我认识××处长！"

"我认识××局长！"

"我认识××部长！"

在社会的各个阶层中，都时常会听到这样一种炫耀；而其炫耀，效果往往又立竿见影。仿佛炫耀者本身，顿时脑后呈现七彩光环似的。倘不直接认识官员们，那么认识他们的秘书、儿女、三亲六戚，也似乎足以令人刮目相看。

尤以认识官员们的夫人，最是资本。

中国人公开宣布自己拥有这些特殊关系时，其实是想证明——我是一个有条件站直了的人！但所认识的官员一旦"趴下"了，或从官体制中隐退，一度站直了的某些中国人，又必然会一如既往地弯下腰。于是他赶紧弯下腰去认识另外的官。因为他毕竟曾靠认识官而站直过，体验了站直的感觉之良好……

如今，一个中国人站直了，已不需付出以往时代那种代价。那种代价太沉重，有时甚至很惨重。在中国以往的时代，只有几千万分之一的人尝试过。

但如今，一个随时准备弯下腰的中国人，依然肯定地比一个随时准备“站直”了的中国人获益多多。

某一天这种情况反过来，中国就将成为一个前途更光明的国家了。

文/梁晓声

做人最珍贵也是最基本的品格，是要站直了做人——直则“人”立。只有心灵站直了，生命才不会倾斜。站直了做人，如同山中劲竹，冬里腊梅；它们都不畏风雪，从而显出那种风骨高峻。天地之间的诱惑太多了，人生之中的风雨太多了，站直了确实不容易，但这就是生活。庆幸的是，这世上还是有许多人在许多角落的许多日子里，不改初衷，负守信念地艰难前行，不仅撑起了自己为人立世的骨架，更撑起了整个社会的脊梁。

花不是玫瑰的全部

那天，他喝了很多酒，由于原来的两辆轿车都抵了债，他开着一辆在仓库里搁置了很久的破吉普车来到郊外。天阴沉沉的，下起了蒙蒙细雨，越发让人觉得沉重。借着酒劲，他把车子开得很狂，想在极速中释放那种无法挥去的痛苦和愤慨，他甚至想：如果前面能有一个悬崖就好了，就这么冲过去，然后，就能摆脱所有的痛苦和压力了。

就在他的悲愤、无奈、郁闷到极点的时候，他听到一声闷响，车胎突然爆了。车子撞到路边一棵树上，停了。真是人走背运，什么都不顺！他没带备用胎，就像那笔生意一样，一向精明的他过于自信，没有留出充裕的备用资金，结果中途资金周转不畅，几乎导致全军覆没。

这荒郊野外哪有修车的，他下了车，反正前途渺茫，心里充满生死未卜的荒凉，干脆四处随意转悠起来。

走了约一里路，他看到前面有一个很大的花木场。他走了进去，花木场里花香四溢，但那些嫣然含笑的花朵只让他徒增悲伤。尤其是看到那些将要凋零的花朵，还有被搁置在一边要丢弃的干枯的树苗或盆景，他就联想到自己也曾春光明媚、大红大紫，现在却输得一败涂地，连路边一株野草都不如了。

他走到一片玫瑰花圃前，一个老人正在修剪花枝，这时他诧异地看到老人把许多好好的玫瑰花剪掉，随意地丢弃在地上。

看见娇艳欲滴的玫瑰花被丢弃在泥地上，那些玫瑰花多贵啊！出于生意人的惯性思维，他问："好好的玫瑰干吗就这么剪掉，太可惜了！"老人头也没抬，却一字一句地说："我剪的可不是'玫瑰'，是'玫瑰花'。"话不投机，他准备转身就走。

"玫瑰花只是玫瑰的一小部分，玫瑰还有叶、枝、根，这些可比花还重要。剪掉两朵花不算啥，花草都是需要修剪的，剪掉一些，才能让别的开得更好。"老人慢条斯理地说。

老人嘀咕道："奇怪，进来看的人都是这么问。他们不关心玫瑰长得好不好，只会看花好不好。"

他却还在愤愤地想：花就是玫瑰，玫瑰就是花，这老头！

他慢慢走着，老头的话在他脑海里盘旋——"花不是玫瑰的全部。玫瑰还有枝叶和地下的根须。"一直以来，他认为玫瑰花就是玫瑰的所有，因为那是玫瑰最华美、娇艳、光彩照人的部分，就像事业、名声对于生命的意义一样，至于那些枝叶和根，谁会在意呢？

突然，他脑海中电光石火般闪过一个念头。

他从来没去注意过玫瑰的其他部分，从来没去思考过玫瑰花仅仅是玫瑰的一个部分而已。花死了，只要有根，玫瑰就还存在，或许还能长出新的花蕾。但如果玫瑰死了呢，那花便只能是子虚乌有的幻想了。

太执著的人，容易把生命中某些东西看成生命的全部，比如：事业、名誉或者爱情。这是生命所能绽放的最美好也是最夺目的部分，但是，花不是玫瑰的全部啊！

人生的意义纷繁复杂，又何止一朵玫瑰花可以概括？他只不过失去了一朵花，就误以为一无所有了，多浅薄啊！

想起家里的父母妻儿都在等他回家，想起还有很多责任未能完成，他突然很害怕，心跳得怦怦响。幸好，前面并没有悬崖，让他没有酿成大错；幸好，车轮爆胎，制止了他固执的思维……幸好，那位老人无意中启发了他：花不是玫瑰的全部。

文/蒋秀娣

当你在人生道路上遇到挫折的时候，不论在感情还是事业上，请记住，玫瑰花不是玫瑰的全部！生命中还有很多事等着我们去完成，何必把一次失败当成人生的终结呢？失败了没什么大不了，只要人还在，希望就在，用乐观开朗的心态去面对一切，或许就会柳暗花明又一村。

没有翅膀也能高高飞翔

1983年的一天，在美国亚利桑那州图森市的一家医院，一个女婴呱呱坠地，令她的父母异常惊愕的是，女婴居然一出生就没有双臂，连见多识广的医生也无法解释这个奇怪的现象。

在父母的疼爱下，女婴一天天地长大，成为一个可爱的小女孩。

那天，站在阳台上的女孩，看到与自己同龄的一群孩子正张开天使般的双臂，在阳光下欢快地奔跑着追逐翩翩起舞的蝴蝶，女孩十分伤感地向母亲哭诉命运的不公，竟然不肯馈赠她拥抱世界的双臂。

母亲平静地安慰她："孩子，上帝的确有些偏心，但上帝是要送给你更多的梦想，要让你用行动去告诉人们——即使没有翅膀，也可以高高地飞翔，就像没有修长的十指，你同样可以弹出美妙的琴声，可以写出漂亮的文章……"

"我真的能做到那些吗？"女孩仰起头来。

"只要你肯努力，就能做得到，只要你的梦想没有折断翅膀，你就一定能飞得很高很高。"母亲温柔的目光里充满了不容置疑的坚定。

女孩相信了慈爱的母亲的话，目光一遍遍地抚摸着自己那双看似普通的脚，心中暗暗地告诉自己：我有一双非凡的脚，不只是用来奔走的，还是用来飞翔的。

此后，在父母的指导帮助下，女孩开始有计划地锻炼自己双脚的柔韧性、灵活度和力量。怀揣梦想的她，克服了人们难以想象的困难，经历了谁都无法数清的失败，终于在人们的惊讶中，练出了一双异常自由灵活的脚——她不仅可以用双脚吃饭、穿衣，轻松地实现生活的自理，还学会了用脚弹琴、写字、操作电脑……她用双脚做到了几乎是常人所能做到的一切。

女孩开始在人们面前自豪地展示自己非同寻常的“脚功”，起初遇到的那些异样的眼光里，渐渐地充满了钦佩。在她14岁那年，女孩彻底地扔掉了那副装饰性的假肢，一脸阳光地穿着无袖的上衣，走进校园、商场、街区……仿佛自己根本就不缺少什么，除了常人那样的一双臂膀。

女孩在继续着创造奇迹的脚步，她读书刻苦，作业写得总是一丝不苟，从小学到中学，她的学习成绩始终名列前茅，老师和同学们都十分敬佩她的坚毅和自强。当她拿到亚利桑那大学的心理学专业的学士学位证书时，一家人幸福地拥抱在一起。父亲自豪地鼓励她：“孩子，你还可以做得更棒！”

“是的，我还可以做得更棒！”女孩自信地笑着。

为了增强腿部肌肉的力量，保持腿部的灵活性与韧性，女孩不仅坚持经常性的跑步，还成为碧波荡漾的泳池里的一条自由穿梭的美人鱼，还成了一家跆拳道馆里小有名气的高手……一位医生曾指着给她拍的X光照片，惊奇地喟叹：经过锻炼，她的双脚已变得异常敏捷，她的脚趾关节已像手指关节一样灵活自如。”

女孩的梦想还在不停地放飞着，她又走进了汽车驾驶学校。在教练员惊讶的关注中，她很快便掌握了驾车的各项技术，通过了近乎苛刻的各项考试，顺利地拿到了驾照，开始用双脚娴熟地驾车御风而行……

接下来，女孩要去圆自己心中埋藏已久的梦想了——她要亲自驾驶飞机，拥抱苍穹。

曾经培养出许多飞行员的著名教练帕里什·特拉威克一看到亲自驾车来报名的女孩，就知道她一定会飞上蓝天的，就像一只矫健的雄鹰那样，不仅仅因为她那娴熟的驾车技术，还因为她目光中流露出的从容、淡定与果决。

果然，女孩在学习飞机驾驶的时候，丝毫不逊色于那些身体健全的飞行员，她一只脚操纵着控制板，另一只脚操纵着驾驶杆，滑行、拉起、升空……她冷静、沉着，每一个动作都十分准确、到位，比不少学员表现得都出色。教练帕里什·特拉威克后来回忆说："事实证明，她是一个优秀的飞行员，她驾驶飞机时非常冷静和稳定。一旦你和她在一起呆上20分钟，你甚至就会忘掉她没有双臂的事实。她向人们展示，人可以克服所有的限制，她真是太令人难以置信了。"

25岁的女孩如愿地拿到了轻型运动飞机的私人驾照，成为美国历史上第一个只用双脚驾驶飞机的合法飞行员，开创了飞行史的先例。女孩的名字叫做杰西卡·考克斯。

如今，杰西卡·考克斯已是美国家喻户晓的英雄，她靠双脚生活和奋斗的感人故事，给世人带来了巨大的心灵震撼和精神鼓舞。

在美国数百场的演讲中，杰西卡·考克斯说得最多的一句话是："你的梦想有多高，你就可能飞多高。"

没错，即使你生来就没有翅膀，但你依然可以高高地飞翔，因为你心中那永不跌落的梦想，会为你生出自由翱翔的双翅，会给你传递无穷的力量，会帮助你创造无法想象的奇迹。

文/崔修建

上帝赐给鹰、驼鸟、企鹅珍贵的翅膀，然而，它们为了满足口腹之欲，或者利用，或者抛弃，或者改造，无不辜负了上帝的良苦用心。上帝没有赐给人类翅膀，然而我们却有崇高的精神和理想，它们化作灵魂的翅膀，使我们的生命升华，达到翅膀也无法企及的高度和广度。

第五辑　做自己的主人

在每一个十字路口，那盏明亮的灯，就是你自己。在每一个渡口，那双有力的桨，就是你自己。我们生而为人，在世上唯一能做的就是做自己的主人。人生最大的学问就是，如何主宰自己的命运，做自己的主人。

不吃鱼的猫

你见过不吃鱼的猫吗？我家就有一只。

那只猫刚来我家时，人人都夸它漂亮：就像只缩小了的老虎——一只灰白相间的小老虎。毛皮像缎子般油光闪亮，鼻间有块像老虎一样的白斑，脖子上用红绳拴着只小铃铛，一走一丁当，投足抬爪、一举一动都很优雅。可我心里犯嘀咕：哟，哪国的猫种，横看竖看都像只畸形猫，肥硕的身子上，不成比例的长着个小头，怎么看怎么别扭。猫的原主人，像嫁女儿似的随车装来一堆的“嫁妆”，让我大开眼界：绿靴子形镶白边缀黑花的猫笼，藤编的腰形猫床，淡灰色的猫食盆，粉红色的猫水罐，十几条色彩斑斓、花纹美丽的纯棉毛巾，大约是猫被吧，还有一堆花花绿绿像婴儿奶粉包装的食品袋。白领丽人不厌其烦地向我介绍所带物品的用途，我敷衍地点着头。当她指着食品袋，告诉我：“这黄色袋子装的是平日吃的猫粮，紫色袋里是奖励用的猫零食，红色袋……”有过几十年养猫史的我吃惊地瞪大了眼睛，差点没笑出声来：“有鱼就行。还用猫粮？”

那天，为了招待这只远方来的猫，我特意挑了些鱼肉拌饭喂它。可猫不声不响地缩在角落里，根本没看一眼。大约是怕人吧，我寻思着，将围观的小孩赶开。谁知，过了一阵子，那鱼肉拌饭原封不动。

女儿担心地告诉我，我胸有成竹地说："那是它还不饿，饿了就要吃的。"我笃定地走开了。再过半天，还是原样，我纳闷了。这时，猫已饿得连叫唤的力气都没有了。我决定打开陪嫁来的猫粮。谁知，猫粮刚往盆里一倒，"嗖"一下，那猫神速地扑了过来，眼里闪着兴奋的蓝光，将猫粮嚼得咯嘣直响，原来只是在等着它的猫粮。嘿，我万万没想到铁定的自然法则里也会产生另类，这世上竟有饿死也不吃鱼的猫！

这只不吃鱼的猫在我家院子里踱着方步，眼里全是好奇，全然没有其他猫抓鸟扑蝶的神勇。白头翁、相思鸟在它食盆里啄食，它绅士般地退避三舍。蝴蝶在它鼻尖翩跹，它害怕地退着优雅的猫步。它还有着我家历任猫们身上从未见过的陋习：开橱门、跳上床、总在人腿上蹭来蹭去。我将这一连串的怪事，传达给了白领丽人。反馈过来的信息让我瞠目结舌：原来这是一只纯中国种的猫。只不过是被阉过的太监猫，压根就不会叫唤。它从小接触的就是人，是被人搂着抱着，养着喂着，剪指甲、洗淋浴的宠物猫。若不是白领丽人患上了宠物毛屑过敏症，还真舍不得送出来。

我犯愁了，本来想接纳只猫，为老宅驱鼠。这猫连鱼都不吃，还能指望它生吞活鼠？再说这从小在人堆里长大的猫，只认识人，连老鼠长啥样都不知道呀。"没关系，"女儿安慰我，"它不认识老鼠，可老鼠认识它呀。"想想也是，有只脖子上拴着铃铛的猫在老宅里溜达，老鼠准会闻铃声而逃，就像庄稼地里的稻草人，震慑一下也好。我有点可怜地看着这只既不吃鱼也不会叫唤的畸形猫，全然没有猫的习性的另类猫，根本丧失了猫的本能的宠物猫，百感交集，真不知道这是猫的悲哀，还是人的悲哀。

不知怎的，虽然事实摆在眼前，我还是不相信这猫真的丧失了天性，我坚信我家这个树木葳蕤、繁花似锦的院子会创造奇迹，一定能将畸形猫改造成为守护老宅的卫士。我开始了与猫斗智斗勇的拯救猫的计划。为了改掉这猫不吃鱼的陋习，我开始在猫粮里掺假，将猫粮零星地撒进用鱼拌的饭里，并很为自己的妙招沾沾自喜：想吃猫粮那就连鱼、饭一并通吃吧。让我大跌眼镜的是，那白领丽人培养出来的猫的智商比我想象的高多了，它竟然有本事极具耐心地用那厚笃笃的猫爪将细小的猫粮一粒一粒地挑拣出来，吃得干干净净，一粒不剩。我面对一堆剩下的鱼、饭，哭笑不得。不过我发现，这只高智商猫，在挑猫粮时，也顺便尝了几口鱼拌饭，大约感觉味道不及猫粮，只谨慎地浅尝而止。这让我看到了光明，于是逐渐减少猫粮的投入，连逼数日，那猫也就退而求其次地在挑尽猫粮后吃完剩下的鱼拌饭，不过，那都是到最后迫不得已而为之，而且还不能有鱼骨头，否则它会被卡。

我看不惯它老蹲在猫窝里、猫在猫床上，不跳不蹦、脑满肠肥的富态样，就常动脑筋让它减减肥。一次，我将肥硕的猫放到柿子树上，看它如何下树。一开始，它很害怕，头尾蜷缩成一团，一动也不敢动。片刻，它小心翼翼地沿着盘虬的树枝尝试着蹒跚行走，待较粗的树枝通走一遍后，胆大起来，迅疾地一步步走向柔软、纤细的树梢，晃晃悠悠，我真担心它会掉下来。可它似还未尽兴，竟异想天开对邻近的屋檐跃跃欲试。大约受高处风景的诱惑，它无师自通地爱上了爬树，爬几次树，猫的天性在它身上复苏，一刻也不得安宁了。它一会儿弹身跃起，将翩跹的蝴蝶踩在脚下；一会儿蹲伏纵出，将抢啄猫食的鸟儿们赶走。有次竟不知天高地厚地追赶着几只常在院里转悠的野猫，结果，被野猫围攻，头上脸上被抓掉了皮，连脖子上的铃铛也不知遗失到何处了。

白领猫天性的复苏，让我又惊又喜又担心。以前这猫胆小得连大门坎都不敢迈，顶多在门边伸一下头，马上就缩了回来。如今，不但上树成了它的家常便饭，还学会了上房。全然没有了羁绊的猫，万一丢了怎么办？它可是只不吃鱼的猫，到了别处会活不了的呀。有一天，我的担心不幸成了现实。猫没啦！一天、两天、三天！我绝望地正准备向白领丽人报失时，它竟然回来了。晚上十点多钟，它用爪子抓门，讨吃的。全家人又惊又喜。反正也问不出它的冒险经历，忙倒了一盆不掺假的猫粮犒劳它。它猫吞虎咽，吃得直打嗝。此猫大约饱览了外面的世界很精彩，外面的世界也很无奈，从此，再也不出远门了，自个儿在院子里健身减肥。一会儿，像箭一样，疾跑如飞地练长跑；一会儿，像袋鼠一样，上蹿下跳练纵跃。不长时间，一身的赘肉消耗殆尽，原来小头大身的肥硕宠物猫变成了一只精干漂亮、激情四溢的虎师傅，变成了一只表面看来与真正的猫别无二样的猫。

前不久，白领丽人回家探亲，顺便也拎着猫粮来探猫。几经呼唤，那猫才极不情愿地从树阴下走出来，见了原主人一副不理不睬的样子。白领丽人心疼地说："瘦了，瘦了！"不过，她也承认，"这才像只猫了。"

令人伤心的是，虽然想方设法，努力改造，时至今日，这猫仍是一只不捉老鼠不食鸟、见了猫粮就发狂、不到迫不得已绝不吃鱼的另类猫。

文/施宁

动物在家养的状况下，自然的本能可以消失。就像文中这只不吃鱼的猫，在人的圈养下，它已经失去了反抗之心，依赖于固定的食物供应。由于长期的圈养，它失去了对更广阔地域的向往，变得华而不实，懒散，甚至失去了捕猎的本能。这对猫来说，是喜还是悲呢？

穿过风雪的音乐盒

那一年，他去西藏八宿的一个小乡支教，支教两年后，他就可以顺利地回城获得一份不错的工作。

初入校门的那一天，孩子们在学校的操场上排成两排，向他敬礼。那天白雪飘飘，那一双双举过头顶的手却没有一双戴着手套，他们的手套都挂在脖子上。

他留了下来，教他们语文、数学、自然、生物，教他们认识山外的山、山外的城。

孩子们来自不同的村落，近的就住在乡里，最远的孩子甚至要翻过一座海拔3000米的雪山。他很熟悉那个住在最远地方的孩子，孩子的名字叫也措，黑黑的小脸，弥漫着两坨高原红。据说，他是这个学校最穷的学生，学费一直都欠着。他们家里只有一匹马，是整个家唯一的生活来源，为他们负着生活的重担，春天来的时候，偶尔还能接上几个观光客。

也措平日里非常沉默，但是眼神却很特别，有点怯怯的忧郁，忧郁中透着惶恐，惶恐中又露着一丝坚定。在这个偏僻的小乡里，他见到的眼神是整齐的，老人孩子都一样，单一而纯净，唯独这个孩子，眼中似乎有很多的内容。

雪大的时候，全世界只剩下了白，无法再找到道路。家远的孩子只能留下来，住在老师的宿舍里。那天，他的宿舍也留下了几个孩子。

那个晚上，孩子们在他的允许下翻看他的东西，并抱着他的吉他乱弹。只有也措，那个忧郁的小也措，在翻看他的一个小小的音乐盒——那是他的初恋女友大一时送给他的生日礼物。虽然毕业前他们已经分手，但他还是一直保存着这只好看的音乐盒。他来了西藏之后的那些日子，总是不停地打开它，听那首熟悉的《致爱丽丝》的曲子，听到泪眼模糊，直到有一天发条崩坏了为止。

此刻的也措正抚摸着那个音乐盒，眼神，是他熟悉的淡淡的忧郁。

他走过去，问也措："你知道它叫什么吗？"

"不。"也措的话也总是那么少。

"它叫音乐盒，一翻开盖就会唱歌。"

"是谁送给你的？"也措居然问了一个令他措手不及的问题。

"是妈妈在我生日的时候送给我的。但是现在坏了，要不就可以让你听一听了。"对着孩子，他还是撒了谎。

也措看了他一眼，就低着头不说话了。

那一夜的雪很大，他能听到学校后山的树木折断的声音。等他第二天醒来的时候，看到门前的花圃被雪盖住了，操场的树，枝干被雪压断了许多，远方除了雪还是雪，除了白还是白。不知道为什么，他的眼泪一下子就出来了。

那一次，也措在他的宿舍里住了整整三天，可是从第二天晚上开始，也措便开始想家了，听到半夜风雪沙沙的声音就哭了，他不由得把他搂在怀里问："想妈妈了，是吗？"

"我要见阿妈。"也措一开口，泪水又掉了一串。

他鼓励孩子："也措，老师的妈妈在很远的地方，老师一年只能见一次妈妈，老师也很想妈妈，但是老师都不哭，不哭了好吗？”

也措看着他，停止了哭泣。

第三天黄昏，也措的母亲骑着马来到他的宿舍门口，接走了也措。

那一年的冬天，雪一直很大，过年的时候，雪已经封了路，他很想家，却没有能够回去。

终于到了第二年春天，雪少了，阳光有了暖意，他听说不远的镇子开始有了稀少的游客。路，看来是通了，但是他却没有时间回家了，因为孩子们已经开学了。

也措也来了，像换了一个小孩一样，眼神不再是淡淡的忧郁，而是有种说不出的欢快，看着他，总忍不住想笑。依旧不爱说话，总是偷偷地看他。

然后就到了他的生日，没有人为他庆祝，他孤单地为自己点燃了蜡烛。可是三天后，他却意外地收到了一个邮包，邮包是从北京寄来的，拆开来，竟然是一个音乐盒，比他那一个还要漂亮。音乐盒里放了一封信，他看着，心就像春天的雪一般簌簌融化了……

是北京的一个陌生人寄来的，那人在信中说，他在一个月前来了一次八宿，碰到了一个叫也措的小孩，小孩牵着家里的马送他进山，却没有收他一分钱，只要求他回去之后，在四月初给他的老师寄一个音乐盒当做生日礼物。因为，老师的妈妈送给老师的音乐盒坏了，老师已经很久没有见妈妈了……

原本，他只需在那里支教两年的，但是他却整整待了六年才回去。走的时候，他把那个珍贵的、曾经穿越风雪来陪伴他的音乐盒送给了也措——他已经是个大孩子了，一个善良勇敢的大孩子。

文/骆非翔

高原生活环境恶劣，对于美好而忧伤的往事，老师不愿提及，不愿让孩子过早知道生活情感有其复杂痛苦的一面。从北京寄来的音乐盒，穿过雪山，来到西藏，战胜了风雪的严寒，给人们带来了温暖与爱意，真切地表达了孩子们对支教老师的浓烈的热爱之情。

二月里有霜没有花

她是不是哑巴

二月真是个俗气的名字，但二月的确是个美丽的姑娘。林桑与二月的相遇，也在那个有霜没有花的月份。

林桑是在公交车上遇见二月的，梳着马尾辫，眼睛圆鼓鼓特水灵，不戴眼镜的漂亮女生让林桑不得不多看几眼。车上人很多，一不小心就会被人撞出个乌青，林桑好不容易挤到二月边上，刚好看见一个小偷拿着镊子伸向二月的口袋，百元大钞露出一角。

“小偷——”林桑大吼，几乎所有人都把目光投向林桑。二月面无表情地抬头看了眼小偷，把钱收进包里，没有对林桑道谢。

当时林桑以为她是哑巴。

开学后班上转来新生，二月的脚步很轻，紧跟着老师，她没有做自我介绍。老师把二月安排在林桑左上角，这意味着林桑学习累了就可以看着二月美丽的侧脸，她落座时他竟然“扑哧”笑出声。同桌问他，“你认识？”林桑似有若无地摇头说，“不认识。”

二月平时不讲话，只有老师让回答问题时她才开口，一般只有三个字，“不知道。”原来不是哑巴，林桑暗自高兴。

渐渐地，班级里其他同学也发现二月奇怪，她从来只是埋头做作业，不与任何人交流，包括林桑这个曾为她解救过百元大钞的英雄。

那天，同桌突然神秘地对林桑说："你知道吧，二月原来跟了阿呆。"

阿呆是学校里出了名的傻子，因为家境富裕能让他在高中待着。阿呆是个让人又恨又怜的人，怜他没有正常人思维，恨他不高兴就打人。以前都是阿呆的保姆来接，如今却换做了二月。

真是个贱丫头，不时有人这么评价。

她只吃青菜豆腐

因为二月只跟阿呆讲话，班上还真没人搭理二月了。林桑那阵子特气，特地在篮球上用钢笔写上"阿呆"二字，每一次都掷得特别用力。

林桑试图问二月与阿呆是什么关系，可连话都说不上，何谈回答问题。

二月的午饭一般都与阿呆一块吃，两人周边不能坐人，因为一旦有人靠近，阿呆会怒吼走开。中途有一个月，阿呆去上海治疗，二月只有一个人吃饭。林桑这才有机会坐得比较近，她碗里竟然只有青菜豆腐。如果是跟了阿呆，怎么这么穷酸？林桑很有冲动给她去买块大排，可最终说出口的却是，"二月，你这么吃能饱吗？"

二月抬头的瞬间，他竟然看见二月嘴角稍稍弯起的弧度，没错那是笑。她摇头没说话，继续低头吃饭，显然吃饭速度加快了。

后面几天，他都坐在她边上吃饭。他不知道是不是自己的错觉，二月不再面无表情，偶尔会蹙眉，会憨笑，会撇嘴，除了不跟人交流以外，她生动了不少。

二月笑起来真漂亮，同桌的话林桑听着心里暖暖的。那天中午，他买了两荤两素的快餐放在她跟前，她拿过快餐吃起来，但自始至终还是不讲话。

她的侧脸有乌青

林桑的成绩在班里数一数二，二月的成绩在班里却是倒数第一，这不妨碍林桑喜欢二月。他经常将二月的错题全部更正好，步骤写完再还给她。

二月的笑容变多了，成绩从倒数第一渐渐爬到倒数第五，她也渐渐开始说话，比如你好、谢谢、对不起等等。

只是伴随着二月笑容变多，她脸上的乌青也愈多，手腕上，脖颈处。那天收作业时他问，“你这些乌青不会是阿呆打的吧？”二月笑着说，“我哥不会打我。”

原来阿呆是二月的哥哥，林桑心里大半年压着的石头瞬时落下了。之后的日子过得很平静，大家经过半年相处，也才接受了不善言辞的二月，再没有人说她是贱人。

填高考志愿的时候二月没来，林桑与班上其他人一起问老师。老师只是耸耸肩说，“家长不让她读，老师也没办法。”从倒数第一爬到全班前二十名，林桑知道二月肯定愿意读书，那为什么不继续读下去呢？

当天他找到阿呆家，开门的是阿呆父亲。

林桑诚恳地说：“叔叔，让二月继续读大学吧。”他把填志愿的单子郑重地双手呈上，可阿呆父亲摆摆手，鄙夷地说：“二月的事我们说了算，读到高中就够了。”

林桑当即说：“我是二月的班长，叔叔，请让我跟她聊会。”他说了“请”字，他读出阿呆父亲眼里流露着的不情愿，也深刻记得二月眼中流露出的无助和绝望。二月走向林桑时，阿呆做了个挥拳的姿势并向地面重重地“呸”了一口，林桑有些害怕。

“林桑，谢谢你，但我的事希望你不要插手了。”那是二月第一次叫林桑的名字，声音很脆，就跟吃腌萝卜似的。这次珍贵的面对面，悄悄占据了林桑的内心，无限扩大。

她竟然人间消失

林桑完全没有预料到那次见面竟成永别。她在林桑登门造访之后的第二天，从楼梯上摔下来摔断了腿被送到医院。等班里有人知道再去找她时，二月竟拖着刚刚做过手术的腿逃离了医院。阿呆一家人也在找，他们曾经一度怀疑是被林桑藏起来了，上门要人。

二月就这么人间蒸发了。他曾暗暗喜欢过的二月，还没听到他的表白就消失了。

那会儿，二月的故事才渐渐揭开，她并不是阿呆的妹妹，而是阿呆父母从广东花十万元买来的未过门媳妇。

如今，林桑已经大三，二月还是没找到。

“林桑，你真怂，每次唱《那些年》都唱不完，来，我来。”女友从手中夺过麦，这突然的动作让林桑幡然醒悟，那个叫做二月的女子已经消失了三年。

女友的歌声有些低沉，唱着胡夏的歌，别有一番感觉。林桑抱过女友，除去她的眼镜，水灵的眼睛像极了二月，他轻轻吻上她的眉眼。

KTV里瞬间被掌声填满，朋友们都在为二人的甜蜜鼓掌，却没有人知道林桑在祭奠那段他没抓住的情感。

那双相似的眉眼里，有他年轻时还不懂的爱，以及深深的愧疚。

如果，那天他没有去敲阿呆家的房门，二月也许不会消失。

从KTV回学校的时候，林桑在报刊亭里不经意看见一篇署名二月的文章：二月里，有霜没有花。

他驻足看了标题很久才说："老板，这本我要了。"

老板，这本我要了

二月姓苏，在逃离阿呆一家人之后，她拖着不算严重的脚伤登上去南京的火车。只因为那天林桑将高考志愿单交给她时，说分数能上南京大学。

她家里有两个姐姐，一个弟弟，为了弟弟，父母将三个姐妹都以不同价格交予不同的人，而唯一相同的是青春年华的葬送。

若不是遇上林桑，她不会知道青春也可以这么绚烂。

父母为了让她屈从，曾经将她关在家里干活整整一年，那一年里她与针线活和书籍为伴，渐渐她再不愿与人交流，父母从阿呆家拿走十万元便把她扔下，要她唯命是从，在校期间不能与陌生男生多讲话。

林桑在公车上的举动，给二月灌入最初的暖流，她不排斥，但也不接受。

那段浅浅的喜欢，渐渐强大了二月的内心，就算阿呆再激烈的打骂也不能浇灭她的希望。

二月曾经幻想能与林桑一起上大学，可阿呆媳妇的身份让她每每绝望，直到林桑到阿呆家找她问志愿的事，这才彻底下定决心逃离。

趁阿呆家人不注意，她站在二十几级的楼梯上，闭上双眼，一脚踏空。曾一度晕眩，却最终被救醒。预谋逃离必须付出代价，逃走时那疼钻了心，二月这辈子都不会忘记。

瑟瑟繁华，梦一场，宛若烟花般，灿烂一时，消散去。二月写完文章结尾后，长长吐了口气。

那天，她站在报刊亭买刊登自己文章的杂志，前方渐渐走远的背影，似乎很熟悉，林桑？哪有这么凑巧？她掏出五元钱说：老板，这本我要了。

文/苏尘惜

如果不是遇见他，她可能一辈子就这样安于现状，唯命是从，埋葬掉自己的青春年华。而这种浅浅的喜欢，渐渐强大了她的内心，使她不断地发现自己的美好，给她勇气，给她希望，逃离悲剧的生活，重新找回自己。人生就是这样，即使生活欺骗了你，只要没有失去追寻幸福的希望和勇气，一切都可以从头来过。

价值观才是稳定的货币

我的童年，生活在美国中西部小镇奥马哈。伴我成长的房子建于20世纪初，1958年父亲花费31500美元买下了它。房子是很普通的独栋小屋，没有围墙，从厨房的后门出去，就到了别人家。我们养了两只猫，还有一条叫汉密尔顿的狗。外祖父母住在只隔两个街区的房子里，我总是步行到外祖母家，等待我的是加了糖果的冰淇淩。父亲至今还生活在那栋小屋里，80岁，每天高兴地开着用了20年的车去上班。他说自己幸运，不是因为有了巨大的财富，而是开心他可以做他喜欢的事情。如果你现在某天晚上去我父亲家，可能跟我8岁时看到的场景是一样的：父亲穿着普通的睡衣，坐在同一把椅子里，吃三明治和炸土豆条，享受生活。

我生于20世纪50年代末，还有一个哥哥和一个姐姐。我刚记事的时候，正是20世纪50年代末和60年代初的民权运动时期，我的父母积极参与其中。母亲从来不羞于表明自己的立场，她在汽车保险杠贴纸上写着“好人不分肤色”。一天早上，我们发现有人在“不分肤色”上打了个叉，并潦草地改成了“白人”。全家人都很震惊，父母很沮丧，他们并没有向我解释更多，只是他们的情绪感染了我。尽管当时的我并不理解这些事件背后的复杂性和可怕的历史因素，但我父母的表现形成了我的价值观。宽容是我在家中汲取到的最重要的价值观之一。

我们的童年生活和普通的美国孩子没有什么区别。那时父亲还没有这么大名气，也不算富有。我要给家里做杂务，才能挣得很少的零用钱。直到我20岁，父亲的财富积累才被世界津津乐道，但父亲没有因此改变自己的生活方式。我父亲一直跟我们说，幸福快乐是你要追求的，金钱是跟随着你的幸福和工作而来的，而不应该引领你的工作。要发现自己的兴趣所在，最好你的兴趣能够养活自己。

在家里，母亲主要负责我们生活和教育的具体事务，而父亲则起着“精神领袖”的作用。父亲在家工作，长时间待在书房里，全神贯注研究大量深奥的书籍。虽然他的“手稿”中写的可能是市盈率和管理绩效分类等内容，但他却可以轻松达到沉思入定的境界。父亲的书房没有“禁止入内”的牌子，但我们也很少打扰他。太过顽皮的哥哥也曾被象征性地关过“禁闭”，但我从小就很安静，也很听话。父亲常常穿着卡其布裤子和一件破旧的毛衣从书房里走出来，身上带着一种几近圣洁的平静。他常常鼓励我们去发现自己的兴趣，并且专注其中。

我是一个音乐人，曾经为了演出到处募集资金。很多人听到我的姓氏，知道了我是“股神”的儿子。他们总会问我：“沃伦·巴菲特的儿子还需要募集资金吗？”实际上，父亲从未给过我大笔的金钱。我需要募集90%的资金，而父亲只会出10%。父亲赞同一句话：“有时你给孩子一把金汤匙，没准是把金匕首。”他认为有能力的父母给子女的财产应该能做任何事，却远远不够无所事事。

我也曾向父亲借过钱。那是唯一一次，也是最后一次。30岁的时候，我向父亲借钱买房。他说，借钱给你会破坏我们纯洁的父子关系，自己贷款买吧，自己还。当时我很生气，可是很快我就理解了父亲。他那么做是因为爱我和尊重我。

众所周知，早在2006年，我的父亲就将他的大部分财产，大约370

亿美元捐给了比尔与梅林达·盖茨基金会。他还设立了3个“10亿美元”的慈善捐赠基金，分别由我们3个孩子进行管理。在此之前的3个月，父亲跟我们有交代，比尔·盖茨基金会有很好的架构，有充分的人力资源能把这个慈善的事情做得更好。已经50多岁的我，虽然肩负着10亿美金的庞大数额的管理责任，但这笔钱最终还是要捐出去的。巴菲特家族没有设立庞大的信托基金，我们兄弟姐妹3人在年满19岁后，每人获得了一笔数额非常有限的财产。我继承的是我祖父留下的9万美元。

在我看来，价值观才是稳定的货币。自由、平等、言行一致、专注和幽默，都是从父亲身上学到的东西。我们兄弟姐妹3人，哥哥是农场主兼摄影师，姐姐是家庭主妇，我是一个音乐家。很多人问我们，为什么不去继承父亲的事业。我用父亲对我说的一段话答复：“儿子，咱俩其实做的是同一件事。音乐是你的画布，伯克希尔（沃伦·巴菲特的投资公司）是我的画布，我很高兴每天都在画布上添几笔。”

文/彼得·巴菲特

任何背景出生的人，都有可能让人敬慕或遭人唾弃。如果“富二代”无法体会到自己的幸运所在，也不想因而回报这个世界，这对他个人和世界而言都是一种悲哀。同样，如果“富二代”只关注外在的幸福——高档车、豪宅、巨额财富，他们将无法理解真正的自我价值所在，也无法以有意义的方式给世界留下光辉的一笔。作者在文中谈及父亲对子女的教育，一个要义就是：“我们必须自己打造人生。”在工作追求金钱还是意义的选择上，他选择有意义的工作，“人的价值观才是最稳定的货币”。也许有更多的金钱，会让生活变得更宽裕。可是，谁希望牺牲自己的快乐，去过毫无意义的生活呢？

理想社会应该是所有人爱所有人

前几天央视有个报道，几个农民用造纸厂排的污水浇地，记者问：“这水浇出来的小麦，你们自己敢吃吗？”农民回答：“都卖给你们了。”受CCTV启发，我也讲几个故事。

二十多年前，我的老师看到一群鸡鸭鹅，在被晾晒的小麦上连吃带玩，还排泄很多糊状物。从城里来的老师好奇地问：“到时候会不会把粪拣出去？”农民笑：“到时候粪都干了，哪拣得过来？”老师问：“一块碾成面粉！？”农民说：“是啊，然后你们城里人做成馒头。”

十年前，香河毒韭菜事件后，我和当地人聊天，他们教我很多买菜窍门，比如韭菜越是黑和绿，越不能买，因为被“灌过根”（被高浓度农药水泡过）；灌根的韭菜不长虫，而且产量高。我问他们自己吃吗，他们说，不吃，有农药的菜会卖给批发商，批发商要是买不了那么多，宁可倒掉，所以路边常看到一堆堆烂菜。农民还说，这些菜连羊都不吃。后来我学乖了，买菜一定买带洞的这意味着被虫子咬过，农药残留少。但我很快发现自己错了，因为有的菜贩很聪明，他们会拿竹签在菜上捅很多小洞……My God。

第三个故事，发生在两年多前的同学聚会，法官同学和公务员同学就共同关心的腐败问题交换意见，但在法官黑还是公务员黑的问题上吵得很凶。我劝他们：公务员和法官名声都不好……他们的回答是：其实记者最烂。

这三个故事在现实中很可能有这样的联系：记者敲诈过官员，官员欺压过农民，农民种过有毒菜，被官员和记者吃了……这是一个互相残害，棒子老虎鸡的糟糕链条。为了逃避这个链条，有钱人就吃无公害的菜，喝纯净的水，买进口的食品，玩外国的玩具，吃香港的奶粉，哦，不行，买多了得判刑。更有钱的人，干脆带着老婆们孩子们，客死他乡去了。

一个理想的社会应该是每个人爱每个人，一个不理想的社会，一定是每个人害每个人。这样的状况，大家满意吗？我相信，很多人有不满，情绪不只属于市井小民，甚至在庙堂之上，估计是所有人怨恨所有人。

我估计，你和你周围的朋友，肯定讨论过类似的问题，然后长叹一声：但求多福吧。我相信，很可能你和你的朋友都想过改进的办法，但想来想去还是绝望。真的没办法吗？不是没有，一个叫崔卫平的学者说过：“你所站立的那个地方，正是你的中国。你怎么样，中国便怎么样。你是什么，中国便是什么。你有光明，中国便不黑暗。”

也许你会觉得这样的话太空了，但问题出在每个人，解决也只能靠每个人。建设一个美丽的国家，只能这样，没有捷径，真的没有。

说一个让大家感到温暖点的故事吧。八年前的一个深夜，家人半夜生病，我打车去买药，问司机哪有药店还在营业。司机说他知道一个地方，但我们到那儿才发现，药店已经搬走了。司机特别懊悔，连说“对不起”，我说“没关系，去西单大药房吧，虽然远点，但那肯定有人值班”。司机说：“真对不起，给您耽误事了，我免费拉您。”我说：“这不怪您，您又不是故意的。”但司机坚决不收钱，一直到下车，我们还在争。到下车时，我硬把钱扔进车里，他又给我扔出来，我又扔回去……然后我们再也没见过。

文/林楚方

在如今这个浮躁的社会，大家都一切向钱看，为了眼前的利益，为了生存在和别人做斗争。地沟油、苏丹红、毒豆芽、耗子肉、毒玉米、假鸡蛋、化学猪耳朵，有多少东西你敢吃呢？况且种毒姜的未必不会吃到毒玉米，做地沟油未必不会吃到假鸡蛋。正如作者所言，理想社会不是所有人害所有人，而是所有人爱所有人。如果每个人都完成自己的职责，给自己的良心设底线，保证自己应当承担的道德责任，又何愁这个世界不会变得美好呢？

其实诚实很难

诚实究竟是什么？在人与人的关系中，你遵守了社会的或双方达成的某种约定，那么你就是诚实的，否则就是不诚实的。其实，更为重要的是自己对于生命自身的诚实。然而，人自身的局限性，及复杂的人际关系，常使你陷入一种非常艰难的境地。不是你想诚实就可以诚实，有时候你十分想说出实情，可却不可以那样做。

有两个故事：一个是“二战”期间，一对年轻夫妇答应给一个犹太女孩出具一张假出生证明，这样女孩就可以逃过盖世太保的搜捕。第二天，他们按约定来到法律事务所，可那个女人却十分遗憾地说，他们不能为女孩提供假出生证明了，原因是不能够说谎。这种诚实，对于一个面临死难的生命来说，是诚实吗？

第二个故事是，集邮的父亲死了，留下了价值几十万元的邮票。开始，兄弟俩并不知道邮票的价值，也没有像父亲对邮票的感情。他们从小就搞不懂父亲，为什么热衷于那些陈旧发黄的小纸片。当他们拿着父亲的邮票去拍卖的时候，才知道了它们的价值。他们激动起来，然而，这完全是不同于父亲的激动。邮票商说：“把邮票卖掉，就等于把你们父亲一生的激情卖掉了。”邮票商拒绝了他们。于是，兄弟俩便开始了“痛苦”的集邮，他们想爱上邮票，设法爱上邮票！但这是被动的，是凭借着一个外在的“物质”的理由——不管对于什么，是你想爱上，就会爱上的吗？事实上，充其量兄弟俩是在做一种努力而已，而不是像父亲对于邮票的爱，是那样的由衷和与生俱来。

这两个故事告诉你什么呢？一个人怎样做到对别人的诚实，在什么样的情况下可以诚实，什么情况下可以不诚实。在特殊条件下，你必须或者你不得已诚实和不诚实，而这样做的初衷与结果，你只能选择其一。在面对诚实与否的问题上，你的处境经常是——被别的东西钳制，不得已，很痛苦，有时会做出违心的决定。

再就是，如何把握对自己生命的诚实，一个人对某一样事情着迷，是天然的。这种人的生命内部有一种东西必须要以这种方式释放或是燃烧，而不是以另外的一种方式。生命性情的差异和偏爱的存在，是生命的事实。为此，我能列举出一连串的名字：塞尚、舒曼、叔本华、托尔斯泰……他们完全可以是另一种人生，因为父辈留下了庄园和金钱。不同的人，有着这样那样的热爱对象的不同，及其热爱的程度也大相径庭。有的人以倾家荡产，或以耗尽心力为代价，去热爱能够生发和释放自己生命激情的事物和事业。这是他们只能采取的生命方式，否则，他们就会活得十分痛苦。对于没有这种欲望和追求的人来说，这样去做又该是多么强人所难。因此，激情不可以模仿，不可以取而代之，否则就是亵渎和破坏。那种出自你生命深谷的欲望和性情偏好，是私人化的、是独有的、是天生的。换句话说，模仿别人的激情，就是对自己生命的不诚实。

两种诚实，一是对别人，一是对自己，这两者都是很不容易做好的。不是你不愿意诚实，而是很多时候，你不得不不诚实。尤其是对自己的诚实极为困难，你本来就不爱，非叫你去爱，这种“非叫”，是不人性的，是粗暴的。实际生活中，不可能完全依照自己的欲望和激情行事，也不可以完全违背它们行事。假如，完全地违背了，痛苦有了，结果会好吗？

纯粹的诚实是不存在的，你经常处在没有出路的境地，便有意识地去说谎了。这是多么卑劣的行径。而卑劣的无奈，就值得同情吗？

诚实在哪里？在自己面对自己的夜晚中，在童年幼稚的梦幻里，在高山流水面前，在坚硬的大地深处……然而，我依然说不清楚，在残酷的现实中诚实到底在哪里？但是，我对于诚实的爱戴、坚守的期盼，是永远的，不管诚实需要怎样的条件，不管诚实的困难有多少。

文/张立勤

面对艰难的抉择，有时要做到诚实真的很难，并非自己不诚实，而是诚实可能会给自己和别人带来更大的伤害，这时，适当说谎未必就是坏事。不过，尽管有时我们出于各种原因，为了维护自己或别人的利益，做出不诚实的决定，但是，不管诚实需要怎样的条件，不管诚实的困难有多少，追求诚实依然要成为主流，受到爱戴，得到坚守。

缺少你，纽约变得平庸

一天天黑后，我开着车拉着艾未未从长岛出发，沿着495号公路一头扎向百十公里以外的曼哈顿。那段时间，我最愉快的事情就是在拍戏的间歇叫上艾未未，开着车到处乱窜。只要有艾未未在身边，去布鲁克林黑人区我都不怕。

我不懂英语，刚开始时也不认识路，所以老得问坐在旁边的艾未未。他有时烦了，就不好好指路，该拐弯时也不说话。我就一直往前开，开到哪儿算哪儿。一次，我赌气一直开到海边，对他说："你要是还不说拐弯，我就开到海里去。"他闭着眼睛躺在车座上说："把玻璃摇上，等车完全被水淹没了再逃生。"我脑袋一热，差点就一踩油门轰到海里去。在岸边刹住车以后，他认真地对我说："我特别想体会一头扎进海里去的感觉。"平常开车，他也老说："撞一次吧，求求你，快点，再开快点。"久而久之，弄得我心里也跟着了火似的，老觉得自己开的是装甲车。

那段时间，艾未未的出现使我心里充满了野性，对秩序的破坏欲与日俱增。要不是我天生怯懦，又对未来充满憧憬，后果真是不堪设想。后来看到库布里克的电影《发条橙子》，我一下就理解了那些混蛋的所作所为。

艾未未是北京人，大学读了不到两年，觉得没劲，毅然放弃学业来到纽约。我认识他时，他已经在纽约待了12年。他是一个前卫艺术家，住在曼哈顿第一大道和第二大道之间的第七街上，那一带集中了很多像他一样不着调的艺术家。他喜欢搞恶作剧，善于随心所欲地把两种不相干的事物嫁接到一起，使它们产生一种新的含义。他会把篮球装进编织袋中，从楼顶上抛下。一只编织袋在街道上弹跳，令行人纷纷驻足观望，百思不得其解。

艾未未为人仗义，朋友五行八作干什么的都有。一年圣诞节前夜，我在他的地下室留宿，遇见一个韩国人来串门。那人刚坐下，就被他从后面用塑料袋套上脑袋，憋得满脸通红。艾未未对我说："这小子是个贼，好好搜搜他，身上一定有好东西。"韩国贼拼命挣脱，从怀里掏出一个纸袋子，说了一串韩国式英语，把纸袋包着的一瓶酒郑重地送给他，诚恳地说："我今天没偷东西，这瓶酒是我自己花钱买的，送给你作为圣诞节礼物。"

事后，艾未未对我说："我来纽约12年，有两件事让我体会到人间尚有真情在。一个是每年过生日，我自己有时都忘了，但大西洋赌城从来没有疏忽过，一准寄来生日贺卡。再有就是这个圣诞节，收到贼的礼物。一个贼，能自己花钱买礼物送人，可见这种感情是多么的真挚。"

说到艾未未和贼的感情，我想起一件事。一天，我们在他的地下室拍戏，负责外联的李争争突然跑进来，说他车上价值200美元的音响被人敲碎玻璃盗走了。艾未未听到后，出去转了一圈，只花10美元就从一个黑人手里买回一台音响，送给李争争。李争争惊呼："这就是我丢的那台。"

那时，我们两人经常开着车在长岛盲目地东游西逛。艾未未常常指着一座座花园洋房说："这些都是垃圾，应该炸掉。"看到我露出不胜向往的贪婪目光时，他一脸坏笑地补充："可以给你留下一幢。"他反对建筑和装修有任何抒情的倾向，喜欢冷酷、简单。他曾对我说：

“你回到北京以后买一块地，我给你设计一座房子，保证花钱不多，又非常牛。”他说：“你买4个加长的集装箱货柜，彼此衔接，组成一个‘口’字形的建筑，从外面看不到一扇窗户，甚至找不到门，就像一个金属方块，所有房间的采光都从里面的天井获得。”我听了，热血沸腾，到处打听买一个最长的集装箱得花多少钱。12年后，艾未未终于在中国找到了一个勇敢的实践者，此人就是北京房地产界的潘石屹先生。潘石屹被艾未未蛊惑，在长城脚下投巨资造了十几幢巨冷酷的房子，看上去令人不寒而栗。前往参观者生怕自己不识货，异口同声地说：“牛。”一方面，极大地满足了潘总的虚荣心；另一方面，也把他的资金牢牢地冻结在八达岭的寒风里。

现在，冷酷和简约已经在北京蔚然成风。我老想告诉那些自认为很酷的人：“你们太落后了，要知道，12年前的艾未未就已经很冷酷、很简约、非常水泥了。”

只要提到纽约的事，就不能不说艾未未。有他在纽约，那里就是一个充满刺激和活力的城市。许多年以后，我再次回到纽约，发现缺少他的城市竟变得非常平庸。

文/冯小刚

世界本没有意义，是生命给了世界以意义。宇宙本没有美丑，是人生的光芒让生活多彩绚丽。如果你想让生活无与伦比的美丽，很简单，肯定生命，活出自己的个性。你要做你自己，你就是你！要有自己的想法，不要管别人怎么看你，做你喜欢做的事。不要为了讨好别人而委屈自己，不要做你不喜欢的事，你要活出你的个性，你要敢于对别人说不，这样你才会快乐。

无法善待的忧伤

忧伤的自行车

总之，我很老了。我的主人——那个在机械厂打工的老周，把我从废品收购站里“接”了回来，然后充分发挥了他在机械厂的特长，将我“打扮”得“焕然一新”：车把是永久的，前轮是凤凰的，可后座却偏偏是时髦流行的捷安特……

所以，我也不知道自己叫什么名字，永久，凤凰，还是捷安特?

老周的儿子周东——那个在重点高中上高一、满脸青春痘的小伙子还是给我起了一个很时尚的名字：奔驰。奔驰？是的，“笨迟”！即“笨拙”又“迟钝”。他不止一次地抗议道：“老爸，你也太OUT了，别的同学家里都是真正的奔驰、奥迪了，你就不要再骑“笨迟”给我送饭了，要是让同学们看见会笑话的，我放学后回家吃就行……”

唉，我也想歇歇了，可那个倔强的老周，偏不干！

这不，就在刚才路过路口红绿灯时，我被一辆飞驰而过的摩托车轻轻撞了一下腰，我就再也支撑不住了，轰然倒地。我看见老周狠狠摔在水泥地上，腿上擦出了几道血痕，车把上挂着的两个饭盒，像一对失控的皮球，叮叮当当滚了老远。

车把上挂着两份午餐，一份是老周的，一份是送给他儿子的，可现在，洒了一地。

忧伤的饭盒

从一开始，有些事就极不公平。同是饭盒，却有着大相径庭的命运。

当我们两个一模一样的饭盒从商店回到家后，老周就用不起眼的胶带在其中一个饭盒的手柄上来回地缠，缠啊缠，明明崭新漂亮的一个不锈钢饭盒，愣是让他弄得不伦不类。

老周说，我就是要把我和儿子的饭盒区分开来。——我们开始也不明白，为什么要区分开来？有什么用呢？

可这个秘密也就在刚才的自由落体运动中"现了原形"：一个饭盒内是亮晃晃的面条稀饭和一份咸菜，倾覆在地上，一片狼藉；而另一个则是晶莹如雪的米饭，覆盖着油光光的肉片粉条，还有两个鸡蛋骨碌碌滚落一旁，如一双惊恐的眼睛，茫然地望着天空。

而四周早已被人群围得水泄不通，他们在我们身上来回地"巡视"、"说道"。

我们已经分好了工，这两份午餐，有咸菜的那份是老周的，而有鸡蛋的那份，是要送给小主人周东的。而如今我们的心事，就像这两份不同的饭菜，赤裸裸地被好奇的路人窥视着，窥视着，尴尬地忧伤。

忧伤的老周

还好，摔得不是很严重。交警用一种怪异的目光帮忙把饭盒收拾好还给我，用低沉而又赞许的口气说道："是给孩子送饭吧，你自己的那份没必要那么差吧？”

刹那间我明白了，原来那种目光是冲着那两份午餐来的。的确，我的那份确实寒酸了点，但你们不必怜悯我，我是很穷，但是我的儿子，硬是靠着响当当的成绩从家乡那个偏僻小乡镇考进这所市重点高中；你们更没必要嘲笑我，我虽然骑着“笨迟”的自行车，吃着稀饭咸菜，但我相信有朝一日，我的儿子一定会出人头地，开着真正的奔驰车去那个破旧的机械厂接我。

儿子一直劝我不要给他送饭，其实我知道，他是怕同学们看到我，看到他贫穷寒酸的一面。少年的心最为敏感，我也是从那个时代过来的，记得小时候我光着脚丫子去上学，被同桌当成笑话传遍全班，我羞愧得一个星期没去上学，还和那个同学打了一架……

那个交警要交班了，问我为什么不走？你说我能走吗？——午餐摔了，我想给他点钱，去路边的小吃店凑合一顿吧。

忧伤的周东

我和父亲约好，送饭只能送到学校路口，我在那里等他。

当初考进这所学校我就发现，这里有着太多根本无法想象的物质境界。开学第一天，同学们用一种发现火星人的目光打量着我身上那件洗得泛白的衣裳时，我就发现，全市第三名那份来之不易的骄傲被重重打倒在地，我成了大家嘲笑声中的另类。

满怀心事的我回到家，却发现床上堆满了漂亮的物什：361° 运动装、特步球鞋、史努比的书包……我突然明白，父亲在机械厂没日没夜地打工，究竟是为了什么。

父亲用这种不合时宜但又最为舒暖的方式，将我那点虚伪的自尊，粉饰得完美之至。

特别是父亲送的午餐，丰盛得让那个父母都是公务员的同桌垂涎三尺，还有那个精美的饭盒，整个年级也没几个。同桌品尝了饭菜后无不羡慕地说，你老爸一定是一个细致温雅的成功人士，要不，哪有如此雅兴做这么棒的饭菜？

我没有回答也无法回答。

也就在刚才乱哄哄的学校路口，我看到摔倒在地的父亲，我想去扶他，可我还是没有。是的，我怕在同学们诧异的目光中，将衣着光鲜的我与一个骑着四不像的自行车、衣衫褴褛的中年男人联系在一起。更重要的是，那两个一模一样但内容有着天壤之别的饭盒，和汹涌的热浪一并冲进眼眸，泼洒在这坚硬的水泥地上，亮晃晃的。

我躲在父亲身后交警的警亭后面，听见他和那个警察絮絮叨叨地夸我是如何懂事如何优秀的孩子……但是这次，我却失去了所有的勇气，走出来与他面对，面对那些，汹涌的忧伤。

忧伤的班主任

那天，我看到了一个摔倒的父亲，一个不承认是父亲的父亲。

那次，我悄悄地跟着一听到家访就惊恐万分的周东同学，我想知道，是什么样的家庭，造就了如此优异的学生——穿过闹市，走进小巷，一直跟到市郊的廉租房。

就是这个摔倒的父亲，却故作神色平静，甚至是“强硬”地坚持说，我是周东的叔叔。可我分明看到躲在门后的周东，和那些晾在阳台上、与家境格格不入的名牌校服。

离开时，你像一个做错事的小学生，谦恭地道歉。我没有也不想拆穿你的谎言，我想，你“强硬”掩饰的帷幕下，绝对不是为了自己。

就像今天你拒绝交警扶你，双手一撑跳了起来，尽管你疼得龇牙咧嘴，捂着后腰，嘴上却强硬地说："没事没事，我结实的一如机械厂的车床，身体杠杠的棒！"

是的，我承认你是机械厂最优秀的技师，但你却无法打磨并消除城市的歧视和嘲弄。

就好像，我可以教会别人考满分，但我却无法教会别人，比如教会那些充满着鄙夷和嘲笑的人群，如何去善待这份单薄脆弱的自尊，和一个伟大的父亲。

文/水蓝衫

在现实生活中，许多父母常常感到十分困惑，因为没有足够的钱，就无法给孩子一个美好的未来。听起来这样的父母很崇高，想一想其实很愚蠢，孩子的前程以及能够换来这前程的教育，是用钱买不到的。要知道，现代教育的确需要金钱，但光有金钱堆不出一个现代的教育。其实，许多穷苦人家的孩子，在不得不挑起家庭的重担，不得不为个人前途艰苦奋斗时，成长得更好更强，正如俗语所云："穷人的孩子早当家。"不要忘记，穷且益坚是培养孩子拥有良好品质的关键。同一片蓝天下，无论穷孩子还是富孩子，有付出，就会有收获。成为枝头的凤凰，还是落魄的鸡，一切都在于自己。

与每一个生命“恋爱”

多年前，我在加州的原始森林里，遇见一位能跟树木沟通的女孩。她长发飘逸、体态轻盈，看起来真像一位穿梭于原野与森林间的精灵。她清澈无邪的双眼，透着无比的恬淡与活力。她以森林为家，每晚见她背着睡袋，背影消失在暮色苍茫里。“夜里住在森林的感觉真好！天空是我的营帐，大地是我的睡床。整个星河像条晶莹的丝带，星星、月亮近在眼前，仿佛随手可摘。伴着虫鸣与动物的叫声，在大地的怀中沉睡。夜晚，地热像一股暖流，慢慢升起，比睡在屋子里还要暖和。”她喜滋滋地说。

她是第一位在我生命中，教导我如何跟植物沟通的老师。“你有没有被大树拥抱的经验？”有一天，她不经意地问。她抓着我的手，飞奔至森林中。两人各自选了一棵野松，树干又粗又大，中间凹陷有个可以藏身的小缝。我抬头仰望，只见枝叶对称盘旋而上，风姿绰约漂亮极了。

她要我把背靠在树缝中，整个人放松去感觉。我不明白要感觉什么？她解释说：“人体是一个能量场，四周会发出一种如火光摇曳般的能量。原始森林尤其是千年老树，也是一个能量场，它聚集了对人类有益、相当巨大的能量，那是一种可以康复万物的生命力。印第安人老早就知道，借着拥抱大树，可以跟树木的能量场互动。”

这时林间有风，松针还不时地发出清香。我闭起眼睛，静静地靠在松树的怀里，鼻息中混着松香，空气中弥漫着一种单纯的喜悦。与松树鼻息相亲、肌肤相触的那一刻，我忘了我自己，忘了身在何处，一切似乎都静止下来。毫不费力地，松树把能量源源不断地传送给我。奇妙的是，那竟是一种说不出来，仿佛被人无条件接纳，一种被爱的感觉。

多年后，当我阅读《植物的秘密生命》一书时，才明白原来植物与人灵犀相通，具有衡量人类感情变化的能力。书中描述，有位科学家叫白克斯特，他找了六个人，其中一人将对两棵植物中的一棵行凶。六人蒙眼抽签，中签的一人要把其中一盆植物，连根拔起践踏弄死。而唯一的现场目击者，是另一棵植物。白克斯特将这棵植物接上测谎器让这六人一一从植物面前经过。结果，当凶手一靠近，记录表上就出现激烈的起伏，但其他五人经过则没有反应。

植物跟人不但能互送能量，而且还可以眉目传情。书中提及有位科学家叫福格尔，利用心理学大师杨格所说的心理能，对植物展开实验。他从一棵榆树上摘下三片叶子，每天早饭前，只对其中的两片行注目礼，内心热切恳求它们活下去，但对另一片不理不睬。

不到一个星期，受冷落的那片叶子枯萎变干，其他两片却鲜绿依旧。他发现对植物投注情感，就好像“和恋人或好友相会时的感情交流，双方情投意合引动能量汹涌”。

人真的可以跟植物产生这种情投意合、怦然心动的恋爱经验吗？另一位教导我跟植物沟通，与植物相交甚深的鲍伯农夫，用他的生命经历来回答我的问题。

他的童年，几乎所有时间都是伴着乡间林野长大。他对大自然的那份深情与熟悉，可以从他辨听鸟兽虫鸣，以及对各种动植物的习性了解看出。“跟人相处，比跟植物还要困难许多！”他常不解地这么说。

不论阴晴寒暑，他每天都会花时间，真心陪伴他的田园，内心不时地对他的植物，甚至野草产生好感。他认为内心礼赞，是农夫供应植物养分的另一种方式。经由爱心关注的心念传送，植物会长得特别好，甚至还会产生某种力量，来加强人体的功能。他说甜美的满足感，是植物回报给人类深情的最佳礼物，它会心甘情愿地把整个生命献给你。

内心礼赞运用念力，除了可以跟植物对话，也可以改变水的信息。有一位日本医生，叫江本胜，将水冷冻至零下五度，再用显微镜观察其结晶状态。他惊奇地发现从一滴水的结晶中，竟也能窥见宇宙的异动与奥秘。水分子不但能忠实地反应它源头的天光云影，水甚至还会听音乐、接受赞美，而心花怒放地展现如雪花般耀眼的结晶。

《水的信息》这本书，是江本胜记录水的结晶变化的心路历程。他发现如果水中信息改变，水的结晶也会立即反应，而且并非所有的水，在冷冻后都能形成美丽的结晶。惟有清净无染的水或是带有美好信息的水分子，才会形成如雪花般六角的结晶。

他举了许多例子，譬如清净的山泉，水结晶就优于自来水；自来水也因各城市污染情形而反应各异。纽约的水结晶，就比伦敦、巴黎的要漂亮许多，原因是因为纽约的水处理，是利用臭氧净化而非用氯。从水的结晶，也可以看到一个受到污染的城市，水在康复净化过程的辛酸与喜悦。譬如日本阪神、淡路地震初期与后期的水，从黑色污浊，摇身一变为金黄色纯洁的六角形。江本胜认为水分子，似乎能感应人类共同的集体意识，因为当时堆积如山的废墟，尚未重建，水的环境仍然恶劣没有改变，水结晶之所以改变，是因为接收到世界各地涌来的爱的信息。

英国诗人布莱克的“一花一世界，一沙一天堂”，在一滴水的结晶中，竟也同样能窥探宇宙不可思议的奇幻世界。把洋甘菊或是茴香的花朵，放入水中，水的结晶，几乎反应与原来花朵相同的色泽与花瓣。

宝石矿中采集而来的水，结晶晶莹剔透，令人爱不释手。更叫人惊叹的是，水“听”音乐也会如痴如狂地展现不同的“心境”。在重金属音乐的“打击”下，水不但无法结晶，竟混乱形成如漩涡般四射的水滴。水特别偏爱民谣、圣乐和古典音乐。萧邦的别离曲，竟让水感动得落下一串串如钻石般美丽的泪珠。水不但懂音乐，还会接受口头及文字标签的赞美。经过祈祷或圣者祝福的信息水，结晶神圣庄严。同样贴一句“谢谢”的标签，使用不同的语言，竟会产生完全不同的结晶，这似乎也透露出各民族在感谢时，心境的差异。水对命令语句如“去做！”或是鼓励的口吻如“我们一起来！”都有极端的反应，水对命令语句相当反感。水对“美”、“丑”的字眼，也颇具“鉴赏力”。连水放在一张小女孩微笑的相片上，竟也呈现淡紫色美丽的结晶。我们是否应在自家的水龙头、茶壶、茶杯、热水器都贴上“健康、快乐、幸福、美丽”的美好信息？我们每天喝水时，也可以在水中注入爱的念力。人体百分之七十以上，都是水，每天盘旋在脑海中，投射出的每一个念头，对我们自身的影响，简直是难以估计。

文/刘向春

赞美是我们与每一个生命共谱的恋曲。世界上没有任何东西比赞美更具魅力，因为没有一个人会忍心拒绝或抵挡，来自另一个心灵最真诚的呼唤。这是一篇包含无限爱心与大智慧的文章，从中我们可以体验那美妙的语言及背后传达的至真情感。

造　心

蜜蜂会造蜂巢。蚂蚁会造蚁穴。人会造房屋，机器，造美丽的艺术品和动听的歌。但是，对于我们最重要最宝贵的东西——自己的心，谁是它的建造者?

孔雀绚丽的羽毛，是大自然物竞天择造出。白杨笔直刺向碧宇，是密集的群体和高远的阳光造出。清香的花草和缤纷的落英，是植物吸引异性繁衍后代的本能造出。卓尔不群坚韧顽强的性格，是秉赋的优异和生活的历练造出。

我们的心，是长久地不知不觉地以自己的双手，塑造而成。

造心先得有材料。有的心是用钢铁造的，沉黑无比。有的心是用冰雪造的，高洁酷寒。有的心是用丝绸造的，柔滑飘逸。有的心是用玻璃造的，晶莹脆薄。有的心是用竹子造的，锋利多刺。有的心是用木头造的，安稳麻木。有的心是用红土造的，粗糙朴素。有的心是用黄连造的，苦楚不堪。有的心是用垃圾造的，面目可憎。有的心是用谎言造的，百孔千疮。有的心是用尸骸造的，腐恶熏天。有的心是用眼镜蛇的唾液造的，剧毒凶残。

造心要有手艺。一只灵巧的心，缝制得如同金丝荷包。一罐古朴的心，淳厚得好似百年老酒。一枚机敏的心，感应快捷电光石火。一颗潦草的心，门可罗雀疏可走马。一滩胡乱堆就的心，乏善可陈杂乱无章。一片编织荆棘的心，暗设机关处处陷阱。一道半是细腻半是马虎的心，好似白蚁蛀咬的断堤。一朵绣花枕头内里虚空的心，是假冒伪劣心界的水货。

造心需要时间。少则一分一秒，多则一世一生。片刻而成的大智大勇之心，未必就不玲珑。久拖不绝的谨小慎微之心，未必就很精致。有的人，小小年纪，就竣工一颗完整坚实之心。有的人，须发皆白，还在心的地基挖土打桩。有的人，半途而废不了了之，把半成品的心扔在荒野。有的人，成百里半九十，丢下不曾结尾的工程。有的人，精雕细刻一辈子，临终还在打磨心的剔透。有的人，粗制滥造一辈子，人未远行，心已灶冷坑灰。

心的边疆，可以造得很大很大。像延展性最好的金箔，铺设整个宇宙，把日月包涵。没有一片乌云，可以覆盖心灵辽阔的疆域。没有哪次地震火山，可以彻底颠覆心灵的宏伟建筑。没有任何风暴，可以冻结心灵深处喷涌的温泉。没有某种天灾人祸，可以在秋天，让心的田野颗粒无收。

心的规模，也可能缩得很小很小，只能容纳一个家，一个人，一粒芝麻，一滴病毒。一丝雨，就把它淹没了。一缕风，就把它粉碎了。一句流言，就让它痛不欲生。一个阴谋，就置它万劫不复。

心可以很硬，超过人世间已知的任何一款金属。心可以很软，如泣如诉如绢如帛。心可以很韧，千百次的折损委屈，依旧平整如初。心可以很脆，一个不小心，顿时香消玉碎。

造心的时候，可以有很多讲究和设计。

比如预埋下一处心灵的生长点，像一株植物，具有自动修复、自我养护的神奇功能。心受了创伤，它会挺身而出，引导心的休养生息，在最短的时间内，使心整旧如新。

比如高高竖起心灵的避雷针，以便在危急时刻，将毁灭性的灾难导入地下，耐心地等待雨过天晴。

比如添加防震防爆的性能，在心灵遭受短时间高强度的残酷打击下，举重若轻，镇定地维持蓬勃稳定。

比如……

优等的心，不必华丽，但必须坚固。因为人生有太多的压榨和当头一击，会与独行的心灵，在暗夜狭路相逢。如果没有精心的特别设计，简陋的心，很易横遭伤害一蹶不振，也许从此破罐破摔，再无生机。没有自我康复本领的心灵，是不设防的大门。一汪小伤，便漏尽全身膏血。一星火药，烧毁绵延的城堡。

心为血之海，那里汇聚着每个人的品格智慧精力情操，心的质量就是人的质量。有一颗仁慈之心，会爱世界爱人爱生活，爱自身也爱大家。有一颗自强之心，会勤学苦练百折不挠，宠辱不惊大智若愚。有一颗尊严之心，会珍惜自然善待万物。有一颗流量充沛羽翼丰满的心，会乘上幻想的航天飞机，抚摸月亮的肩膀。

造心是一项艰难漫长的工程，工期也许耗时一生。通常是母亲的手，在最初心灵的模型上，留下永不消退的指纹。所以普天下为人父母者，要珍视这一份特别庄重的义务与责任。

当以我手塑我心的时候，一定要找好样板，郑重设计，万不可草率行事。造心当然免不了失败，也很可能会推倒重来。不必气馁，但也不可过于大意。因为心灵的本质，是一种缓慢而精细的物体，太多的揉搓，会破坏它的灵性与感动。

造好的心，如同造好的船。当它下水远航时，蓝天在头上飘荡，海鸥在前面飞翔，那是一个神圣的时刻。会有台风，会有巨涛。但一颗美好的心，即使巨轮沉没，它的颗粒也会在海浪中，无畏而快乐地燃烧。

文/毕淑敏

文章开头借鉴诗歌的表现手法，以蜜蜂造巢、蚂蚁造穴起兴，引出人类要“造心”的话题，同时以类比突出人类造心的重要性。文章结尾以船喻心，以“下水远航”象征开启新的人生之路，喻指美好的心灵可以使人直面困难，承受挫折，永葆生命的活力。

自由的快乐

老爸是一个富有想象力的人。

此前，当我正在写essay申请大学，焦头烂额心绪缭乱时，老爸突发奇想，提议道："你去西藏写吧，说不定会有新的想法！"又说："不如把你妈和外婆也叫上去玩吧！"接着，我爸拽着我、我妈和外婆在隆冬12月奔赴青藏高原。结果，飞机刚着陆老妈就高原反应了，脸一白头一歪便昏了过去，过了十几分钟才缓过神来，被扶上轮椅下了飞机。矍铄的外婆见女儿身体不适，心情也低落了，开始出现了呼应型高原反应。于是乎，当日下午外婆和妈妈就飞回了中原——整个就是"贡嘎机场一日游"。

不过，在西藏的时光倒是很有趣味。作为一个常年生活在平原上的人，我并不是非常适应高原环境。在那儿我的身体只能缓慢地运转：不能奔走，不能够快速地说话，甚至连大脑也处于半静止状态，没有多余的思绪。白天，空气稀薄，阳光猛烈，我走在拉萨的大街上，小贩商铺一片安宁祥和，有种静静的喧嚣感，所有的一切都像在慢节奏的电影里一样。到了晚上，我开始赶essay，删了写写了删，大脑飞速运转，不觉之中，抬头已近天明。

离开拉萨之后，我们四处闲逛，准备从林芝到山南。老爸又突发奇想，提议道："我们走条别人没走过的路吧！"于是，我们包车开上了一条本地人都不常走的野路。不想此路状况异常恶劣，司机也不甚熟路，我们走得很慢，下午五六点出发，到了凌晨两点还在赶山路。路极其窄，只能过一辆车（也就是说，如果对面不幸来了辆车，我们只能选择倒行开回起点或者跳崖了），咫尺之间就是悬崖。悬崖下边就是冰冷的大江。阴森森的白色月光打在湍流的江面上，我当时只有一个念头：让我们活着到山南吧！

现在回想起此事，仍兴致盎然。我被我爸拉到了一个诡谲之地，又缺氧又受冻的，日日熬夜，却笔耕不辍，全无滞涩，在奇异和欢乐的超现实感中完成了许多essay，实在有意思。在成长之中，老爸这种想象力为我的世界增加了更多可能性，我的回忆从不单调无趣。我慢慢长大，见识了更多的人和事后，才意识到这种想象力是多么宝贵。

老爸还是一个非常宽容的人，重视自由，并将自由主义教育方式付诸实践。

很庆幸，我生活在一个价值如此多元化的环境。父母从来没有将某一种价值作为唯一的价值标杆（比如成绩），而是认可多种价值——比如他们看重阅读的价值；认为做人比治学更重要。老爸从来没有强迫我学过任何我不想学的东西，也没有限制我做任何我想做的事情。

我的高中是全省竞争最激烈的学校之一。老爸没有强迫我把有限的青春都投入无限的习题中，反倒总是买各种各样的书给我，也让我自己开拓除了课本之外的世界。从马克斯、卡尔维诺、博尔赫斯到昆汀·塔伦蒂诺、伍迪·艾伦和塔尔科夫斯基。我听电台司令和未来主义的电子乐，看《Dr.Who》和《Futurama》，幻想自己有一个40型TARDIS（一个内部空间大于外部空间的飞行器）来往于时空之中，接触宇宙中其他的生物种族……我的老爸让我自由地接触各种思想和价值，让我在富有创造力的世界恣意游玩。这让我有一个美妙的精神世界，对一切未知的东西都有无限好奇。

现在，在选择专业和未来发展方向时，老爸也没有限制我。我是一个注意力非常容易变更的人：几个月前，我跟他说我要读建筑开始研习3DMax；过了几个月，又说我要读神经科学、投身心灵哲学研究；几周前，我宣布的雄心壮志是要学医，治病救人；现在，又通知他我要读法学，做人权斗士，改善人的境况。即使这样，老爸也没有被弄得晕头转向，只是淡淡地说："你抓紧大学时间好好读书，以后就再没这样的机会集中阅读了。其次，学习待人接物。本科你真以为能学什么？读研才是你定专业的时候。"

我许多同学的父母都一直试图替孩子做出"最好的选择"，规划孩子的人生：去什么学校，读什么专业，甚至嫁或者娶什么样的人。我很感激老爸没有用"我这样做是为了你好"、"这是你最好的选择，你将来就明白了"这一类话来剥夺我自己选择、自己犯错、自己承担责任的权利。我无法相信，一个人可以知道什么对另一个人是"最好的选择"；更何况，对于人应该如何生活这个问题，并不存在唯一一个正确答案。老爸没有给我"最好的选择"，他让我自己选择。虽然，我可能会走更多岔路又折回，跌倒更多次又爬起，但是这种自由的快乐无可比拟。

除此之外，老爸还是个彻底的知识分子。

我认识的一些朋友的父亲，也和我老爸相似。他们深受上世纪80年代的影响，青少年时期充满了自由民主之梦。我翻看他年轻时的日记，发现他年轻时还是非常沉郁的，动不动就有点忧国忧民，时不时就进入了悲天悯人模式。而我和我的朋友，有可能甚至是我们这一代人，在青年时并不会有这样强烈的感觉。我们明白自己的责任、家庭责任和社会责任，但是，那些宏大的话语、那些诗歌都会被分化为具体的目标、具体的行为。我们仍然理想主义，但不会用大词把自己的理想升华，也不会对某一个人进行偶像崇拜，或者把某一种思想神秘化。理想就是理想，没有什么特别之处，不必夸大；人也只是人，可以尊重，但是没有什么好崇拜的；某一个具体的思想，只是一个时代环境的产物，没有必要神秘化。

老爸的知识分子“顽劣本性”还体现在他对书籍的痴迷。前些时候和他闲聊，他还是沉迷于书本，不住地给我推荐这推荐那的（大部分都是民国或建国初期的某老头写的回忆录或者是别人为这些老头作的年谱）。一直以来，我喜爱阅读，也承认书籍的重要性。但是，年纪渐长，我突然也意识到另一种可能性——“才能与学问，世人过分敬重。恐是因此之故，才学高深之人，能兼备寿命和福分的，实甚有少”（《源氏物语》）。才学之于我，只是生活的一部分，而且不是最重要的一部分。若要在追求高深的才学和追求作为“人”的现世幸福二者中择其一，我会选择后者。如彼特拉克所言，“我是凡人，我只要求凡人的幸福”，这可能也是我和他的一个不同。

老爸是一个富有想象力的人，是一个有自由宽容之心的人。他拿的是哲学博士学位，本职是律师，现在在西藏务农。我是一个充满幻想的人，有一颗公正自由之心，算不上典型的知识分子，我不知道自己将来要读什么、从事什么。我从老爸那儿继承了诸多品性、沿袭了许多思想，而我们又有诸多不同。《了不起的盖茨比》开头那段，我一直谨记：“我年纪还轻，阅历不深的时候，我父亲教导过我一句话，我至今还念念不忘。‘每逢你想要批评任何人的时候，’他对我说，‘你就记住，这个世界上所有的人，并不是个个都有过你拥有的那些优越条件。’”我感谢父亲为我提供的所有条件，感谢他帮助我让我成为现在的我。在将来，我必不会令他失望。

文/汪涵

家庭有了民主，孩子才能畅所欲言，才会不懂就问，不满就说，这对培养孩子的好奇心和公正的品质很有帮助；才能为孩子创造一个温馨、快乐的学习和成长环境。在民主环境里成长的孩子，能充分认识自我价值，其独立能力、解决问题的能力和适应社会的能力可得到较好的发展。

爱你本来的样子

很久很久以前，有一个村庄，那里住了五个兄弟姐妹，他们没有爸爸，也没有妈妈。寒冷的冬天里，他们只能紧紧地依偎在一起取暖。

有一天，国王知道了这五个孤儿的事，决定领养他们。他宣布，他会到村子里去看他们，而且要当这五个孩子的新爸爸。

这五个孩子知道这个消息之后，兴奋得要飞了起来。村里人闻讯，也都很兴奋。他们纷纷到孤儿们的家，告诉他们要做哪些准备。“你们中谁给国王留下最好的礼物，谁就能住到大城堡里去哦！”

这些人并不认识国王。他们只是猜想，所有国王都一样，喜欢能给他留下好印象的人。孩子们听了这些话之后，就开始准备要送给国王的礼物。他们都很努力，想得到国王的赞赏。

其中一个孩子懂得雕刻，他决定送国王一件美丽的木雕作品。他用刀子在软榆木上削啊削，麻雀的眼睛或是马的鼻子马上成形，小小的木头也顿时好像有了生命。他的姐姐决定送国王一幅天堂的画，好让国王挂在城堡里。另一个姐姐想把音乐作为礼物送给国王，她不停地唱歌、弹奏小提琴。村里的人每次经过，都会停在窗边，欣赏她那曼妙、悠扬的歌声。另一个孩子想在国王面前展示他的聪明，于是每天读书读到深夜。地理、数学、化学，他样样都念。他的求知欲很强，学问很渊博。他相信国王一定会对他的丰富知识赞赏有加。

但是，最小的妹妹不知道该送国王什么。她的手笨拙，不会雕刻；她的手指也僵硬，不适合拿画笔；她开口唱歌，声音粗哑难听。而且她也不太会念书。

她只是一个小马童。每天，她都站在城门口，看着经过的人群。只要有机会帮这些人照顾马儿，或帮助他们给牲畜喂食，她就可以赚一些钱，买食物给哥哥姐姐们。

她很善良，她叫得出每一个乞丐的名字，她喂狗吃东西，她接待每个过路的旅人，也亲切地和陌生人打招呼。

因为她心胸宽阔，所以对人充满关心与好奇。不论是贫穷的乞丐还是有钱的商人，对她来说都一样。

但是，小女孩还是认为自己一无是处，她很担心国王不喜欢自己。

她记得村里的人对他们的交代，所以她下定决心要送一样东西给国王。她抓起一把小刀，走到会雕刻的哥哥身边。“你可以教我怎么雕刻吗？”她问。

“对不起，”哥哥头也不抬地说，“我还有很多事要做，没时间陪你。你知道的，国王就要来了。”

小女孩放下小刀，换了一支画笔，她拿着画笔去找会画画的姐姐。姐姐正在小山坡上画夕阳。

“你画得好漂亮哦！”善良的小女孩说。

“我知道。”姐姐回答。

“你可不可以让我跟你学画画？”

“现在不行。”姐姐头也不抬地说，“你知道的，国王就要来了。”

小女孩想起另一个很会唱歌的姐姐。她找到那个姐姐时，姐姐身

边围着好多人，大家都在听她唱歌。“姐姐，姐姐，”小女孩大喊，“我来听你唱歌，我想跟你

学。”但是这个姐姐并没有听到。大家鼓掌的声音太大了。小女孩很沮丧，她转身，低着头走开了。这时候，她想起她还有

一个很会念书的哥哥。于是她拿着一本小书，跑去找他。

小女孩跟哥哥说：“我没有东西可以送给国王，你可不可以教我怎么念书，好让国王看看我有多聪明？”爱念书的哥哥没有说话。他正在沉思。

于是小女孩又开口说：“哥哥，你可不可以帮帮我？我什么都不会……”“走开！”哥哥大喊一声，打断了小女孩的话。他头也没抬，两眼仍盯着书本，“国王就要来了，你没看到我正在准备吗？”小女孩难过地离开了。她没有东西可以送给国王。她回到城门

边，继续她照顾牲畜的工作。几天后，一位商人打扮的先生来到这个小镇。“你能帮我喂喂我的驴子吗？”这位先生问小女孩。小女孩听到声音，马上站起来。她忍不住盯着这位远道而来的先

生看。阳光下，他古铜色的脸颊发出亮光，深邃的眼睛格外清澈。他脸上挂着的笑容让小女孩觉得好温暖。“可以啊。”小女孩赶紧回答，她把驴子牵到水槽边，“交给我吧，等您回来时，它不仅吃饱了，毛也会被梳理得很整洁。”小女孩一面喂驴子喝水，一面问这位先生：“请问，您会在镇上待一阵子吗？”“会的，我来找人。”

“您大老远来，会累吗？”

“会啊。”

“那您要不要坐下来休息一会儿？”小女孩指着墙边的长椅说。

这位先生在椅子上坐了下来。他靠着墙，闭上眼睛，睡着了。

过了一阵子，这位先生醒了。他睁开眼睛，发现女孩就坐在他的身边，盯着他看。小女孩觉得很不好意思，马上转过头去。

“你坐在这儿很久了吗？”

“嗯。”

“你在看什么？”

“没什么。我觉得您看起来就是个大好人，所以很想坐在您的旁边。”

那位先生开心地笑了。他摸摸小女孩的头，说：“你是个聪明的小孩。等我回来后，我会再来看你的。”

没过多久，那位先生真的回来了。“您找到要找的人了吗？”小女孩问。

“找到了，但是他们都很忙。怎么说呢？我第一个找到的人是个木匠，他急着要完成一件作品，他要我明天再去。另一个是画家，我看到她坐在山坡上，山脚下的人告诉我，她不想被人打扰。另一个是音乐家，我跟一群人坐在一起，听她唱歌。我想跟她说话时，她说她没有时间。另一个我要找的人不在，他到城里去上学了。”

小女孩晓得这位先生是谁了。她瞪大了眼睛，倒吸了一口气，说：“但是您看起来不像个国王啊。”

“我尽量让自己不像。”国王说，“因为当国王很孤单，我身边的人都不把我当普通人对待。他们希望从我这里得到一些好处，努力想讨好我。而且他们老是对我抱怨。”

“可是当国王不就是这样吗？”小女孩问。

“当然。”国王回答，“但是，有时候我也想跟我的人民在一起。有时候，我也想跟他们说说话，想听他们的故事，想大笑、想哭。有时候我也想当孩子的父亲。”

“所以您想领养小孩？”

“对，大人只想讨好我，但是小孩子不会，他们会跟我说心里话。他们知道我对他们的爱是没有条件的。”

“我的哥哥姐姐都太忙了，不过他们想给您一个惊喜。”

“是啊，但是我会再回来的。也许改天他们会比较有空。”

小女孩犹豫了一会儿后，问：“先生，那我呢？我没有什么才能，但是我也想做您的小孩。”

国王笑着说：“我的小宝贝，你已经把最好的礼物给我了。你给我你的心、你的善良、你的时间，还有你的爱。你当然可以做我的小孩。我就是爱你本来的样子。”

那些有才能的小孩都没有时间，所以他们没见到国王。而那个没有特殊才能、只有一副好心肠、不刻意去改变自己的小女孩反而成了国王的孩子。

文/陆可铎

“我”是独一无二的，“我”之所以为“我”，而不是别人，一定是“我”本身具有和别人不一样又独特的特质，而这些特质是最宝贵的，就如文中的小女孩，虽然她不像哥哥姐姐们那样才华横溢，但是她有一颗善良的心，她愿意为国王付出她的“爱”，也正是这一点感动了国王。而国王也象征着我们的父母，我们之所以被爱，不是因为我们身上具有某些专长，才值得被爱，而是因为“我”是“我”。父母的爱是无私的，每个人在父母眼中也都是最特别、最独一无二的宝贝！